AF203940

1. Auflage 2024
© Ueberreuter Verlag, Berlin 2024
ISBN 978-3-7641-5272-7

Entwickelt in der Akademie für Kindermedien.
Lektorat: Angela Iacenda
Cover-Layout/-Entwurf, Illustration der Wappen
und Danksagung: Olivia Vieweg
Umschlag- und Innenillustrationen: Jana Heidersdorf
Druck und Bindung: CPI books GmbH
Satz: Greiner & Reichel, Köln
Gedruckt auf Papier aus geprüfter nachhaltiger Forstwirtschaft.
www.ueberreuter.de

OLIVIA VIEWEG

Die Stadt der Schatten-Schläfer

UND DIE MELODIE DER ALBTRÄUME

mit Illustrationen von
Jana Heidersdorf

ueberreuter

ZWEI NÄCHTE ZUVOR

Rascheln und lautes Atmen waren zu hören. Etwas … oder jemand kroch durch die Dunkelheit eines Abwasserrohrs. Es war ein Mädchen namens Schatten, in einem dünnen Kleid und einem Paar glitzernder Ballerinas. Sie kroch, so schnell sie konnte, durch den finsteren Tunnel. Schon jetzt waren ihre Knie und Ellenbogen zerkratzt.

Wurde der Kanal hier enger? Schatten drehte sich um, doch sie konnte nichts sehen. Sie wandte sich nach vorne, aber im selben Moment griff etwas aus der Dunkelheit nach ihrem Bein. Schatten schrie schrill und voller Angst auf: »Nein, nein, nein!!«

Hektisch trat sie gegen das, was sie festhielt, und es half. Sie kam frei, doch da tauchte eine zweite Hand aus der Dunkelheit auf. Ehe die Hand ihre langen Finger um ihr schmales Bein legen konnte, kroch Schatten weiter. Schneller und immer schneller. Die weißen Arme einer unheimlichen Kreatur griffen erneut nach ihr. Zu allem Überfluss wuchsen dicke Wurzeln aus der Wand und blockierten Schattens Fluchtweg.

Plötzlich bog der senkrechte Schacht nach oben ab, und tatsächlich, dort oben war Licht! In dem Moment spürte Schatten eine kratzige

Wurzel um ihren Hals. Mit aller Kraft riss sie die Wurzel heraus und kroch nach oben. Sie erklomm die steinerne Tunnelwand immer weiter hoch zum blassen Licht.

Aus einem alten Brunnen am Waldrand, der so oder ähnlich in jedem Märchen der Gebrüder Grimm hätte stehen können, griff eine kleine weiße Hand nach dem Rand. Um den Brunnen herum lag alles voller Müll. Mit zittrigen Armen zog sich Schatten hoch und kletterte aus dem Brunnen heraus. Ihr Kleid war schmutzig, die Haare zerzaust. Aber sie hatte es geschafft!

Doch da griff etwas ruckartig nach ihr und Schatten drehte sich voller Entsetzen um. Im Brunnen blickte ihr eine Kreatur ohne Mund entgegen. Aus kleinen pechschwarzen Augen schaute sie sie an. Sie hatte Ohren wie Fledermäuse und gleich mehrere Paare davon. Ihr Gesicht war mit Fell bedeckt, das ihr lang und zottelig bis zum Bauch wuchs. Sie trug eine dunkle Weste und eine altertümliche Hose mit vielen Knöpfen. Auf dem Rücken klapperten merkwürdige kleine Tongefäße, die es mit Lederbändern an sich festgebunden hatte.

Schatten brüllte, sie schnappte sich eine der leeren Weinflaschen vom Boden und warf sie der Kreatur gegen den Kopf. Es klirrte und die Kreatur geriet tatsächlich ins Wanken, auch die kleinen Gefäße an seinem Körper klapperten laut.

Schattens kleine zarte Stimme war ganz laut: »Lass mich in Ruhe, du verdammtes Monster!!«

Wie in Zeitlupe stürzte das Wesen hintenüber und fiel zurück in den tiefen schwarzen Brunnen, doch eine seiner langen Hände, die dünn wie Wurzeln waren, schnappte nach oben und berührte Schatten im Gesicht.

Schatten schreckte zurück, und im selben Moment erkannte sie, dass die Kreatur plötzlich einen Mund bekommen hatte. Während sie in die Finsternis hinabstürzte, öffnete sie ihren neu gewachsenen Mund und schrie: »Du wagst es, dich mit dem Tonholer anzulegen?«

Die Worte hallten durch den Schacht, als die Kreatur verschwand. Und Schatten wusste, dass sie diese zarte, kleine Stimme kannte. Es war *ihre eigene* Stimme gewesen!

Schatten atmete schwer und zitterte am ganzen Körper.

In der Ferne sah sie plötzlich zwei Menschen, die im Dunkeln mit ihrem Hund spazieren gingen. Schatten öffnete ihren Mund, um nach Hilfe zu rufen – doch alles blieb stumm, nichts kam über ihre Lippen.

Mit einer zitternden Hand griff sie nach ihrem Hals. Auch ein zweiter Versuch, Hilfe zu rufen, endete in absoluter Stille. Schatten drehte sich zurück zum Brunnen und versuchte, etwas hineinzurufen. Doch nichts geschah, denn das Ding, der Tonholer, hatte ihre Stimme gestohlen.

Schatten sank zu Boden, nicht fähig zu weinen, nicht fähig zu schreien.

DER MITTELPUNKT DER WELT

Es gibt Städte, die haben Kriege gesehen. Kiloschwere Bomben, die auf sie niederprasselten und die Häuser in Schutt und Asche legten.

Viele Städte haben den Fortschritt gesehen, dort wuchsen gläserne Paläste aus dem Boden und breite graue Straßen teilten das Land. Seitdem reihen sich in diesen Städten enge Wohnhäuser, strahlende Supermärkte, finster wummernde Discos und goldene Restaurants dicht an dicht. Unter den Füßen dieser Städte rauschen U-Bahnen durch den Untergrund, drängen sich breite Autos durch kahle Tunnel, während über den Dächern der Stadt silberne Flugzeuge für einen kurzen Moment Schatten auf die gläsernen Wolkenkratzer werfen, ehe sie zu anderen glitzernden Metropolen weiterfliegen. Dorthin, wo die Zukunft schon heute greifbar ist.

Und es gibt Städte, in denen einfach alles so bleibt, wie es immer war. In denen das Kopfsteinpflaster nach Hunderten von Jahren krumm getreten ist, wo die Häuser schief und standhaft zugleich sind. Wo sich bunte Stiefmütterchen in Blumenkästen auf den knorrigen Fensterbänken nach der Sonne recken und Erdbeeren den sanften Regen willkommen heißen. Städte, die von einer brüchigen Mauer um-

geben sind, die noch zeigt, an welchem Punkt das sichere Leben einst begann und wo genau es endete. Wo das Mittelalter mit seinen Kutschen und Holzschubkarren manchmal näher scheint als das Internet und Pumpkin-Spice-Latte.

So eine Stadt ist Quedlinburg. Sie liegt weit weg vom vibrierenden Fortschritt, der in all seinem Eifer dennoch nie den Weg hierher gefunden hat. Es ist eine Stadt, in der an jedem Tag eine Blaskapelle durch die Gassen zieht. Wo Kinder an offenen Fenstern Trompete üben. Eine Stadt mit einem Hügel, auf dem eine uralte Kirche über den bunten Fachwerkhäusern thront. Eine Stadt voller Wohnhäuser, deren Fassaden sich nie verändert haben, sondern höchstens neu gestrichen wurden. Moderne Glaspaläste sucht man hier vergebens, denn hier ist nie ein Haus verschwunden, hat nie Platz für Glas und Beton gemacht.

Quedlinburg ist umgeben von dichten Wäldern, die auch heute noch so unergründlich sind, dass jedem, der dort wandert, ein neues Märchen einfallen muss.

Eigentlich, so sollte man meinen, könnte jeder Mensch in so einer friedlichen Stadt wie Quedlinburg glücklich sein.

Eigentlich.

Entfernte Schritte hallten durch die Straßen der Stadt. Abgesehen von diesem Störgeräusch konnte ein Montagmorgen friedlicher kaum sein. Gerade erst schob sich die Sonne träge hinter dem Horizont hinauf, um Quedlinburg in lauwarmes Licht zu tauchen.

Vor einem alten blauen Fachwerkhaus saßen zwei Jungs, die in ihre glänzend polierten Posaunen pusteten. Der blonde Junge mit den Sommersprossen hielt ein abgewetztes Notenheft in der Hand, während der schwarzhaarige versuchte, es mit schiefem Kopf zu lesen. Das war aussichtslos und so boxte er seinem blonden Freund beherzt in die Rippen.

»Heeey!«

Der Blonde boxte zurück. Für die beiden gehörte neben dem Musikmachen offensichtlich auch das Prügeln zur Routine. Doch ehe eine wirkliche Schlägerei ausbrach, huschte etwas Schwarzes durch die morgendlichen Straßen. Das schwarze Etwas war zu schnell, um erkennen zu lassen, wer oder was es war. Erschrocken schaute der blonde Posaunenjunge auf. War das ein Mensch? Aber wer außer ihnen trieb sich so früh in der Stadt herum? Nun blickte ihn auch der schwarzhaarige Posaunenjunge fragend an.

»Ist was?«

Jede Lust auf Prügelei war verflogen.

»Hast du nichts gesehen?«

Der Blonde legte seine Posaune auf die Bank und wollte wissen, wer den friedlichen Morgen störte. Er spähte nach dem schwarzen Etwas. Wo war es hin? Doch weit konnte er nicht sehen, zu verwinkelt waren die alten Gassen in Quedlinburg. Wer sich in dieser Stadt beeilte, konnte neugierigen Blicken immer schnell entgehen. Aber auch jetzt noch waren die schnellen Schritte in der Ferne zu hören.

Es waren Ellys Schritte. Das Mädchen mit den rabenschwarzen Haaren hatte gelernt, wie man über das krumme Kopfsteinpflaster rannte, ohne zu stolpern und sich dabei die Knochen zu brechen. Auch wusste sie längst, welche Schleichwege man nehmen musste, um ein paar Sekunden Zeit zu sparen. Einige der eng zusammenstehenden Häuser hatten einen schmalen Abstand zum nächsten Haus. So schmal und so dunkel, dass keine Pflanzen dort wuchsen und auch kein erwachsener Mensch dort langging. Doch kleine Menschen konnten sich hindurchzwängen und somit manchen Weg abkürzen. So gelangte Elly blitzschnell vom Schlosstor zum Theater, vorbei an den vielen kleinen Restaurants, die jetzt noch niemanden willkommen hießen. Elly wusste, um welche Uhrzeit die Stadt sicher war, nämlich dann, wenn die gut gelaunten Einwohner und Einwohnerinnen in ihren Betten schliefen und ihren Fluchtversuch nicht bemerken konnten.

Die Morgenluft war noch kalt und neblige Atemwolken umgaben Elly, ehe sie verblassten und in die Morgenluft aufstiegen. Ellys schwarze, schulterlange Haare flatterten wild im Wind. Überhaupt war alles an Elly rabenschwarz, bis auf ihre blasse, schwitzige Haut und eine ungewöhnliche weiße Haarsträhne, die aber genauso mit den anderen Haaren flatterte.

Ihre schwarze Jacke raschelte rhythmisch, ihre schwarzen Lederboots stampften über die unebenen Steine. Über der Schulter trug sie eine schwarze Reisetasche, die so schwer war, dass sie sich krumm machen musste, doch das war egal. Am wichtigsten aber war für Elly das, was sie auf dem Rücken trug. Auch wenn sie es gerne vor allen neugierigen Blicken verborgen hätte, nur war es dazu leider viel zu groß. Ein schwarzer Gitarrenkoffer.

An diesem Morgen war Ellys Herz schwer wie ein Stein. Ganz anders als ihre Beine, die waren federleicht, so wie Beine leicht werden, wenn man vor etwas davonrennen musste. Ja, es war eine Flucht und Elly wurde mit jedem Schritt eines immer klarer: dass sie niemals zurückkommen würde.

Elly dachte nicht daran, zu verschnaufen oder sich den Schweiß von der Stirn zu wischen. Nur weg, bevor alle wach wurden! Doch noch ehe der Gedanke zu Ende gedacht war, blockierte plötzlich etwas ihren Weg und nur eine Vollbremsung konnte sie vor einem Zusammenprall retten. Elly stürzte auf das harte, unerbittliche Kopfsteinpflaster mit den großen, dicken Steinen und den breiten Lücken dazwischen. Sie schrie auf und musste zusehen, wie der Aufprall zwei Löcher in ihre makellosen schwarzen Leggings riss.

»Sag mal, Mädel, schläfst du noch?!«

Zwei Männer in blauer Arbeitskleidung, die gerade ein großes Schild vor Ellys Nase über die Straße trugen, schauten sie genervt an. »Rennst hier wie der Teufel?«

»Was machst du so früh auf der Straße?«

»Hast es wohl eilig, in die Schule zu kommen?«

Elly biss den Schmerz weg. Dann hob sie den Kopf und starrte auf das große Holzschild, das die Männer trugen. Darauf war das Logo der Stadt mit dem lateinischen Spruch »Pax in Aeternum«: Frieden für Immer. In schönen handgeschriebenen Lettern stand daneben: »Musik für den Frieden!«

Der ältere Arbeiter musterte die gestürzte Elly kritisch von oben bis unten. Sie passte so gar nicht ins Stadtbild.

»In welcher Blasmusik-Kapelle bist du eigentlich zum großen Festival dieses Jahr? Und welches Instrument spielst du?«

»Ich? Ich spiele in der ersten Reihe den Mittelfinger!«

Elly klappte ihren Mittelfinger aus und pustete wie in eine Trompete.

Vor Entrüstung waren die Gesichter der Arbeiter eingefroren. Dann sahen sich die beiden ungläubig an.

Elly rappelte sich auf. Weiter!

Jetzt schauten bereits die ersten Bürger der Stadt aus ihren Häusern, und auch die beiden Posaunenjungs näherten sich dem Marktplatz, um weiter mit ihren Instrumenten zu üben. Diesmal hatten sie mit den Frühaufstehern sogar ein Publikum. Ganz sicher wollten sie auch beim großen Wettbewerb dabei sein.

Elly schüttelte sich, vor Ekel und auch um wieder klar denken zu können. Sie verschwand in der nächstbesten engen Gasse, die ihr den Weg aus der Stadt heraus bieten würde. Vorbei an den bunten Häusern und den bunten Blumen in den bunten Blumenkästen. Vorbei an den Katzen, die gemütlich am Dom in der Morgensonne dösten, ehe ihnen ihre Besitzer endlich die Tür zum Haus öffneten.

Nur eine Sache ließ Elly für einen Moment langsamer werden. Sie näherte sich einem Teil der Stadt, der ganz anders war als der Rest. Einem Stadtteil, den niemand mehr betreten wollte. Dort waren alle Häuser verlassen und schwarzer Ruß klebte an den rissigen Fassaden. Selbst die Gehwegsteine waren stumpf und schwarz, wie nach einem großen Brand. Es war das Morgenrot-Viertel und Elly wusste, dass sich hier niemand freiwillig aufhielt. Es hieß, das Viertel sei ein sichtbares Mahnmal, was der Stadt passieren würde, wenn man sich nicht an die Regeln hielt. Doch was für Regeln überhaupt? So machte Elly einen Bogen um die stillen verbrannten Gebäude und setzte ihren Weg fort.

»Da musst du dein Sparschwein aber etwas besser füttern.«

Hinter Ellys Rücken war schallendes Gelächter zu hören, doch gerade deshalb war es wichtig, jetzt nicht die Nerven zu verlieren. Mit Nachdruck schob sie dem Busfahrer ihr Geld entgegen. Doch der zeigte keine Regung, er thronte bequem auf seinem gepolsterten Fahrersitz und machte keine Anstalten, Elly in den Bus einsteigen zu lassen. Lieber fuhr er sich durch das schüttere Haar und checkte noch mal seinen Routenplan, obwohl es der gleiche war, den er auch schon gestern gefahren ist. Oder vor einem Jahr. Oder vor zehn Jahren. Er fuhr den Bus, der Elly am weitesten von Quedlinburg wegbringen würde.

»Bitte.«

»Kindchen, damit kommst du nicht ans Ziel. Okay?«

»Machen Sie 'ne Ausnahme!«

Elly schaute nicht flehend, denn Schwäche konnten viele Menschen schon von Weitem riechen. Jetzt war die Zeit, stark zu sein. Vor allem, weil hinter ihr im ranzigen Häuschen des Busbahnhofs eine Horde

Teenager saß, die unglaublich dankbar über das kleine Schauspiel waren. Wie schön, wenn jemandem etwas Unangenehmes passierte und man ganz entspannt zuschauen durfte. Unter ihnen war auch Nana, die alle die »Queen of Chill« nannten. Sie konnte im Stehen schlafen und sah immer noch cool dabei aus. Ihr Erfindungsreichtum zu chillen war unermesslich und so hatte sie sogar eine geheime Hängematte in der Schule aufgehängt und verschwand manchmal dorthin, wenn sie die Nase voll hatte. Nana war zwei Jahre älter als Elly und gefühlt hundert Mal souveräner. Selbst ihre strubbligen, schwarzen Haare wirkten selbstsicherer und cooler als jede Faser an Ellys Körper. In ihren bunten Hippie-Klamotten und den Dutzenden geflochtenen Armbändern war Nana ein echter Farbtupfer an diesem grauen Morgen. Sie schaute Elly an und grinste frech. Elly verzog keine Miene, auch wenn ihr Kiefer vom Zähnezusammenbeißen bereits schmerzte. Sie wandte sich an den Busfahrer.

»Es tut niemandem weh, wenn Sie eine Ausnahme machen!«

Jetzt durchbohrten sie auch die neugierigen Blicke der Passagiere, die bereits im Bus Platz genommen hatten. Kleine Kinder in bunten Jacken rückten ganz nach vorne auf die Kanten ihrer Sitze, um genau zu beobachten, was mit dem Grufti-Mädchen los war, das zu wenig Geld hatte. Ein Mann auf der Rückbank murmelte vor sich hin: »Die hält den ganzen Betrieb auf.«

Elly wusste das. Und es war ein Scheißgefühl, aber sie wusste auch, dass sie hart bleiben musste, dass sie nicht verletzlich sein durfte. Jemandem, der verletzlich ist, gibt man nicht, was er will, dem tätschelt man nur freundlich den Kopf und drückt ihm die Daumen, dass es irgendwann mal klappen möge.

»Ich. Möchte. Einsteigen. Hier. Ist. Mein. Geld.«

Mutig machte Elly einen Schritt vorwärts und spähte einen freien Sitzplatz aus. Lachend schüttelte der Busfahrer den Kopf und patschte Elly mit seiner großen, warmen Hand auf den schwarzen Haarschopf.

»Kindchen, wie alt bist du? Elf? Zwölf? Geh nach Hause und spiel mit deinen Puppen.«

Er drückte ihr die Münzen zurück in die Hand. Ellys Gesicht wurde noch finsterer, falls das überhaupt möglich war. Es waren nur ein paar Schritte bis zum freien Sitz, wenn sie nur … Doch ohne diesen Gedanken beenden zu können, griff sie der Busfahrer am Arm und gab ihr einen kleinen Schubs. Völlig aus dem Gleichgewicht gebracht, stolperte Elly mit ihrem schweren Gepäck aus dem Bus, die Stufe hinunter und raus in die kühle Morgenluft am Busbahnhof von Quedlinburg. Es war zu spät. Vor ihrer Nase schloss sich die Bustür und Elly wurde von einer dicken Abgaswolke eingehüllt. Im Dunst entfernte der Bus sich langsam.

»Wir spendieren dir eine Fahrt.«

Auf den bunten Holzbänken am Busbahnhof saß immer noch Nana mit der Gruppe Teenager. Alle außer Nana hatten Instrumentenkoffer für verschiedene Blasinstrumente bei sich und warteten auf den Bus, der in einer halben Stunde fahren würde. Mit einem leisen Klirren landeten ein paar Cent-Stücke hüpfend vor Ellys Füßen. Und sie musste nicht in die Gesichter schauen, um zu wissen, dass sie alle grinsten. Ellys dunkle Augenringe erschienen jetzt noch dunkler und böser als zuvor und sie hob nun doch ihren Blick. Für sie wäre es vollkommen okay gewesen, wenn Blicke in diesem Moment getötet hätten. Die *Queen of Chill* schaute Elly mit absoluter Ruhe an und spielte an ihren bunten Armbändern herum. Nanas Mutter Tanisha gehörte die Glasbläserei oben auf dem Berg und Elly erinnerte sich daran, wie sie als kleines Kind immer mal in die Werkstatt reinschnuppern durfte. In ihrem Zimmer hing sogar ein schwarzer Glasvogel, den Tanisha für sie geblasen hatte. Aber nur weil die Mutter nett war, musste es die Tochter noch lange nicht sein.

Elly hockte sich so würdevoll wie möglich hin, um die Münzen vom Boden aufzuklauben. Mit einer theatralischen Verbeugung verabschiedete sie sich von ihrem schrecklichen Publikum. Blöd nur, dass die schwere Reisetasche und der Gitarrenkoffer ein schnelles souveränes Verlassen des Busbahnhofs verhinderten. Das Gewicht zwang sie zu einem leicht watschelnden Gang. Verdammter Mist.

Aus Quedlinburg hinaus führte nördlich die Halberstädter Straße, von hier war es nicht mehr weit bis zur Autobahn. Ab und zu kam ein Auto vorbeigerauscht. Elly stapfte ein paar Schritte durch das ungesund gelbliche Gras am Seitenstreifen, ehe sie ihre Tasche und den schwarzen Gitarrenkoffer absetzte. Der Morgen war noch immer kühl, obwohl der Blick in den Himmel versprach, dass es ein warmer Tag werden würde. Mit beiden Händen rieb Elly ihre kalten Oberarme. Ihr wurde immer schnell kalt an den Schultern, ihre Beine hingegen waren immer warm, selbst jetzt mit den frischen Löchern in der Leggins. Warme Beine waren gut für lange Wege, gut für eine Flucht. Schlimmer als die Kälte war sowieso der Schmutz, den die Autos über die Jahre hier zurückgelassen hatten. Eine graubraune Schicht aus Abgasen, die sich auf alles niedergelegt hatte, egal ob Stein oder Pflanze. Elly blies ihren Atem in kleinen weißen Wölkchen aus dem Mund und wartete.

Ein weiteres Auto näherte sich und schnell streckte sie ihren Daumen raus. Doch das Auto rauschte vorbei, ohne dass sich der Fahrer nach dem Grufti-Mädchen umgesehen hätte. So wartete Elly weiter am Fahrbahnrand. Nun war es schon kein früher Morgen mehr und die Leute waren wach. Das war nicht gut. Elly trat unruhig auf der Stelle. Warum wollte heutzutage eigentlich niemand mehr Anhalter mitnehmen? Waren es die Horrorfilme, die alle im Kopf hatten? Oder war es ... Da hielt ein silbernes Auto neben Elly an.

Elly wischte sich schnell den Staub aus dem Gesicht und packte ihr freundlichstes Lächeln aus. Ja, das konnte sie gut, und es sah auch beinahe bezaubernd aus. Lächelnd trat sie an das silberne Fahrzeug heran. Im Auto saß eine Familie mit zwei Kindern und viel Gepäck. Sie ließen ein Fenster herunter. Das kleine Mädchen mit braunen Locken auf der Rückbank winkte ihr zu. »Wir fahren ins Glitzerpony-Land!«

Elly rieb sich lächelnd ihre kalte Wange.

»Oh ... ah ... genau da will ich auch hin!« Mit großer Stärke hielt sie ihr bezauberndes Lächeln aufrecht und strich ihre glatten schwarzen Haare mit der weißen Strähne hinter die Ohren in dem Versuch, süß zu wirken. Vielleicht überzeugten ein ordentliches Auftreten und ein wenig gespielte Schüchternheit die Bilderbuchfamilie. Die blond gelockten Eltern musterten das verschwitzte Grufti-Mädchen, das so ganz eindeutig nicht ins Glitzerpony-Land wollte.

Elly versuchte, Tatsachen zu schaffen, und schnappte ihre Gitarre samt Reisetasche.

»Ich mach mich auch ganz schmal.«

Die Eltern starrten auf die sperrige Gitarre auf Ellys Rücken und tauschten besorgte Blicke aus. Die Mutter griff ins Handschuhfach und reichte Elly einen Schokoriegel aus dem Fenster. Irritiert nahm Elly den Riegel.

»Reiseproviant? Das ist nett, ich pack dann mal meinen Kram fix in den Kofferrau–«

Doch weiter kam sie nicht, mit einem leisen Zischen schlossen sich die Fenster und Elly schaute in die Augen der beiden Kinder auf der Rückbank. Das lockige Mädchen winkte ihr zu, während der kleine Bruder ihr die Zunge rausstreckte. So entfernte sich das Auto langsam, aber schnell genug, dass Elly keine Zeit hatte, noch etwas zu sagen. Immerhin schaffte sie es noch rechtzeitig, ihr bezauberndes Lächeln zu einer boshaften Fratze zu wechseln und die Zähne wie ein Vampir zu fletschen. Der kleine Junge auf der Rückbank drehte sich in Windeseile weg. Ha!

Dann war alles still und Elly stand da mit grimmigem Blick, ihrem Gepäck, den Löchern in der Leggins und einem Zittern in den Schultern. Vielleicht war da auch der Wunsch zu heulen. Sie biss auf ihrer Unterlippe herum, irgendwann musste sie doch mal Glück haben.

Viele Autos rauschten an ihr vorbei und niemand dachte auch nur daran anzuhalten. Elly versuchte, standhaft zu bleiben, und entschied, ihr Gepäck nicht mehr abzusetzen, lieber ertrug sie das Zittern in ihren Muskeln und die Schmerzen in den Schultern. Da endlich näherte sich wieder ein Auto, in dem drei junge Typen saßen. Aber sie machten keine Anstalten zu stoppen, und wie Elly das Auto näher auf sich zukommen sah, traf sie eine Entscheidung. Sie holte tief Luft – und sprang auf die Straße. Reifen quietschten und der Staub der Straße stob in die Luft. Das Auto kam endlich schief auf dem Seitenstreifen zum Stehen. Die drei jungen Männer schauten Elly mit großen

Augen an, sie waren gar nicht fähig zu einer wütenden Reaktion. Mit ihren Händen und Lippen formte Elly ein »BITTE!«. Sie ging dicht an das Auto heran, diesmal ohne bezauberndes Lächeln, denn es hatte ihr bisher auch nichts gebracht. Der Fahrer mit seinen langen blonden Haaren und Löchern im Shirt öffnete die Autotür, doch ehe Elly einen Schritt auf ihn zugehen konnte, dröhnte ihr völlig unerwartet die schlimmste deutsche Blasmusik EVER entgegen. *Humtata* und *Tschingderassabum* in einer Höllenlautstärke.

Wie von einer Ohrfeige getroffen wich Elly zurück, dennoch fuhr ihr die Musik wie ein stechender Schmerz durch den Kopf und schlug ihr auf den Bauch. Wie betäubt ging Elly rückwärts, bis ihre Beine plötzlich von großen Brennnesseln umringt waren, die unerbittlich durch den dünnen Stoff und die Löcher ihrer Leggins stachen. Vor Schreck stolperte Elly rückwärts die Böschung hinunter. Die jungen Typen im Auto schauten sich erschrocken an. Der Langhaarige sprang aus dem Wagen und sprintete Elly hinterher. Vorsichtig und besorgt schaute er über die Böschung.

»A-alles okay?«

Statt seiner Stimme hörte Elly ein Rauschen und Plätschern in ihren Ohren. Eiskaltes Wasser gluckerte durch ihre Klamotten und kroch in ihre Stiefel. Eine ferne Erinnerung stieg in ihr auf, aber sie wusste nicht, was es genau war. Der Wunsch, an den roten Brennnesselpusteln zu kratzen, war stark. Ellys Blick war dem Himmel entgegengerichtet, während sie mit dem Rücken in einem kleinen Bach lag und klitschnass war. Aber mit beiden Händen hielt sie heldenhaft den schwarzen Gitarrenkoffer in die Luft. Denn wenn eines trocken bleiben musste, dann das. Der langhaarige Typ schaute mit einer tiefen Sorgenfalte im Gesicht zu dem Mädchen hinunter, das wie paralysiert in den Himmel starrte und tapfer die Gitarre in die Luft hielt.

»Äh … kommst du klar?«

Nach einer kurzen Pause kam endlich Ellys Antwort: »Alles de luxe.«

Sie konnte die laute Musik aus dem Auto noch immer deutlich hören.

»Ich meine, wirklich. Geht's dir gut?«

»Ja.«

»Ohne Scheiß?«

»Ja.«

Da blieb dem Fahrer des Autos nichts anderes übrig, als sich den Kopf zu kratzen.

»Okay, weil ich normalerweise gerne helfe, aber ich muss echt weiter.«

Elly nickte in Zeitlupe. Und tatsächlich, ohne ihr eine Hand zu reichen, eilte der Typ zurück zu seinen Kumpels. Elly war nicht wütend, sie schaute lieber, wie die Wolken am Himmel über ihr im Schneckentempo vorüberzogen. Endlich verstummte auch die unsägliche Blasmusik, als das Auto mit den Jungs verschwand. Elly schloss erschöpft die Augen und war dankbar für die Stille. Und als es still war in ihrem Kopf, kamen die Fragen.

Wie lange würde es dauern, die Klamotten zu trocknen? Drei Stunden? Kommt auf die Heizung an. Wann hörten Brennnessel-pusteln auf zu jucken? Nach einer halben Stunde? Wann würde wieder ein Auto halten? Vielleicht nie?

Und die wichtigste aller Fragen: Wann würde Quedlinburg endlich aufhören, so besessen von dieser beschissenen Blasmusik zu sein? Morgens, mittags, abends! In der Schule, auf der Arbeit, bei Beerdigungen! Als ob der gottverdammte Weltfrieden davon abhinge! Was war den Leuten so wichtig an dieser Musik?

Das waren die Fragen, die durch Ellys Kopf kreisten. Da hörte sie eine vertraute Stimme hinter sich.

»Schatz?«

Elly hatte keine Energie für diese Stimme, sie lauschte nur dem leisen Rauschen des Wassers.

»Schatz?!«

Elly versuchte, sich noch ein wenig an dem sanften Rauschen festzuhalten, auch wenn ihre Arme unter der Last des Gitarrenkoffers schwankten und ihre Zähne vor Kälte klapperten.

»Schatz!«

Ein Mann eilte die Böschung hinunter. Der Mann hieß Holger Wollmüller und war der Vater von Elly Wollmüller. Seine hellbraunen Haare wippten in alle Richtungen, seine Augen waren groß und voller Sorge, sein Mund war aufgerissen und kannte nur ein lautes, erschrockenes Wort: »Schatz!!«

Er nahm Elly die Gitarre aus der Hand und legte sie ins Gras. Besorgt griff er Elly an den Schultern und zog sie aus dem kalten Wasser.

Er drückte sie an sich, und Elly konnte nicht anders, als auch ihre Arme um ihren Vater zu schließen und dabei seine graue Trachtenjacke, die mit fröhlichen Blumen bestickt war, zu durchnässen. Holger strich Ellys nasse Haare aus dem Gesicht.

»Du machst ja Sachen!«

Elly nickte. »Ja, ich mache Sachen. Menschen machen Sachen. So wie es sein sollte.«

»Was war denn los? Wie kommst du hierher? Was wolltest du hier?« Holger blickte sich um, aber er konnte nichts von Interesse erkennen. Er nahm den Gitarrenkoffer über die Schulter und zog das nasse, schwarze Elend, das seine Tochter war, an der Hand die Böschung hoch. Oben stand Holgers rundlicher VW Beetle mit laufendem Motor. Er hatte ihn schräg auf dem Seitenstreifen geparkt. Nachdem der Gitarrenkoffer sicher verstaut war, sammelte Holger Ellys schwarze Reisetasche aus den Brennnesseln ein und verfrachtete sie in den Kofferraum.

»Ich hab deine Tasche gesehen, Mensch, stell dir vor, ich hätte sie übersehen und nicht angehalten. Mäuschen! Stell dir das mal vor! Während du ganz allein, klatschnass in dieser Kälte liegst!«

Jetzt tat es Elly leid, ihr Vater war so ein lieber Mensch und lieben Menschen tat man einfach nicht weh. Ihn so voller Angst zu sehen, trieb ihr Tränen in die Augen, aber es war jetzt keine Zeit zum Weinen. Jetzt war Zeit zu funktionieren. Und so stieg Elly ins Auto, sie suchte sich einen Platz zwischen einem Berg von Trachtenkleidern, die ihr Vater ordentlich in Folie verpackt auf dem Rücksitz transportierte. Es waren neue Kleider für sein Ladengeschäft. Elly zitterte, wahrscheinlich vor Kälte, aber auch weil alles schiefgegangen war. Aus einer Tüte auf dem Beifahrersitz reichte Holger ihr einen bestickten Schal, der sich gut zum Handtuch umfunktionieren ließ. Elly war mit den Gedanken woanders.

»Schatz?«

Holger schaute zu Elly, die das Tuch in seiner Hand nicht bemerkt hatte. Endlich schaute sie hoch.

»Komm. Wenigstens die Haare. Und dann eine warme Dusche zu Hause!«

Elly rieb sich die Haare trocken, und ja, die Idee mit dem Handtuch war gut, denn dahinter konnte sie gut ihr Gesicht und all ihre Wut und ihre Scham verstecken. Wie schön, dass es jemanden gab, der einem in solchen Momenten ein Tuch reichte und keine blöden Kommentare machte. Elly wischte ihr Gesicht trocken und legte sich das Tuch um den Hals. Sie bemerkte, wie ihre nackten Knie aus den Löchern der Leggins schauten. Wären die Knie nicht zerkratzt, wären die Löcher als modisches Statement durchgegangen. Elly bewegte ihre Zehen in den mit Wasser gefüllten Schuhen, die glucksende Geräusche von sich gaben. Geräusche, die ganz und gar nicht zu ihrer Stimmung passten. Sie hob den Blick und sah die bunten Häuser Quedlinburgs näherkommen. Ein paar dicke Tränen wollten ihr in die Augen steigen, aber Elly beschloss, alles runterzuschlucken und sich dem Unausweichlichen zu stellen. Ihr Vater brachte sie zurück in die Stadt.

In der Schmiede der Instrumentenbauer stand ein schlaksiger Lehrling und arbeitete mit Schweißperlen auf der Stirn, die hin und wieder zu Boden tropften. Der Boden war es gewohnt, denn hier wurde immer hart gearbeitet. Die Werkstatt war gefüllt mit Blasinstrumenten in unterschiedlichen Stadien der Fertigung. Trompeten, Posaunen, Flügelhörner. Der ganze Raum war ein unordentliches Paradies der Handwerkskunst. Dicker Staub bedeckte die Ecken, in denen länger nicht gearbeitet wurde, und es duftete nach frischem Holz und heißem Metall. Die Werkstatt war so alt, dass sie seit Hunderten von Jahren in ein und demselben Haus angesiedelt war. In einem hellbraunen Fachwerkhaus mit zu kleinen Fenstern. Sie stammten noch aus der Zeit, in denen sich Häuser schlecht beheizen ließen und jedes große Fenster garantierte, dass man im Winter fror. Mittlerweile hatte die Werkstatt eine prächtige und tüchtige Heizung, aber viel Licht kam immer noch nicht herein, als dürfte man in dieser Stadt mit bestimmten Traditionen einfach nicht brechen.

Der schlaksige Lehrling bog den unfertigen Korpus eines Flügelhorns mit bloßen Händen und versuchte, ihn in Form zu bringen.

»Drecksscheiße!!!«

Er schmiss das Ding auf den großen hölzernen Arbeitstisch und haute mit einem Hammer wütend darauf.

»HUARGH!!! DU MISTDING VON EINEM INSTRUMENT!«

Das unkoordinierte Hämmern und Fluchen ließ alle anderen in der Werkstatt aufhorchen.

Herbert Zahl, der alte Meister der Instrumentenbauer, nahm dem jungen Mann das unfertige Instrument kopfschüttelnd weg. Beschwichtigend klopfte er ihm auf die Schulter, denn mehr Chaos konnte und wollte er sich in seiner Werkstatt nicht leisten. Gerne hätte er selber noch Hand angelegt bei den Instrumenten, aber seit einem Brand vor zwölf Jahren war sein rechter Arm teilweise gelähmt. Und seit damals, so behaupteten die Leute, ging eine gewisse Finsterkeit von Herbert aus und er knetete in der Hand meistens einen Stressball, der in seiner Faust knirschte.

Der Meister legte das misslungene Instrument in eine schwarze Kiste, die hinter einem dicken Vorhang verborgen stand. Jeder wusste, es war die Kiste der gescheiterten Versuche.

Der Meister ging zu seiner Kollegin, die gleichzeitig seine Frau war. Ihre langjährige Erfahrung konnte jeder an den entschlossenen Gesichtszügen, der makellosen Kleidung und der aufrechten Haltung ablesen. Die Frau mit den langen, weißen Haaren war Iris Zahl. Wenn Herbert mit ihr zusammen war, vergaß er oft, den Stressball zu kneten, denn Iris strahlte Ruhe aus. Zusammen waren sie die Instrumentenbauer der Stadt. Sie trugen auffällig königsblaue Uniformen mit dem Q als Wappen. In ihrer Zeit hatten sie schon viele Lehrlinge kommen und gehen sehen. Ob dieser Lehrling gehen oder bleiben würde, stand noch nicht fest. Einen guten Tag hatte er heute jedenfalls nicht. Um Instrumente zu bauen, brauchte man Kraft und Fingerspitzengefühl. Meistens kamen die Lehrlinge nur mit Kraft oder nur mit Fingerspitzengefühl, das jeweils andere mussten sie mühsam lernen, und nicht jedem gelang es. Iris Zahl griff einen kleinen Klöppel vom Arbeitstisch und schlug ihn zackig gegen eine goldbraune Glocke, die über der Tür hing. Frühstückspause. Etwas früher als sonst, aber vielleicht war das auch besser so. Die Arbeiterinnen, Lehrlinge und Meister ließen ihre Arbeit stehen und liegen. Sie streckten ihre müden Muskeln und fuhren sich durch die verschwitzten Haare. Alle nahmen an einem Holztisch im Nebenraum Platz. Die meisten hatten ihr eigenes Essen dabei und packten es aus. Herbert Zahl stellte zusätzlich Gläser und geschnittenes Gemüse auf den Tisch, während Iris Zahl einen letzten Kontrollblick in die Werkstatt warf. Waren auch alle zu Tisch gekommen? Es sah ganz danach aus.

Was Iris entgangen war, war die kleine silbergraue Maus, die am Rand der Wand entlangtippelte. Genauso wie der kleine Junge mit der grünen Latzhose, der auf dem staubigen Boden der Schmiede auf allen vieren der Maus ganz leise hinterherkroch. Er hielt ganz still, als das kleine Tier an einem alten Brotkrümel zu knabbern begann. Jetzt war sie beschäftigt und zack, mit zwei Händen, die unfassbar geschickt waren, griff er nach der Maus. Doch sie entwischte fiepsend und schlüpfte panisch unter einem dicken Vorhang hindurch. Der Junge tat es der Maus gleich und vor ihm stand im schummerigen Licht die schwarze Kiste mit den gescheiterten Instrumenten. Darin musste die Maus sein, denn woanders bot sich ihr kein Versteck. Vorsichtig hob der Junge den Deckel, um in die Kiste zu schauen. Darin sah man verbogenes Metall voller Dellen, halbfertige Instrumente, aber keine Maus ... Denn die rannte gerade lautlos hinter dem Jungen zurück in die Werkstatt. Diesmal war sie mit dem Leben davongekommen, ohne es als Spielzeug für ein Kindergartenkind mit festem Händedruck auszuhauchen.

Der Junge seufzte. Sein schönes Spiel endete mit keinem Höhepunkt, nur mit Enttäuschung. Frustriert zog er das missglückte Instrument des Lehrlings hervor und betrachtete es mit all seinen Dellen und Einschlägen. Dann holte er tief Luft und blies hinein. Ein schriller, unschöner Ton durchdrang die Werkstatt. Das klang nach Spaß, also versuchte er es noch mal und es wurde immer schriller. Und noch mal, und noch mal. Der Ton wurde nur grässlicher.

Plötzlich riss der Meister dem Jungen das Instrument aus der Hand und schüttelte mit aufgerissenen Augen den Kopf.

»NICHT!!«

Der Meister drehte sich vorsichtig, als würde jede hektische Bewegung den Tod bedeuten, zum Tisch, auf dem die glänzend polierten Trompeten aufgereiht standen, an denen die Lehrlinge gerade arbeiteten. Und wenn man ganz genau hinschaute, sah man, dass sie vibrierten. Auch das Wasser in der Glasflasche auf dem Tisch daneben erzitterte. Nun ergriff den Jungen die Angst und er hielt sich an Herbert Zahls Jacke fest.

»Ist das ... ein ... ein Erdbeben?«

Die Lehrlinge und Meister, die längst nicht mehr am Esstisch saßen, starrten unsicher von links nach rechts, als ein weiteres unerklärliches Zittern durch das uralte Haus fuhr. Herbert knetete seinen Stressball mit einem finsteren Gesichtsausdruck.

Tief im dunkelgrünen Gestrüpp des Waldes, der Quedlinburg umgab, war vom Beben kaum etwas zu spüren. Hier war es nur mehr ein flüsterndes Grollen, das durch die dunkle Erde des Waldbodens fuhr. Doch so idyllisch wie in den alten Märchen war dieser Wald längst nicht mehr. Flaschen, Dosen und vom Sonnenlicht ausgeblichene Toastbrotverpackungen lagen zwischen dunkelgrünem Moos und Farnen. Reste von verrotteten Silvesterraketen bröckelten unter braunen Blättern vor sich hin. Allerdings fand man hier auch besonderen Müll. Unter einem wuchernden Weißdornbusch stand ein kaputter Trabant aus DDR-Zeiten. Wer das Auto hier einmal abgestellt hatte, wusste niemand und für die Entsorgung fühlte sich ebenso niemand verantwortlich. Der Trabant war ganz grün vor Moos und aus allen Ritzen wuchsen Äste junger Bäume, als hätten sie sich abgesprochen, das verrottende Auto als willkommenen Pflanzentopf zu nutzen. Es war wieder Stille im Wald eingekehrt, das Beben war vorüber. Bis auf ein flüsterndes Rauschen in den Blättern konnte man nichts hören.

Doch vom Inneren des Autos kam ein Schnaufen, ein Ächzen. Und mit einem lauten Knarzen öffnete sich plötzlich die Tür des Trabants. Eine Weile lang sah man nichts, sodass man glauben konnte, der Wind hätte die Tür aufgestoßen. Doch da war immer noch das erschöpfte Atmen und Japsen. Aus dem dunklen Auto kam ein langes Bein in einer schwarzen Anzughose hervor. Auffällige gelbe Lederschuhe suchten nach Halt auf dem weichen Waldboden. Ein großer Mann mit schwarzen, halblangen Haaren stieg aus dem Auto, fiel aber sofort erschöpft auf die Knie. Er schnaufte, als hätte er sich gerade durch einen Marathonlauf gekämpft. Er besaß ein ebenmäßiges Gesicht mit heller Haut, auf der lauter Schweißperlen standen, die langsam über sein Gesicht herunterliefen. Seine Lippen waren spröde und seine Augen tiefschwarze Abgründe. Und dennoch besaß er eine unerklärliche Schönheit. Schwer atmend strich er seine dunklen Haare hinters Ohr. Nach einer Weile rappelte er sich auf und klopfte sich den Staub von der Kleidung. Für einen Moment presste er eine Hand gegen die feuchte Stirn, mit der anderen hielt er sich am Auto fest, als ob ihn schlimme Kopfschmerzen quälten. Er atmete tief durch und sog gierig die Luft in seine Lungen. Dann endlich war er bereit, sich von dem Auto als Stütze zu lösen. Er setzte einen Fuß vor den anderen und lief wie jemand, der von einer langen Seereise kam und währenddessen alle Kraft verloren hatte. Er musste sein Gleichgewicht bei jedem Schritt neu ausloten, um nicht hinzufallen. Dennoch folgte er einem klaren Weg und lief geradeaus. Sein Ziel war die Stadt.

In einem schmalen gelben Fachwerkhaus mit hellblauen Fensterläden, in die herzförmige Löcher geschnitzt waren, konnte man lautes Tellerklappern hören. Auf dem ebenfalls liebevoll geschnitzten Namensschild stand: Wollmüller.

Elly ließ den Kopf über ihrem Frühstücksteller hängen und schaute den Cornflakes beim Einweichen zu. Die ersten Flakes sanken bereits in die undurchsichtige Milch hinab. Ellys Kleidung war trocken, nur ihre Haare waren noch feucht, weil sie keine Nerven für den altersschwachen Föhn hatte. Ellys Beine steckten in einer neuen schwarzen Strumpfhose, der weiche Stoff verleitete sie dazu, mit den Füßen über den unebenen Holzfußboden zu fahren, vielleicht ließen sich ein paar Splitter einfangen. Ellys Mutter band sich ihre blonden Haare zum Zopf. Sie war wirklich der Mensch mit dem bezauberndsten Lächeln um halb acht Uhr morgens. Franziska Wollmüller war ein absoluter Morgenmensch und schob mit ihren schönen, faltenfreien Händen den hölzernen Pfannenwender in der alten gusseisernen Pfanne umher. Gleich war das Rührei fertig. Ellys Papa brühte lächelnd den Kräutertee auf. Er schaute Elly aufmunternd an, während er ein Liedchen pfiff. Wie konnten zwei Menschen so großartig und gleichzeitig so unfassbar schrecklich sein? Natürlich liebte Elly ihre Eltern, aber mit einer gewissen Verzweiflung, die sie mit Worten nicht greifen konnte. Jedoch war das Schlimmste an diesem Morgen das, was an der gegenüberliegenden Seite des Tisches saß und mit ebenso strahlendem Lächeln einen Teller Rührei entgegennahm.

»Frau Wollmüller, Sie haben sich wieder selbst übertroffen!«

Melody März saß am anderen Ende des massiven Holztisches, mit ihren goldblonden Zöpfen und ihrem blassblauen Blümchenkleid. Melody war so alt wie Elly, allerdings konnte man in ihr schon die künftige junge Frau erkennen, die zukünftige Königin aller Volksfeste oder gleich die angehende Bürgermeisterin. All das sah man bereits in ihrem Gesicht, dort wo bei Elly bisher nur ein großes Fragezeichen stand. Franziska Wollmüller schaute Melody besorgt an.

»Ist es auch nicht zu albern mit dem Gesicht?«

Sie deutete fragend auf Rührei, Würstchen und Ketchup auf dem Teller, die zusammen ein Gesicht ergaben.

»Aber nein! Es ist wunderbar und so perfekt gelungen!«

»Seid ihr auch nicht zu alt dafür?« Franziska war immer noch unsicher.

Melody lächelte wunderschön und aufrichtig und sie passte so perfekt zu diesem sonnigen Morgen und zu diesen bezaubernden Eltern. Wie ein Schwan im Schwanennest. Ganz anders als die gerupfte schwarze Krähe auf dem Stuhl gegenüber.

»Frau Wollmüller! Für so was ist man nie zu alt!«

Melody strahlte Ellys Mutter weiter an. Elly hatte nun ebenfalls einen Teller mit liebevoll lächelndem Ei-Wurst-Ketchup-Gesicht vor sich stehen.

»Danke.«

Franziska nickte ihrer Tochter zu.

Elly dachte an den Tag, an dem Melody eingezogen war. Vor zwei Wochen sah die Welt nicht so sonnig aus, dunkle Gewitterwolken hingen über der Stadt und verfinsterten den Himmel. Was genau passiert war, hatte Elly nie erfahren. Es war die Rede von einem schweren Unfall. Melody war mit ihrem Vater von den Orchesterproben nach Hause gelaufen, fast waren sie schon an der beeindruckenden Villa angekommen, in der sie seit einigen Jahren wohnten. Sie war zartrosa gestrichen und hatte an den Mauern goldene Blasinstrumente als Verzierung. Das vielleicht schönste Haus der Stadt. Karl März war der talentierteste Lehrling, den Herbert und Iris Zahl je bei sich hatten begrüßen dürfen. Er besaß eine Genialität, die ihnen ein absolutes Rätsel blieb. Sie waren sich sicher, dass Karl eines Tages die Werkstatt der Instrumentenbauer übernehmen würde. Schon jetzt hatte er alle Fähigkeiten dazu und baute die schönsten und besten Blasmusik-Instrumente der Welt. Doch der Unfall riss ein dunkles Loch in ihre großen Pläne für die Zukunft. Ellys Mutter Franziska war Ärztin im Krankenhaus von Quedlinburg. Sofort war sie zu diesem Notfalleinsatz gerufen worden.

An diesem Tag hatte Holger Melody in der viel zu großen Villa abgeholt. Sie konnte nicht alleine dortbleiben.

»Komm zu uns, bis dein Papa über den Berg ist.«

Elly erinnerte sich an Melodys Gesicht, als sie mit zwei Koffern über die Türschwelle trat. Vielleicht war sie an diesem Tag innerlich mehrere Jahre gealtert.

Melody bezog das Gästezimmer im Haus und Elly hatte sich alle Mühe gegeben, es aufzuräumen. Sie nutzte es oft als Schreibzimmer und entsprechend chaotisch sah es aus. Voller zusammengeknüllter Papiere und leer geschriebener Stifte. Endlich war das Zimmer wieder blank und langweilig gewesen. Nur an den Wänden ließ Elly ihre besten Gedichte hängen, sie hatte sie in rabenschwarzer Tinte aufgeschrieben und war sehr stolz auf die Texte.

Als Elly zwei Tage später einen Blick ins Zimmer warf, war die Wand leer und alle Gedichte verschwunden. Ellys Herz sank. Melody entschuldigte sich aufrichtig: »Ich … ich wusste nicht, dass sie von dir waren. Sie haben mir Angst gemacht.« Elly nickte und schloss die Augen, die Müllabfuhr war am Tag zuvor gekommen und hatte die Tonne mit dem Papiermüll mitgenommen.

Holger streute etwas Zucker in seinen Tee.

»Machst du mal das Radio an, Spatz?«

Elly stand auf und drehte am Regler des silbergrauen Radios. Auf dem Display rauschten die Namen der Sender vorbei: BLASMUSIK FÜR SCHMUSE-STUNDEN, BLASMUSIK FÜR DIE FEIERTAGE, BLASMUSIK FÜR TRAUERNDE, BLASMUSIK FÜR DEN PARTY-KELLER … Für einen kurzen Moment ertönte die Musik des jeweiligen Senders und Elly durchfuhr ein Schaudern. Sie drehte weiter und plötzlich mogelten sich zwei Sender dazwischen: JAZZ HOURS und 90s-TECHNO ESCALATION. Elly hielt inne, um auf den Sendern zu bleiben. Doch ausgerechnet hier blieb alles still. Keine Musik war zu hören.

»Mach mal die 101.5!«

Ellys Papa summte eine Melodie und schaute Elly wartend an. Lustlos drehte Elly weiter und gelangte zu BLASMUSIK ZUM FRÜHSTÜCK. Fröhliche Musik erfüllte den ganzen Raum, die nahtlos in das nervige Summen von Holger Wollmüller überging. Zu allen Überfluss stimmte Melody nun auch noch mit ein. Überfordert und mit schmerzverzerrtem Gesicht setzte Elly sich ihre großen Kopfhörer auf die Ohren und drückte auf Play. Ohrenbetäubender Heavy Metal dröhnte nun in Ellys Kopf. Sie drehte den Lautstärkepegel bis zum Anschlag und schob die Kopfhörer ein Stück von den Ohren. War es so laut, dass es die anderen hörten? Es war jedenfalls nicht laut genug, den gut gelaunten Wahnsinn zu stoppen, der sich vor ihren Augen abspielte. Es war NIE laut genug. In Ellys Stadt gab es keine Musik, die lauter war als Blasmusik. Es gab keine Musik, die anders war. Keine Musik für traurige Momente, für mutige Entscheidungen, keine Musik zum Träumen, keine Musik zum Headbangen. Es gab nur *Humtata, humtata, humtata* … Hauptsache, die Leute konnten auf Bierbänken schunkeln, Hauptsache, jedes noch so kleine Kind, das eine Trompete halten konnte, spielte auch Trompete. Hauptsache, jeder Opa, der den Takt schlagen konnte, schlug auch den Takt.

War es eine übermächtige Magie, die jede andere Musik aus Quedlinburg fernhielt? Oder war es eine perfide Technikleistung, die all das möglich machte? Elly wusste es nicht. Die Hauptsache war jedenfalls, dass alles so blieb, wie es schon immer war. *Pax in Aeternum.* Frieden für Immer. Das war der Grund, warum Elly in dieser Stadt nicht länger bleiben konnte.

Franziska packte in der Küche hektisch ihre Tasche und gab Melody einen Kuss auf den engelsblonden Haarschopf.

»Wir machen dir die schwere Zeit so angenehm wie möglich. Es ist gut, dass du eine Freundin hast, bei der du wohnen kannst.«

Freundin … Elly ließ das Wort in ihrem Kopf kreisen. Melody schaute zu Elly und versuchte zu lächeln, aber Elly schaute sie gar nicht an. Sie hatte sowieso Wichtigeres zu tun, als den Hausfrieden zu bewahren. Warum sollte sie so tun, als wäre sie noch mit Melody befreundet?

In dem Moment entdeckte Elly etwas außerordentlich Wichtiges. Einen Geldschein, der aus der Handtasche ihrer Mutter hervorlugte. Mit geschickten Fingern und ohne ihren neutralen Gesichtsausdruck zu verändern, angelte Elly sich den Schein und ließ ihn in ihre Jackentasche wandern.

Sie verschwand mit ihrer Beute in ihr rabenschwarzes Zimmer, das zwei Treppen höher lag. Es war ein kleines, schmales Zimmer mit kleinen Fenstern, die nicht mehr zeigten als den Himmel. Die Luft war immer ein bisschen stickig und im Sommer war die Hitze beinahe unerträglich. Aber es war Ellys Reich und es durfte so finster sein wie sie. An der Wand stand ein altes Hochbett, früher war es ein lustiger gelber Bus mit Gesicht gewesen. Doch Elly hatte ihn längst schwarz gestrichen und mit weißen Buchstaben »Bestattungsinstitut« draufgeschrieben. Als Holger damals in ihr Zimmer gekommen war, hatte er sich erst mal am Türrahmen abgestützt, wie ein Marathonläufer, der nur geradeso lebend ins Ziel gekommen war. Dann hatte er sich zusammengerissen und gefragt: »Wollen wir Kekse backen?«

Wenn Elly in diesen Tagen die Treppe herunterschaute, stand da im

Gästezimmer eine Etage tiefer ein Bett mit Blümchenbettwäsche. Es war ein absoluter Fremdkörper, genauso wie die beiden Reisetaschen mit der ordentlich zusammengelegten Kleidung von Melody, die vor dem Bett standen. Wie lange würde sie hierbleiben? Und würde sie bald den Platz der Tochter des Hauses einnehmen?

Elly stand in ihrem Zimmer und griff nach ihrem Schulranzen. Hatte ihr Vater überhaupt verstanden, dass es ein Fluchtversuch gewesen war? Ellys Papa Holger war ein Mensch, der immer nur das Beste annahm. Der das Gute in allem sah und der alles dafür tat, dass die Harmonie zu Hause bewahrt wurde. Elly zweifelte daran, dass er auch nur im Entferntesten glaubte, seine Tochter würde ihn verlassen wollen. Immerhin liebte er sie doch bis zum Mond und zurück, egal wie finster ihr Gesicht und ihre Kleidung auch werden mochten. Ellys Mutter hatte meist den besseren Durchblick, aber sie war oft so gestresst von ihrem anstrengenden Job, dass sie mit der zwanghaften Illusion lebte, dass zumindest in der Familie alles gut lief.

Elly schaute zu ihrem Kleiderschrank und überlegte. Ihre Finger glitten nachdenklich über das Holz, das sie unsauber schwarz gestrichen hatte. Dann öffnete sie die Tür und holte ihre gut versteckte E-Gitarre hervor, die sie bei ihrem Sturz in den Bach so heldenhaft vor dem Wasserschaden gerettet hatte. Sie öffnete die Laschen des Gitarrenkoffers und befreite das Instrument. Es war nicht neu, aber der Lack glänzte noch beinahe so. Elly hatte sich gut um sie gekümmert.

Von einer plötzlichen Euphorie erfasst, stellte Elly sich in Position wie ein Rockstar, mit breiten Beinen und erhobenem Kopf. Ihre Finger schrammelten wild über die Saiten, aber ohne dass etwas zu hören war. Nein, diese Stadt ließ es nicht zu, dass andere Musik gespielt wurde. Durch nichts ließ sich der Bann brechen. Das, was Elly liebte, blieb stumm, stumm, stumm. Egal wie sehr sie sich bemühte. Elly steckte ein Kabel in die Klinkenbuchse der Gitarre und setzte sich ihre großen Kopfhörer auf. Sie strich wieder über die Saiten, und endlich hörte sie den Gitarrensound. Ja, was man alleine für sich im stillen Kämmerlein hörte, das konnte anscheinend selbst die größte Kraft nicht stumm schalten. Es war ein schwacher Trost.

Zur selben Zeit stieg Melody pfeifend die Treppe hinauf, um ihre Schultasche zu holen. Sie schaute eine Treppe höher in Ellys Zimmer.

»Wir müssen gleich lo–«

Melody schaute irritiert, als sie sah, wie Elly mit beiden Händen die Türen ihres Kleiderschranks zuhielt. Von der Gitarre keine Spur mehr. Richtig so, sie war auch nicht für Melodys Augen bestimmt.

Holger Wollmüller trat aus seinem Haus und genoss die frische Morgenluft. Er schaute zu den Plakaten, die mittlerweile an fast jeder Laterne und an jedem Stromkasten klebten. Sie alle kündeten vom großen Blasmusik-Wettbewerb.

»Aaah. Ich glaube, dieses Jahr wird das beste Festival aller Zeiten!«

Melody stupste Holger mit den Ellenbogen an.

»Herr Wollmüller! Ich glaube, das sagen Sie jedes Jahr!«

Jetzt lachten beide. Franziska Wollmüller umarmte eilig ihre Tochter, ihre Gast-Tochter und ihren Mann. Dann verabschiedete sie sich mit einem Luftkuss bei allen. Und weg war sie.

Vater Wollmüller konnte es gemütlicher angehen lassen. Er öffnete die Tür des Ladengeschäfts, das direkt neben dem Wohnhaus lag: ein Laden für Trachtenmode. Dirndl und Lederhosen in allen Formen und Farben. Ehe Elly und Melody losgingen, holte er ein Kleid aus dem Laden, das in eine Folie verpackt war. Er überreichte es Melody.

»Es ist aus der aktuellen Lieferung. Ich musste sofort an dich denken.«

Melody nahm das Kleid begeistert aus der Folie, es war ein zartrosafarbenes Dirndl mit ausgestickten Blumen auf den Trägern. Holger schaute sich Melodys aufrichtig fröhliches Gesicht an und Elly wusste, dass er Melody bald so sehr lieben würde wie sein eigenes Kind.

»Unser Töchterchen macht sich ja nicht so viel daraus.«

Er drehte sich zu Elly.

»Aber ich hab auch eins für dich, falls du deine Meinung änderst, Schatz.« Er zwinkerte ihr zu.

Elly ließ den Blick über das rosa Dirndl schweifen.

»Wenn die Hölle zufriert, der Himmel einstürzt und die Toten auf die Erde zurückkehren. Dann trage ich ein Dirndl.«

Holger pfiff Luft durch die Zähne.

»Hei-ei-ei … Elly! Nicht immer gleich das ganz große Besteck auspacken!« Er patschte ihr mit seiner weichen Hand auf den schwarzen Haarschopf, während Melody das Kleid umarmte.

»Es ist perfekt! Ich weiß nicht, wie ich Ihnen danken kann!«

Holger und Melody schauten sich an, es mussten keine Worte mehr gewechselt werden, sie waren einfach beide gerade glücklich. Dann schulterte Melody ihren Trompetenkoffer und ihren Ranzen. Bevor sie loslief, wandte sie sich an Elly.

»Komm doch mal wieder zur Probe, Elly! Wir hatten immer so viel Spaß und auf der Trompete warst du voll gut!«

Elly zeigte ihr ein »Daumen-hoch« mit beiden Händen.

Melody lächelte, doch dann senkte sie den Kopf. Sie verstand sehr gut, dass Elly sie verarschte.

Als Holger Wollmüller in sein Ladengeschäft verschwand, setzten sich die Mädchen in Bewegung. Melody lief vorneweg, Elly lief ihr eine Weile hinterher. Als sie vorne Melodys Freundinnen sah, die auf sie warteten, nutzte sie den Moment und verschwand unauffällig in einer Seitengasse. Sie schlängelte sich an parkenden Autos vorbei. Zuerst schien alles wie immer zu sein, aber dann bemerkte Elly etwas Sonderbares. Fast alle Autos um sie herum hatten zerkratzte Türen, als ob jemand einen Schlüssel oder einen anderen Metallgegenstand drübergezogen hätte. Seit wann gab es in Quedlinburg Menschen, die sinnlos Dinge zerstörten? Fasziniert strich Elly mit den Fingern über einen der großen Kratzer im dunkelblauen Lack eines Volvos. War etwa jemand Neues in die Stadt gekommen?

Franziska Wollmüller ging durch die Tür des Krankenhauses, die sich lautlos vor ihr öffnete. Immerhin hier war die Moderne ein Stück weit eingezogen. Das Krankenhaus war ein altes Gebäude, aber es hatte den Fortschritt gesehen, zum Wohle der Patienten.

Franziska Wollmüller packte ihre Tasche und die Straßenklamotten in ihr Schließfach. Am Virugard-Spender desinfizierte sie sich gründlich die Hände und griff nach einem blauen Kittel aus der Wäscheausgabe. Neben sie trat der jugendlich aussehende Doktor Bärenthal.

»Guten Morgen, Frau Doktor.«

Franziska lächelte und beobachtete, wie er mit seinem Schließfach kämpfte, das sich einfach nicht abschließen ließ.

»Erst ziehen, dann drücken, Johann! Keine Hexerei! Ich dachte, du bist Herzchirurg!«

Er lächelte zurück. Endlich klappte es.

»Und, alles schick bei euch?«

Franziska schnaubte und knöpfte ihren Kittel zu.

»Erziehung, ich sag's dir!« Sie stützte sich kurz am Schließfach ab, um ihre Gedanken zu sortieren.

»Es heißt immer, Liebe löst alle Probleme. Ich habe dennoch das Gefühl, all meine Liebe nur in einen finsteren Abgrund zu werfen.«

Johann Bärenthal zuckte hilflos mit den Schultern.

»Wir waren doch alle seltsam in dem Alter, oder?«

Franziska überlegte.

»Stimmt, ich hab mal zwei Jahre nur Knäckebrot gefrühstückt!«

Johann prustete und gab Franziska einen Klaps auf die Schultern.

»Wild! Einfach wild, meine Liebe!«

Die beiden gingen ein Stück den Flur der Intensivstation entlang, die Wände waren mit großformatigen Fotos von Blasinstrumenten dekoriert. Johann schaute Franziska von der Seite an.

»Und Melody? Die bringt doch gute Laune für zehn mit, oder nicht?«

Franziska nickte langsam.

»Sie ist ein Schatz. Ich hoffe, wir können ihr ihren Papa bald zurückgeben ...«

Franziska und Doktor Bärenthal schauten sich an, ihr Lächeln war nun weniger fröhlich. Dann setzten sie sich ihren Mundschutz auf und bogen um die Ecke des Flurs. Nachdem sie ein paar geschlossene Räume passiert hatten, blieben sie vor einem Zimmer stehen. Die gute Laune war nun endgültig verflogen. Franziska tippte unruhig mit den Fingern auf ihre Oberschenkel.

»Wir hätten ihn schon vor vier Tagen aus dem Koma holen sollen, er war stabil. Jetzt mag ich keine Prognose mehr abgeben.«

»Es sieht nicht so schlecht aus. Wir dürfen uns nicht entmutigen lassen. Noch nicht.«

Franziska schaute Doktor Bärenthal an und wusste seinen Optimismus zu schätzen.

»Ich wünsche mir, dass er beim großen Festival dieses Jahr zuhören kann. Wenigstens über den Fernseher. Melody leitet dieses Jahr ihre erste eigene Kapelle ...«

Johann nickte. »Sie sollte ihm hier schon was vorspielen. Ich wette, er kann es hören.«

Das leuchtete Franziska sofort ein und sie klatschte in die Hände.

»Am besten, die Mädchen kommen gleich zu zweit. Meine Tochter kann sich ruhig mal von einer guten Musikerin inspirieren lassen! Vielleicht greift sie endlich mal wieder selbst zum Instrument!«

Mit dem wunderbaren Kopfkino, ihr finsteres Kind könnte bald wieder Trompete spielen, begann Franziska ihren anstrengenden Kliniktag.

Die Sonne stand mittlerweile hoch am Himmel, irgendwo klingelte die Schulglocke in der Ferne. Elly gelangte über verschlungene Pfade endlich an ihr Ziel.

Direkt vor der Stadtmauer von Quedlinburg lag ein verlassenes Gebiet voller überwucherter Gärten und alter Gewächshäuser. Früher hatten Leute hier ihre Kleingärten, doch sie waren lange verlassen. Und alles, was von Menschen verlassen war, eroberte sich die Natur zurück. So wuchsen Bäume aus den Rissen der schmutzigen Glasdächer. In den Gewächshäusern selber hatten Unkraut und Ameisen die Kontrolle übernommen. Es war der perfekte Ort für die schul-

schwänzende Elly. Die legte ihren erbeuteten Geldschein in eine rostige Dose, in der sich schon Münzen und ein paar wenige Scheine befanden. Sie steckte die Dose in ein Loch in der Erde und bedeckte es mit Moos. Elly schaute vorsichtig um sich, ob auch keiner beobachtet hatte, wo ihr Versteck war. Aber es war niemand zu sehen.

Beruhigt setzte sich Elly auf einen rostigen Gartenstuhl und zog ein schwarzes Notizbuch aus ihrer Tasche. Mit einem weißen Edding hatte sie Dornenranken daraufgezeichnet. In der Mitte stand das kleine Wörtchen »Notes«, aber Nana hatte es ihr vor einiger Zeit aus der Hand gerissen und in großen Buchstaben »Finsterer Scheiß« drübergeschrieben. Und dabei blieb es auch, Elly trug das bekritzelte Notizbuch mit erhobenem Kopf bei sich. Immerhin war »finsterer Scheiß« eine gute Sache. Sie legte das Buch auf ihre Knie und begann zu schreiben:

Stumm ist die Nacht,
Laut ist der Tag,
Heiß ist mein Herz,
Doch kalt ist mein Sarg
Der mir keine Freiheit geben mag …

Zwischen den Zeilen seufzte sie tief und strich sich die Haare hinters Ohr. Sie genoss die Tiefgründigkeit ihres Gedichts. Plötzlich hörte sie etwas, sie drehte sich um und brüllte: »HAU AB!«

Das Mädchen, das Elly aus der Deckung beobachtet hatte, zuckte vor Schreck zusammen. Es war das Mädchen, das alle nur »Schatten« nannten. Sicher, sie hatte auch einen richtigen Namen, aber seit

sie in die Wohngruppe für Waisenkinder gezogen war, hatte sie sich als Streunerin einen Namen gemacht. Ein Kind, das von morgens bis abends durch die Stadt streunte wie ein Schatten, der die Stadt durchkämmte. Sie war noch ein Grundschulkind und trug ein dünnes Kleid und ein Paar glitzernder Schuhe. Manchmal sahen sie die Leute, wie sie mit einigen Spielzeugponys spielte. Es waren kleine Plastikpferdchen aus einer bunt-verstrahlten Comicheft-Reihe. Wenn Schatten also nicht in der Gegend umherstreunte, sammelte sie die seltenen Glitzerponys. Schwänzte sie heute etwa auch? In der Hand hielt sie ein gefaltetes Stück Papier.

Trotz Ellys bösem Blick kam Schatten näher. Sie trat in das brüchige Gewächshaus und legte Elly das Papier zu Füßen.

»Was ist das?«

Doch Schatten antwortete ihr nicht. Sie deutete auf ihren Hals und schüttelte den Kopf. Elly verstand nicht, was das bedeuten sollte.

»Was ist das für ein Zettel?«, wollte Elly wissen und schaute Schatten immer noch finster an. Die versuchte, zu gestikulieren und Elly irgendwie klarzumachen, dass sie nicht sprechen konnte. Sie zog ein weiteres Papier und einen Stift hervor. Sie wollte schreiben, was mit ihr los war, doch Elly hob ihren Fuß und stampfte auf Schattens Zettel, der vor ihr lag.

»Such dir dein eigenes Geheimversteck, klar?«

Dann kickte Elly den Zettel weg. Natürlich bereute sie sofort, wie eklig sie zu dem jüngeren Mädchen war, aber es war wie ein Reflex, gegen den Elly nichts tun konnte.

Schatten senkte den Kopf und musste einsehen, dass sie sich mit Elly nicht verständigen konnte. So verließ sie das Gewächshaus und

verschwand im Gestrüpp. Elly schüttelte genervt den Kopf. Sie nahm ihren Stift und schrieb weiter:

Ich schließe den Vorhang,

verberge das Licht.

Schaue in den Abgrund,

meiner Zukunft ins Gesicht ...

Plötzlich bemerkte sie, wie von draußen Qualm hereinstieg. Wütend marschierte sie aus dem Gewächshaus.

»HAU AB, DU VERDAMMTE, KLEINE – «

Es war nicht Schatten, die sie erneut belästigte. Aber wer zum Teufel saß da im Gras?

Der Mann nahm einen Zug von seiner Zigarette, die irgendwie nach alten, gerollten Busfahrscheinen aussah und furchtbar stank. Anscheinend wurde ihm das auch gerade klar, und er warf sie zu Boden, wo sie weiterqualmte, ehe er sie mit einem seiner gelben Stiefel austrat. Dann strich er sich mit einer Hand durch die dunklen Haarsträhnen. Elly fiel es schwer zu schätzen, wie alt er war. Erwachsene waren halt Erwachsene. War er vielleicht vierzig Jahre? Oder viel jünger? Viel älter? Er kam ihr alterslos vor.

Die beiden schauten einander gleichermaßen überrascht an. Dann bekam Elly ihren überlegenen, finsteren Gesichtsausdruck zurück und musterte ihn bohrend. »Und?«

Er sah aus, als ob er kurz nachdenken musste.

»Mein Name ist Engelbert Hellborn. Ich bin der neue Musiklehrer. Und du bist ein kleiner Nachtfalter?«

Er deutete auf Ellys Klamotten. Als ob er nicht selber fast komplett schwarz gekleidet gewesen wäre.

Statt zu antworten, ließ Elly ihren Blick über seinen schicken Anzug wandern, der allerdings aussah, als würde er ihn schon hundert Jahre tragen. Neben sich hatte er eine gelbe Aktentasche stehen. Herr Hellborn räusperte sich.

»Tut mir leid, dich hier zu stören. Ich dachte, das wäre ein einsames Plätzchen.«

»War es auch.«

Nun war es an Herrn Hellborn, Elly neugierig zu mustern, er legte seinen Kopf schräg wie ein Mensch, der nicht wusste, wie Menschen sich bewegten. Dabei erhaschte er einen Blick in Ellys geöffnetes Notizbuch. Er las, was sie geschrieben hatte. Elly bemerkte es und versteckte das Notizbuch hinter ihrem Rücken. Zu spät.

»Du hast einen guten Schreibstil.«

»D-danke …«

»Du hast Talent …«

Hellborn wirkte plötzlich traurig und Elly glaubte zu sehen, wie seine Augen feucht wurden. Sie musste bei dem Anblick schlucken.

»I-ist alles okay?«

Herr Hellborn schüttelte leicht den Kopf.

»Du wärst also gerne frei? Bist du es denn nicht? Ich dachte, hier wäre jeder frei?«

Elly lächelte bitter. »Ja, klar.«

Die beiden beobachteten schweigend eine Horde Spatzen, die auf dem brüchigen Gewächshausdach Station machte, ehe alle laut zwitschernd weiterflogen. Herr Hellborn schien sich wieder zu fangen, er

strich sich mit seinen Händen über das blasse Gesicht. Dann deutete er auf ein paar Fotos von Gitarristinnen, die Elly an die Wand des alten Gewächshauses gepinnt hatte.

»Spielst du etwa? Kannst du schon ein paar Tricks?«

Um zu verdeutlichen, wie er sich das vorstellte, spielte er einen Moment Luftgitarre.

»Was für Tricks meinen Sie?«

Herr Hellborns Gesicht schien nun wesentlich heller.

»Ich spreche von besonderen Tricks. Kannst du das Todesriff?«

»Das ... Todesriff ...?«

Hellborn nickte. Dann schwiegen beide wieder für eine Weile. Herrn Hellborn zog ein gelbes Notenheft hervor und schrieb etwas hinein. Elly versuchte zu sehen, was er da schrieb, aber es gelang ihr nicht, weil seine langen Arme im Weg waren.

Ratlos beobachtete Elly ein paar Schmetterlinge, die von Distel zu Distel flatterten. Dann fiel ihr etwas ein und sie schaute ernst zu Herrn Hellborn.

»Sollten wir nicht beide in der Schule sein?«

Herr Hellborn wurde noch blasser, dann griff er in Zeitlupe nach seiner Aktentasche. »Gottverdammte Schei–«

Nach Luft ringend stand Herr Hellborn vor der Klasse, die ihn schweigend anschaute.

»G-guten Morgen.«

Es war ein altmodisches Klassenzimmer mit alten Holzstühlen und Tischen. Überall an der Wand hingen antike Blasmusik-Instrumente und Fotos von Schulklassen aus längst vergangenen Jahrzehnten. Das gemütlich-nostalgische Aussehen des Klassenzimmers konnte jedoch nicht über den Fakt hinwegtäuschen, dass Klassenzimmer immer auch für unangenehme Erfahrungen standen. Leise und ohne Aufsehen zu erregen, schlich Elly zu ihrem Stuhl. Neben Herrn Hellborn stand Frau Kettler, sie war die Direktorin an der Schule. Sie war wahnsinnig beliebt bei den Schülern. Sie war groß und sportlich und hatte für alle ein offenes Ohr. Außer für Elly und alle, die sich nicht an die Regeln hielten. Frau Kettler führte die Schule mit absoluter Autorität. Natürlich bemerkte sie Elly und das bezaubernde Lächeln, mit dem sie alle Schüler am Morgen begrüßte, verschwand aus ihrem Gesicht. Einen Moment schaute sie Elly finster an, dann wandte sie sich an die Klasse.

»Heute darf ich euch euren neuen Musiklehrer vorstellen: Herrn

Hellborn! Er wird unsere Jugend-Kapellen bis zum großen Festival tatkräftig unterstützen!«

Herr Hellborn stellte seine Tasche auf den Lehrertisch und wischte sich schnell den Schweiß von der Stirn.

»Mein Herz schlägt für die Musik so wie eures auch!« Um das zu verdeutlichen, breitete er euphorisch die Arme aus. Danach herrschte Schweigen im Raum. Herr Hellborn machte eine Pause und wartete, bis Frau Kettler das Zimmer verlassen und die Tür hinter sich geschlossen hatte. Dann drehte er sich zur Klasse.

»Wer von euch wunderbaren Menschen weiß, wer die BEATLES sind?«

Die Kinder schauten sich verunsichert an. Sprach Herr Hellborn da etwa gerade von einer Rock-Band?

»Nun gut, da gibt es ja noch einiges nachzuholen bei euch, am besten, wir fangen an mit …«

Da dröhnte etwas aus dem Schullautsprecher, eine energische Trompeten-Fanfare. Die Kinder sprangen von ihren Stühlen und rissen die Fenster auf. Sie holten ihre Blasinstrumente aus den Taschen, einige schlüpften schnell in ihre bunten Uniformjacken, die mit einem aufgenähten Wappen zeigten, welcher Kapelle sie angehörten.

Endlich standen alle perfekt vorbereitet am Fenster.

Elly drängte aus dem Gewusel heraus Richtung Flur, doch ehe sie ihren Weg fortsetzen konnte, spürte sie eine Hand auf ihrer Schulter. Neben ihr stand Frau Kettler.

»Komm.«

Elly hörte, wie die ersten Töne aus den Instrumenten ihrer Mitschülerinnen und Mitschüler kamen, während Frau Kettler sie in die

fensterlose Umkleide führte, die nur wenige Schritte neben dem Klassenzimmer lag. Dort warteten schon zwei andere Kinder auf harten Holzbänken. Natürlich war Nana in ihrem verstrahlt-bunten Hippie-Outfit unter ihnen, sie nickte Elly knapp zu. Einen Platz weiter saß Lucki, der unruhig mit dem Fuß auf den Boden tippelte. Er war der Sohn des Bürgermeisters, auch wenn das nicht an die große Glocke gehängt wurde. Denn Lucki war niemand, mit dem ein Politiker hätte angeben können, dazu war er zu seltsam. Er hatte die Kapuze seines Hoodies immer dicht ins Gesicht gezogen und er sah gerne Dinge brennen. Elly fand das okay, ansonsten ignorierte sie den gleichaltrigen Sonderling.

Frau Kettler schaute auf eine Liste, die sie in der Hand hielt.

»Ihr habt euch bisher keiner Kapelle angeschlossen, die beim großen Festival auftritt. Drei Wochen sind noch Zeit für eine Anmeldung.« Sie drückte Elly einen Schwung Anmeldebögen in die Hand. »Du hast doch früher immer so schön mit Melody musiziert.«

Elly schaute finster. »Ich hab früher auch mal in Windeln geka–«

Frau Kettler unterbrach Ellys Witz und wandte sich an die anderen beiden.

»Geht noch mal in euch. Tragt etwas bei zum Glanz unserer schönen Stadt. Für den Weltfrieden.«

Elly wusste, dass sie von nun an jeden Tag diese Anmeldebögen bekommen würden, denn Frau Kettler ließ niemals locker, sie versuchte es einfach wieder und wieder. Solange noch genug Papier zum Kopieren da war, würde sie alle Ausreißer mit der Anmeldung verfolgen.

Frau Kettler schloss die Tür hinter sich. Elly atmete durch und schaute auf die Anmeldebögen in ihrer Hand, ehe sie sie an Lucki weiterreichte.

»Hier, Lucki, füll mal aus.«

Lucki kramte einen Moment in seiner Hosentasche, da fielen drei Feuerzeuge und mehrere bunte Streichhölzer heraus. Lucki hob alles auf und steckte es behutsam wieder in seine Tasche. Ein Feuerzeug behielt er und ließ eine kleine Flamme aufploppen. Die Papiere brannten sofort und Rauch stieg in dem fensterlosen Raum auf. Nana und Elly husteten, aber bald war aus dem schneeweißen Papier ein kleiner Aschehaufen geworden. Lucki grinste zufrieden. Elly verschnaufte und rieb sich die Augen.

»Du bist echt ein Freak ...«

Nana schaute zu Elly.

»Da kennst *du* dich ja aus.«

Elly funkelte Nana an, respektierte allerdings ihre Schlagfertigkeit.

Lucki steckte seine Finger in die Asche und malte sich zwei schwarze Streifen auf die Wangen. Wie eine Kriegsbemalung.

Und so saßen die drei in dem schlecht beleuchteten Raum, und alles nur, weil sie Blasmusik hassten.

Die nächsten zwei Wochen erschienen Elly dennoch wie ein langer Traum und Herr Hellborn war der Lichtblick, auf den sie gar nicht mehr zu hoffen gewagt hatte. Sein Unterricht war schlampig und ohne großen Inhalt. Wenn die Schüler aufbrachen, um mit ihren Instrumenten in den Musikräumen zu üben, blieb er meistens sitzen und ließ sie ziehen. Er eckte mit allen anderen Lehrern an und Elly genoss es, in ihre empörten Gesichter zu blicken. Hellborn war unfassbar freundlich zu allen Schülern, er interessierte sich für ihre Gedanken und bewunderte ihre Hobbys. Und er fühlte mit allen mit, die andere schon längst aufgegeben hatten. Elly wusste, dass Lucki seit Langem von Albträumen gequält wurde, die ihm auch tagsüber Angst machten. Niemand nahm ihn mehr ernst, er war einfach lästig. Auch Elly rollte nur mit den Augen, wenn Lucki mal wieder aus dem Klassenzimmer rannte und sich irgendwo übergeben musste. Doch Herr Hellborn beendete die Stunde früher und entließ alle Schüler in die Pause.

Elly begegnete Lucki und Hellborn auf dem Schulflur sitzend. Er reichte dem blassen Jungen ein Glas Wasser. Dann griff er in seine gelbe Aktentasche und holte ein Shirt heraus, an dem noch das Preisschild hing. Er legte es in Luckis Schoß und Elly kapierte, dass Hellborn ihm Wechselsachen besorgt hatte. Wie oft hatte sich Elly geekelt, weil Lucki nach Erbrochenem roch. Wie einfach wäre es gewesen, ihm ein neues Shirt anzubieten und sein Leben damit leichter zu machen. Elly sah, wie Lucki sich eine Träne aus dem Gesicht wischte.

Hellborn drehte sich zu Elly. »Komm, setz dich zu uns!«

Elly zuckte zusammen, weil er sie bemerkt hatte.

»Ich … ich hab gar nichts beizutragen.«

»Manchmal reicht es, wenn es jemanden gibt, der einfach gerne neben dir sitzt.« Er winkte sie zu sich und Elly kam näher. Sie setzte sich zu den beiden. Kurz darauf setzte sich auch Nana neben die drei. Sie packte ihre Schere aus und schnitt das lästige Preisschild von Luckis neuem Shirt.

Es war der Beginn von unzähligen Momenten, in denen Elly sich das erste Mal auf jeden neuen Tag, der vor ihr lag, freute.

Zwei Schulstunden waren bereits vergangen, da schleppte sich Holger Wollmüller mit einem Dutzend dicker Notenbücher ab. Selbst schuld, dachte er, wenn man zuletzt in der Grundschule Sport gemacht hatte und danach maximal vom Auto zum Laden lief.

Gutmütig, wie Holger war, half er in der Schule ehrenamtlich im Musikkeller aus. Wann immer es etwas zu schleppen gab, schloss Holger seinen Laden für eine Stunde und packte mit an. Es ging hier ja schließlich um die Zukunft der Kinder.

Holger lehnte sich mit seiner schweren Last gegen die kalte Kellerwand und sank langsam unter dem Gewicht der Notenbücher zusammen. Plötzlich kam eine elegante Hand in sein Sichtfeld und nahm ihm einen Großteil der Bücher ab.

»Darf ich?«

Vor ihm stand Herr Hellborn in seinem schicken, wenn auch abgewetzten Anzug mit den glänzenden schwarzen Haaren, die sein blasses Gesicht umrahmten.

Herr Hellborn fasste Holger am Arm und zog ihn vorsichtig wieder auf die Beine. Holger schaute hoch zu dem fremden Mann, der vor dem einzigen Fenster im Treppenhaus stand und überstrahlt war wie eine Lichtgestalt.

»Oh … ich … Das wär nicht nötig gewesen …«

Herr Hellborn lächelte.

»Ach, ach. Sie sind doch der wichtigste Mann hier.«

Holger schluckte und hoffte, nicht in Schweiß auszubrechen. Herr Hellborn schien sich nicht beirren zu lassen und deutete mit einem Finger nach links.

»Sollen die Bücher ins Klassenzimmer?«

Holger fand zum Glück genug Konzentration, um zu nicken. Und so nickte ihm auch Herr Hellborn lächelnd zu.

»Ich helfe Ihnen.«

Gemeinsam gingen sie durch das leere Schulhaus. Der Unterricht lief noch und die Gänge waren still.

»W-wie heißen Sie?«

Herr Hellborn drehte sich kurz zu ihm um.

»Hellborn. Aber Freunde …«, Hellborn überlegte, »… nennen mich Engelbert.«

Holger wiederholte seinen Namen ungläubig.

»… Engelbert … Ich bin … Holger.«

Sie waren jetzt im obersten Stockwerk angekommen und Holger ging auf die Regale zu, in die er die Bücher einsortieren sollte.

»Ich muss gleich zurück in meinen Laden. Vielleicht sehen wir uns die kommenden Tage?« Holger lächelte Hellborn mit seinem typisch-freundlichen Lächeln an, das er für alle seine Kunden im Laden und für seine Familie perfektioniert hatte. Hellborn legte den Kopf schief.

»Geht es Ihnen gut?«

Holger stutzte. »Was? Aber natürlich.«

Hellborn ging mit seinem Stapel Bücher in der Hand langsam auf ihn zu. Als er direkt vor ihm stand, legte er einen Finger zwischen Holgers Augenbrauen.

»Diese tiefe Linie hier erzählt mir etwas anderes.«

Holger kam unfreiwillig ins Stottern.

»E-e-etwas anderes?«

»Sie müssen mit mir darüber nicht sprechen. Aber wenn ich Ihnen etwas raten darf: Denken Sie nicht nach, sondern tun Sie das, was zeigt, wie es Ihnen wirklich geht.«

Für eine Weile standen sie schweigend im Flur. Holger lauschte dem gedämpften Murmeln aus den Klassenzimmern, während die Falte zwischen seinen Augen nur tiefer wurde und sein Herz immer schwerer. Er wollte doch die Notenbücher ins Regal legen, jetzt hielt er sie immer noch fest. *Es geht mir gut.* Natürlich, das musste man doch sagen, oder etwa nicht?

Gab es etwa eine Welt, in der man etwas anderes sagen konnte? Elly war die, die ehrlich war, und niemand konnte sie dafür leiden. Holger wollte aber gemocht werden, es war ihm wichtig. Und um gemocht zu werden, musste man fröhlich sein. Er fuhr sich mit der Hand durchs angespannte Gesicht, er bekam kein Lächeln mehr zustande. Dabei war er doch so gut darin gewesen. Langsam ließ er seinen Kopf nach vorne sinken, bis er auf Hellborns Schulter zum Liegen kam.

Der Anzug des fremden Mannes roch nach Erde und Wald. Ganz anders als die Trachten in seinem Laden, die immer ein bisschen nach frischer Wäsche dufteten. Holger rutschten zwei Bücher aus der Hand, die laut auf dem Boden aufschlugen, doch es war ihm egal.

»Sie weinen ja …« Holger antwortete ihm nicht.

»So gut geht es Ihnen also?«

Hellborn legte eine Hand auf Holgers Rücken, um ihn zu trösten.

»Was reimt sich auf Apokalypse?«

Elly saß in einer der Toiletten-Kabinen und schrieb etwas in ihr Gedichtbuch, ehe sie ins Stocken geriet.

Die Klos in Ellys Schule waren genauso altmodisch und gleichzeitig nostalgisch wie der Klassenraum. Weiß gepinselte Holztüren mit dezenten Schnitzereien, ein im Schachbrettmuster gefliester Fußboden und eine Kloschüssel aus uralter weißer Keramik. Selbst zum Spülen musste man noch an einer Strippe ziehen. Immerhin war fast alles sauber, von ein paar Klopapierfetzen in den Ecken abgesehen. Von draußen tönte die Musik der musizierenden Schüler herein. Elly verzog ihr Gesicht.

Sie klopfte an die hölzerne Kabinenwand, die sie von ihrer Nachbarin trennte.

»Hey? Was reimt sich auf Apokalypse?«

Einen Moment lang war immer noch alles still. Dann hörte Elly Nanas Stimme: »Pfütze?«

Elly überlegte und biss in ihren Stift hinein.

»Nee, da gibt es nix Gutes.«

Sie strich den Text in ihrem Notizbuch durch und schnupperte den Zigarettenqualm, der aus Nanas Kabine zu ihr waberte. Ebenso drang leise Musik zu ihr. Nana spielte ein Lied ab, es war eine Art von Blasmusik, aber irgendwas war anders. Als ob die Musik eine andere Farbe hatte. Elly lauschte.

»Klingt gar nicht so scheiße …«

»Kennst du meinen Onkel Amos?«

»Ist er Musiker?«

»Er hat bei uns im Haus gelebt und er war der ultimative *King of Chill*. Ich habe so viel von ihm gelernt, Hängematten aufhängen, fancy Armbänder flechten, Fünf-Minuten-Nudeln kochen, im Stehen schlafen … Seine Musik ist definitiv nicht scheiße, er konnte aus hässlichen Dingen schöne Dinge machen.«

»Ist er weggezogen?«

»Auf den Zentralfriedhof.«

»Oh …«

»Ist okay. Bin fast drüber hinweg.« Einen Moment schwiegen sie, dann klopfte Elly noch mal an die hölzerne Wand.

»Hast du Kohle?«

Nana schüttelte den Kopf, obwohl Elly sie gar nicht sehen konnte.

»Nee … hab ich nicht, brauch ich nicht.«

»Deine Mutter hat doch die Glasbläserei. Hängen da nicht neuerdings die Instrumentenbauer rum? Die sind doch stinkreich.«

Nana kommentierte das nicht, jeder wusste, dass die Instrumentenbauer seit einiger Zeit ständig bei ihnen auftauchten. Und weder sie noch ihre Mutter fanden das gut.

»Mein süßes Kellerkind, was hast du denn vor mit der Kohle?«

Elly antwortete ihr nicht und Nana zog selbst ihren Schluss.

»Okay, Elly. Ich HASSE Stress. Und du BIST Stress! Und eigentlich hab ich kein Recht, irgendwelche Lebensratschläge für dich zu droppen, aber hör mir zu: Schmink dir das ab. Woanders ist es auch nicht besser. Hör auf zu denken! Das Leben ist eine Last und die Welt ändert sich nicht? Egal! Such dir eine Hängematte! Schließ deine Augen, vergiss die Leute, vergiss die Stadt und mach Party in deinem Kopf!«

Nana schloss ihre Augen, um ihren Worten Bedeutung zu verleihen.

Elly schloss die Augen nicht, sondern lauschte der penetranten Musik der Schüler von draußen. Ein Schmerz hämmerte ihr im Kopf, dumpf und fern, aber immer da.

Ihre Stimme wurde leise, fast flüsterte sie.

»Aber ... es ist überall. Ich will meine Musik nicht für den Rest meines Lebens nur auf Kopfhörern hören. Ich will, dass es laut ist ... Einfach nur laut ... Ich will laut sein dürfen.«

Eine Weile saßen sie schweigend da, am Ende ihrer Weisheit angekommen.

Dann öffnete Elly die Klotür und trat vor einen der großen alten Spiegel bei den Waschbecken. Er war an einigen Stellen bereits trüb und stumpf, aber noch reichte es, sich selbst ins Gesicht schauen zu können. Elly ließ das kalte Wasser über ihre Hände rauschen.

Sie schaute langsam hinüber zur großen Fensterfront. Von hier aus konnte sie in den Klassenraum schauen, wo ihre Mitschüler am offenen Fenster standen und musizierten.

Von Ellys nasskalten Fingerspitzen aufwärts wanderte die Gänsehaut bis zu ihrem Nacken. Sie atmete noch einmal durch und drehte den Wasserhahn ab.

Ihr Blick wanderte weiter in Richtung des dichten Gestrüpps, das sich an den Schulhof anschloss. Bewegte sich dort etwas? Elly ging einen Schritt näher ans Fenster. Es war Schatten, das Mädchen mit dem Zettel. Sie kroch auf Knien durch die Büsche.

Mit tropfenden Händen versuchte Elly, ihren Blick auf Schatten zu schärfen. Sie sah, wie Schatten weiterkroch und dann … ihr Ohr auf den Boden presste. Schatten lauschte am Boden.

Elly ging ganz dicht an die Fensterscheibe heran.

»Was zum Teufel …?«

Mit einem lauten Knallen schlug die Klotür gegen die gefliese Wand. Frau Kettler hielt ein angekokeltes Stück Papier hoch.

»WAS ZUM TEUFEL DENKT IHR EUCH DABEI?!«

Frau Kettler brüllte und Elly zuckte tatsächlich zusammen. Auch Nana schaute jetzt irritiert aus ihrer Kabine, während sie mit einer Hand heimlich die Kippe ausdrückte.

Frau Kettler hatte Lucki bei sich, dem sie eine Hand auf die Schulter gelegt hatte. Sie wischte ihm mit Spucke die schwarze »Kriegsbemalung« vom Gesicht, wie es eine Mutter tun würde.

»Waren das die Anmeldebögen? Wie wenig Respekt kann man besitzen?! Ihr hättet die ganze Schule in Brand stecken können!!«

Elly war keine Petze, aber in dem Moment schien es ihr angemessen.

»Wir waren das nicht, sondern der da«, sie deutete auf Lucki. Frau Kettler war eine echte Menschenfreundin, schön und liebevoll. Allerdings hatte sie ein zweites Gesicht für all jene, die ihren Erwartungen nicht entsprachen. Lucki gehörte dazu, aber er war ihr aus anderen Gründen wichtig. Deshalb ergriff sie Partei für ihn.

»Lucki ist –«

Doch Elly kam ihr zuvor.

»… ein guter Junge. Weil er der Sohn des Bürgermeisters ist und den wollen sie ins Bett bekom–«

Jetzt wurde Frau Kettler noch lauter.

»SCHWEIGESTUNDE! Nach der Schule! Und eure Eltern können nächste Woche hier antanzen, mein Büro kennen sie ja bereits!«

Ein leises, unterdrücktes Lachen war vom Flur zu hören. Herr Hellborn konnte es sich einfach nicht verkneifen. Frau Kettler drehte sich erbost um und durchbohrte ihn beinahe mit ihrem Zeigefinger.

»Und SIE werden die Schweigestunde heute gleich mal übernehmen!«

Herr Hellborn nickte pflichtbewusst und nahm Haltung an.

»Aber nur, wenn er auch dabei ist.«

Er zeigte auf Lucki und Frau Kettler schaute zu dem Jungen runter. Widerwillig nickte sie, um dem Thema ein Ende zu bereiten. So wichtig war ihr Lucki dann doch nicht.

Als Frau Kettler sich entfernte, holte Herr Hellborn Nana, Lucki und Elly in einen verschwörerischen Kreis. Er flüsterte ihnen zu: »Was ist denn eine Schweigestunde?«

Nana rollte mit den Augen.

»Nachsitzen. Es ist Nachsitzen. Nur mit fancy name.«

Herr Hellborn nickte.

»Ahaaa … Das kriegen wir wohl hin. Kommt auf den Hof, wenn die Dunkelheit anbricht …«

Frau Kettler drehte sich im Gehen noch mal um und schaute Elly in die Augen und Elly schaute zurück. Dann wanderte ihr letzter Blick, ehe sie am Ende des langen Schulflurs verschwand, zu Herrn Hellborn, der ihr schon jetzt ein Dorn im Auge war. Warum, wusste sie nicht zu sagen, aber sie würde es bald herausfinden.

Elly trat ein letztes Mal an das Fenster heran, doch Schatten war bereits verschwunden.

Mittlerweile stand die Nachmittagssonne über der Stadt, die hübschen Cafés füllten sich mit Gästen, während Schüler und Schülerinnen sich auf den Heimweg machten.

Elly hatte ihre ranzige Schultasche über eine Schulter gehängt und lief aus einem der Seitenausgänge der Schule hinaus ins Freie. Sie merkte, dass Melody plötzlich neben ihr lief.

Melody trug ihren Trompetenkoffer zusätzlich zur makellosen weißen Schultasche. Auch hatte sie jetzt das zartrosafarbene Dirndl an, das ihr Ellys Papa geschenkt hatte.

Elly lief hinter Melody, um einem Gespräch aus dem Weg zu gehen. Während sie ihren Blick schweifen ließ, fielen ihr weitere parkende Autos auf, bei denen der Lack zerkratzt worden war.

Melody schüttelte den Kopf.

»Ich hoffe, die erwischen den Unhold, der hier wütet …«

Elly drehte sich zu Melody.

»Unhold … wie alt bist du? Achtzig? Sag doch einfach Arschloch, wie jeder normale Mensch.«

»Von normalen Menschen verstehst *du* ja besonders viel.«

Elly stutzte. Melody wurde plötzlich klar, wie gemein sie gewesen war. Erschrocken legte sie beide Hände über ihren Mund.

»Oh, Elly … ich wollte nicht …«

»Du machst das schon ganz gut. Wenn du noch Tipps brauchst, melde dich einfach.«

Nun liefen beide schweigend nebeneinander. Elly war mit ihrer Mutter verabredet und hatte nicht daran gedacht, dass sie und Melody das gleiche Ziel haben würden. An Elly nagte das schlechte Gewissen, immerhin bestand ihr Termin daraus, mit ihrer Mutter Hefeklöße in der Kantine zu essen. Während Melody auf dem Weg zum Krankenhaus war, weil ihr Vater dort seit Wochen im Koma lag.

Auf dem Markt waren die ersten Anzeichen der Vorbereitungen für das große Fest zu sehen. Anscheinend konnte die Stadt gar nicht früh genug damit anfangen. Die ersten Banner hingen bereits, damit auch jeder informiert war.

Elly versuchte die Hinweise auf das Festival zu ignorieren. Ihr Blick ging dorthin, wo Leute mit Geld hantieren. Kinder, die Eis kauften, Leute, die ihr Geld vor dem Bäcker zählten, oder Omas, die den Enkeln einen Schein zusteckten. Ihre Observationen wurden von Melodys lieblicher Stimme unterbrochen.

»Weißt du noch, wie wir früher im Partnerlook unterwegs waren? Das war die beste Zeit! Ich hab die weißen Lackschuhe noch, du auch?«

Elly antwortete ihr nicht und Melody holte tief Luft. Es wäre schön gewesen, sich mit Elly zu unterhalten, denn das hätte sie von ihren Sorgen abgelenkt.

»Na ja, es kommen auch wieder andere schöne Zeiten. Wir dürfen nur unsere gute Laune nicht verlieren.«

In dem Moment bogen sie um die Ecke und das Krankenhaus lag vor ihnen.

Schon am Eingang fing Ellys Mutter die Kinder ab.

»Ah, schön, dass ihr da seid!« Sie drückte Elly und strich Melody über den Kopf.

Mit dem Fahrstuhl fuhren sie zwei Etagen nach oben, dann nahm Franziska Melody zur Seite. Sie sprach zu ihr mit leiser Stimme.

»Dr. Bärenthal und ich wollen vorher mit dir sprechen.«

Melody nickte und lächelte, obwohl sie längst verstanden hatte, dass Vier-Augen-Gespräche mit Ärzten kein Grund zum Lächeln waren.

Elly stand währenddessen alleine auf dem Krankenhausflur. Sie schaute zu den großformatigen Fotos der Blasinstrumente, die überall die Wände zierten. Ziellos ging sie an der Wand entlang und erreichte ein Zimmer, bei dem die Tür ein Stück offen stand, Elly schaute vorsichtig hinein. Das Patientenzimmer war voller Blumensträuße und Karten mit liebevollen Genesungswünschen.

Neben dem Patienten, der reglos und mit geschlossenen Augen im Bett lag, standen die zwei Instrumentenbauer, Iris und Herbert Zahl. Sie packten gerade ihre Sachen und wollten das Zimmer verlassen. Herbert legte eine Hand auf die Schulter des regungslosen Patienten.

»Mach uns keinen Kummer, mein Lieber.«

Er nahm dessen Hand, küsste sie knapp und legte sie wieder in seinen Schoß zurück. Iris Zahl trat neben ihren Mann und strich sich ihre langen weißen Haare zurück, damit sie aus dem Weg waren, wenn sie zum Patienten sprach.

»Wir warten auf dich. Ebenso wie deine Werke, die auch darauf warten, dass du zurückkehrst. Und dein Töchterchen sowieso.«

Iris stellte eine kleine Trompete auf den Nachttisch zwischen die üppigen Blumen. Herbert nickte dem Patienten zu und knetete angespannt seinen Stressball, der leise knirschte.

»Bier steht kalt. Lass es nicht verkommen.«

Die zwei gingen mit gesenkten Köpfen an Elly vorbei und verließen die Station. Elly wusste, wer dort lag, aber das Namensschild am Eingang machte es noch schmerzhaft klarer: Karl März. Der Vater von Melody März.

Von einer ungesunden Neugier getrieben, trat Elly ins Zimmer. Sie näherte sich dem Bett und dem Mann darin, dessen Gesicht durch all die Bandagen kaum erkennbar war. Elly hielt den Atem an, denn bei näherer Betrachtung fiel ihr etwas auf. Dort, wo der linke Arm von Karl März sein müsste, war das Laken ganz platt. Elly schluckte und ihr wurde klar, dass ihm ein Arm fehlte. Sie hatte sich keine Gedanken gemacht, was überhaupt mit Melodys Papa passiert war, und ein Gefühl von großer Hilflosigkeit kroch ihr in den Bauch und in alle Gliedmaßen. Was war geschehen?

Ihr Blick wanderte über die zahlreichen Geschenke und zu einer Reisetasche, die etwas versteckt am Boden stand. Wie ferngesteuert und gegen jede Vernunft hockte sich Elly hin und ließ ihre Hände durch die Tasche gleiten. Und tatsächlich, in einer Seitentasche steckten 50 Euro.

Mit kalten Fingern nahm Elly das Geld. Sie fühlte das raue Papier des Geldscheins und überlegte, in welche Jackentasche sie ihn stecken sollte. Ohne sich umzudrehen, spürte Elly plötzlich, wie die Luft sich veränderte, und sie wusste, dass sie nicht mehr allein war. Ihre Mutter und Melody standen in der offenen Tür.

Elly drehte sich ruckartig um und blickte auf Melody, die immer noch ihren Trompetenkoffer in der Hand hielt, und auf ihre Mutter. Alle Blicke waren auf den Geldschein in Ellys Hand gerichtet. Ohne irgendwelche Reaktionen abzuwarten, stand Elly auf und lief an Melody und Franziska vorbei.

Fast hatte sie die Tür zum Stationsausgang erreicht, da drehte sie um, rannte zurück und drückte Melody den Schein in die Hand.

»Ihr müsst unbedingt besser auf die Sachen aufpassen. Sonst klaut noch jemand was!«

Dann nahm sie die Beine in die Hand und verließ fluchtartig das Krankenhaus.

Wenn sich irgendjemand in der Nähe der alten Gewächshausanlagen aufgehalten hätte, dann hätte derjenige Ellys lauten Schrei gehört. Doch außer den Vögeln in den Bäumen war niemand da, der Ellys Verzweiflung mitbekommen konnte. Mit voller Wucht schmiss Elly ihren Schulranzen auf den dreckigen Boden des Gewächshauses und alle Hefte katapultierten ins Freie. Ein Schulbuch nahm Elly in die bebende Hand und schleuderte es gegen eine der wenigen noch intakten Glasscheiben des Gewächshauses. Mit einem lauten Klirren sprang das Glas aus der Fassung und Scherben verteilten sich auf dem Boden. Elly sank ins Gras. Zum ersten Mal konnte sie wieder Luft holen, sich sammeln, nur das Zittern blieb. Immerhin war sie jetzt offiziell der schlechteste Mensch in dieser Stadt.

Elly schaute nach oben durch eines der brüchigen Fenster zum Himmel. Dort flogen Schwalben in Formation. Es tat gut, ihren gleichmäßigen Bewegungen mit den Augen zu folgen. Oder den Ameisen beim Krabbeln zuzuschauen, wie sie langsam an einer Glaswand des Gewächshauses hochmarschierten, als wäre es ein Baum.

Elly ließ die Zeit verstreichen. Als die Sonne tiefer sank, flatterte eine Motte durch die kaputten Fenster und ruhte sich auf Ellys Knie aus.

Es wurde dunkel und die Nacht brach über die Stadt herein. Das letzte Licht des Tages tauchte Quedlinburg mit seinen bunten Häusern in einen dunkelblauen Schimmer.

Mit langsamen Schritten streunte Herr Hellborn in den dämmrigen Straßen der Stadt umher. Überall dort, wo er vorbeikam, hatten die Autos merkwürdige Kratzer im Lack. Als er vor einem Laden vorbeilief, hörte er wildes Schimpfen.

»Geh nach Hause! Und häng bloß nicht mehr in meinem Laden rum! Du kannst dich ja eh nicht entscheiden!«

Da stolperte Schatten in ihren abgewetzten Glitzerschuhen aus dem Ladengeschäft heraus. In ihrer kleinen Hand hielt sie ein paar Münzen.

»Was wolltest du denn kaufen?« Schatten sah ihn müde an und Hellborn fragte sich, warum sie wohl so abgekämpft war.

Schatten nahm einen Zettel und schrieb darauf: *Ich habe nur noch Geld für ein Päckchen.*

Hellborn las den Zettel, dann schaute er durch das Schaufenster in den Laden mit dem unfreundlichen Verkäufer, der nun endlich schließen wollte. Schatten deutete auf die Theke, dort lagen Tütchen mit

Glitzerponys. Man sah eine Übersicht über die verschiedenen Ponys, die man bekommen konnte, auf der Packung. Eines war allerdings komplett schwarz.

»Ein Pony ist geheim?«

Schatten nickte.

»Und jetzt weißt du nicht, welches du nehmen sollst?«

Schatten schüttelte den Kopf.

»Okay …« Er ging in den Laden und nickte Schatten zu, dass sie mit ihm kommen sollte.

Dann zog Hellborn nach kurzem Überlegen ein glitzerndes Tütchen aus der Kiste. Der Verkäufer schaute ihn genervt an.

»Morgen ist die wieder da und übermorgen und den Tag danach! Und alles für den sinnlosesten Müll im Universum! Ich schaffe den Mist ab, dann ist Ruhe!«

Hellborn schaute ihn entsetzt an.

»Wollen Sie ernsthaft zugeben, dass Sie nicht wissen, welche Tragweite es hat, wenn jemand das geheime Pony findet? Nun, unsere kleine Freundin wird sich den Traum vom Haus am Meer erfüllen, während Sie noch bis zur Rente in Ihrem muffigen Laden stehen und niemals den Sand unter Ihren Füßen spüren werden!«

Schatten legte ihre Münzen auf die Theke und sie verließ mit Hellborn den Laden.

Außer Hörweite gab Hellborn ihr das Päckchen.

»Vielleicht ist es nicht das geheime Pony, aber ich bin mir sicher, dass er neue Tüten bestellt. Vielleicht ist es dann einmal dabei.«

Schatten nickte und tatsächlich huschte ein Lächeln über ihr müdes Gesicht.

»Ich weiß, es ist eine unhöfliche Frage, aber warst du schon immer stumm?«

Schatten schüttelte den Kopf.

»Nun, das dachte ich mir …«

Schatten nahm ihren Zettel und zeichnete mit etwas krakeligen Strichen ein Wesen darauf, welches kein Mensch war. Hellborn nahm den Zettel in die Hand und schluckte, für einen Moment verengte sich die Welt, in der er sich befand, und die Luft wurde stickig. Schatten hörte die Kirchenglocke in der Ferne. Sie nahm ihm den Zettel ab und schrieb schnell etwas auf: *Ich muss los.*

Hellborn nickte und Schatten eilte davon.

Nun war die Stadt wie leer gefegt, alle saßen zu dieser Zeit am Abendbrottisch oder putzten sich bereits die Zähne. Aus den Häusern schien das Licht auf die Straßen. Überall waren Ruhe und Frieden eingekehrt. Fast überall.

Franziska und Holger standen am Fenster ihres Hauses und schauten hinaus. Melody trat mit gesenktem Blick zu den beiden heran.

»Sie taucht bald auf. Ich bin mir sicher.«

Zur selben Zeit warf Herr Hellborn einen Blick in die engsten Gassen der Stadt, dorthin, wo kaum jemand hindurchpasste. Mit seinen großen schlanken Händen glitt er über die Fassaden der Häuser, als ob sie ihm etwas verraten könnten.

Auf dem Markt angekommen, betrachtete er den Brunnen mit den Statuen der Blasmusikanten, die leidenschaftlich, aber doch eingefroren auf ihren Instrumenten spielten. Dann trat Hellborn an einen großen Schaukasten vor dem Rathaus. Darin waren Fotos berühmter Blaskapellen, die über die Jahre beim großen Festival angetreten und zu Siegern gekürt worden waren. Wie stolz sie aussahen. Hellborn musste nur ein paar wenige Schritte weitergehen, denn dort hingen die ausgedienten Instrumente, die den Siegern treue Dienste geleistet hatten. Jedes Instrument hatte eine eigene Plakette, als wäre es ebenso ein Star wie seine Musiker.

Herr Hellborn näherte sich einem imposanten Flügelhorn und streckte vorsichtig die Hand danach aus. Doch ehe seine Finger es berührten, zuckte er zurück, als ob er sich an dem Instrument verbrannt hätte. Hellborn sah sich seine Fingerkuppen an, und tatsächlich war die Haut aufgeplatzt. Ein Blutstropfen lief an seinem Zeigefinger herunter. Mit vor Schmerz zusammengezogenen Augenbrauen steckte er den Finger in den Mund und leckte das Blut ab. Er tat es mit einer Mischung aus Neugier und Sorge, als hätte er sein Blut noch nie geschmeckt.

Als er Schritte hinter sich hörte, fuhr er zusammen und nahm den Finger aus dem Mund. Wer war denn jetzt noch unterwegs?

Er drehte sich um und sah, wie sich Elly über den Markplatz schleppte. Den Kopf hielt sie gesenkt, ihre Schultern hingen herunter, ihre Tasche stand halb offen und vorwärts kam sie nur mit langsamen Schritten.

Hellborn ging auf sie zu. »Was ist denn los?«

Er bekam keine Antwort. Er stoppte sie in ihrem Gang und tippte ihr vorsichtig auf die Schulter.

»Hey? Mein kleiner Nachtfalter?«

Jetzt sah er, wie leer und ausdruckslos ihr Gesicht war.

»Oh nein, wo ist denn deine wunderbare Energie hin?«

Er schnippte mit den unversehrten Fingern vor ihrem Gesicht.

»Nichts mehr da?«

Noch immer erhielt er keine Antwort. Hellborn klatschte optimistisch in die Hände.

»Ah, das fällt mir ein, wir haben doch noch einen Termin!«

Er schob Elly vorsichtig nach vorne, um ihre Schritte zu lenken. Elly ließ sich führen, es war ihr egal.

Vor dem dunklen verschlossenen Schulgebäude standen bereits Nana und Lucki. Nana schaute nach der Uhrzeit und schüttelte genervt den Kopf.

»Der Typ hat's verpeilt.«

Sie griff nach ihrer Tasche und machte sich auf den Heimweg.

Doch da kam Herr Hellborn endlich mit Elly im Schlepptau. Nana hielt inne.

»Das ist aber nett, dass Sie noch auftauchen!« Nana konnte den Sarkasmus in ihrer Stimme nicht verbergen.

Plötzlich hörten alle ein Rascheln im Gebüsch. Lucki trat unerschrocken auf das Rascheln zu. Dann sah er, wie Schatten aus dem Gestrüpp kroch. Sie klopfte sich den Staub und die Blätter aus dem Kleid. In der Hand hielt sie einen Zettel, mit dem sie auf Elly zuging. Sie wollte ihn ihr in die Tasche stecken. Doch Elly hielt sie mit einem finsteren Gesicht barsch ab.

»Wenn's dir die Sprache verschlagen hat, geh halt in Therapie!«

Alle starrten sie erschrocken an und Schatten, die eben noch so sicher wirkte, rannte davon. Über Ellys strenges Gesicht glitten einige

Tränen, die sie einfach laufen ließ. Nach einigen stillen Momenten, in denen Hellborn Ellys Gefühlen Raum gab, räusperte er sich.

»Also dann, folgt mir in den Musikraum, ihr kleinen Monster.«

Hellborn schloss das Haupttor auf und von ihm angeführt, ging die Gruppe den verwaisten Schulflur entlang. Über eine Treppe gelangten sie ins Kellergeschoss, dort wo die Lampen an der Decke viel spärlicher gesät waren als in den anderen Stockwerken.

Der Musikraum Nr. 6 war bei Nacht ein wahrlich unheimlicher Raum. Die geschwungenen Instrumente und dürren Notenständer warfen eine Vielzahl von Schatten an die Wand und rankten sich dort wie monströse Kreaturen entlang.

Mit einem entschuldigenden Lächeln knipste Hellborn das Licht an und im selben Moment war der Albtraum einem gemütlichen, wenn auch kalten Schulzimmer gewichen. Endlich waren die Kids bereit einzutreten.

Hellborn schob die Tische und Stühle an den Rand des Raums, sodass nun viel Platz in der Mitte war. Platz wofür eigentlich? Elly beobachtete ihren Lehrer, sie konnte und wollte sich keinen Reim darauf machen, zu sehr nagten Schuld und Angst an ihr. Wie konnte sie nur so dumm sein? So ein Risiko eingehen? Wenn man schon eine Diebin war, so musste man das clever anstellen! Und clever war nicht, Geld von einem kranken Mann zu klauen, während jede Minute jemand hereinkommen konnte! Und nicht irgendjemand, sondern die eigene Mutter und die ehemalige beste Freundin. Leute, mit denen man unter einem Dach lebte! Vielleicht war es weniger die Schuld, die an Elly nagte, als die Scham. Scham darüber, erwischt worden zu sein, Scham bei dem Gedanken, den beiden gegenübertreten zu müssen.

Den beiden, die nun endgültig wussten, was für eine mieses Arschloch Elly war.

Hellborn schaute Elly ins Gesicht, ohne dass sie ihn ansah. Mit einem Lächeln, das seine Lippen umspielte, zog Hellborn sein gelbes Notenheft aus der Aktentasche und schrieb etwas hinein. Dann schloss er die Tür hinter sich und schaute die Kinder verschwörerisch an.

Elly ließ sich kraftlos auf einen der Stühle niedersinken, ihr war nicht nach Verschwörung. Hellborn schaute in die Runde.

»Ihr habt also keinen Respekt vor der Musik, hm? Keinen Antrieb? Keine Träume? Keine Hoffnung auf die Zukunft?«

Hellborn ging auf die dunkelgraue Musikanlage zu und drückte ein paar Knöpfe. Die Anlage leuchtete auf und plötzlich begann Musik aus den Lautsprechern zu spielen. Es war KEINE Blasmusik.

Die positiven Klänge eines Lieds von *Purple Disco Machine* dröhnten aus den Lautsprechern. Es war das erste Mal, dass der Bann der Blasmusik gebrochen war. Nana und Lucki starrten sich ungläubig an. Nach einem Moment der Regungslosigkeit hielt Lucki die Hände schützend über seinen Kopf und ging ängstlich in die Hocke.

»Wir müssen hier raus!! Es wird ein Erdbeben geben!«

Jetzt schaute sich auch Nana nervös um, denn ihr fielen all die Dinge ein, die ihnen immer angedroht wurden. Auch Ellys Atem beschleunigte sich und sie hielt die Lehne ihres Stuhls mit den Händen fest umklammert, denn jeden Moment, so viel war klar, musste die Erde beben.

Hellborn ging einige Schritte durch den Raum und betrachtete seine verängstigten Schüler.

»Heute wird euch nichts passieren. Ihr seid sicher.«

Nana und Lucki konnten es nicht fassen. Laute Musik, die keine Blasmusik war!

Mit ein paar Handgriffen schaltete Herr Hellborn den Beamer ein und auf der weißen Wand im Musikraum lief nun der Karaoke-Text zum Song. Hellborn schaute die Kids an, ohne sich zu rühren. Und mit einer Fähigkeit, die kaum ein Mensch besaß, schaute er Elly in die Augen und auf einmal direkt in ihre Seele. Elly erwiderte seinen Blick, der voller Vertrauen, Verzeihen und Ermutigung war: *Elly, Menschen machen Fehler!*

Elly spürte, wie ihr eine Träne übers Gesicht lief, und mit dieser Träne wurde die Angst aus ihrem Körper gewaschen. Und endlich, endlich stand sie auf. Mit ersten zaghaften Schritten bewegte sie sich zur Musik. Wann hatte sie das letzte Mal getanzt? Hatte sie je getanzt? All die Sorgen, all die Schuld, all die Last konnten doch mit Sicherheit weggetanzt werden. Und so war der Bann gebrochen. Nun stand auch Nana auf der freien Fläche im Musikraum und sogar Lucki folgte der Musik und begann zu tanzen. Hellborn hob seine langen Arme in die Luft und tanzte mit ihnen. Lucki zog ein Streichholz aus seiner Tasche und entzündete eine Kerze in einer der Metalllaternen auf dem Fensterbrett. Er nahm die Laterne und hängte sie an ein Seil im Raum, sodass sie sich drehte. Nun zogen die Lichter wie bei einer Discokugel über die Gesichter der Tanzenden. Es war eine Befreiung, von der sie gar nicht wussten, dass sie sie so dringend gebraucht hatten. Obwohl sie zum selben Pop-Song tanzten, hatten alle ihren ganz eigenen Stil, und Elly entging nicht, dass Herr Hellborn aussah, als hätte er hundert Jahre nicht mehr getanzt, als müsste er sich erst erinnern, wie es

funktionierte. Doch das war egal, denn es war schön und sie spürte, mit wie viel Begeisterung er bei der Sache war. Jeder durfte machen, was er wollte. Sie alle waren frei für die Dauer eines Liedes. Ein magischer Moment. Es war ein Blick in ein anderes Leben.

Nana griff Elly an den Schultern und sprach mit leiser, aber fester Stimme.

»Du hattest recht, Elly. Unser Platz ist nicht hier und er wird nie hier sein.«

»Aber ... du ...«

»Ja, Elly, ich hasse Stress. Und du *bist* Stress! Aber wenn wir gehen, dann gehen wir zusammen. *Together or not at all!*«

Elly übersetzte es im Kopf: *Zusammen oder gar nicht.*

Nana flüsterte in Ellys Ohr: »Heute Nacht.«

Elly schaute Nana mit großen Augen an, dann wiederholte sie flüsternd Nanas Worte:

»Heute Nacht.«

Da spürte sie, wie Lucki seine Hand in ihre schob. Für einen Moment schauten sich die drei an, und es war klar, was sie vorhatten. Nanas Blick war immer noch fest.

»Wir müssen noch unsere Sachen packen. Dann treffen wir uns wieder.«

Vom nächtlichen Schulgebäude waren es nur einige Hundert Meter bis zum Rathaus der Stadt.

Im großen holzvertäfelten Büro des Bürgermeisters klingelte in einer Schublade ein Handy. Arnold Hildebrand saß in seinem massiven Ledersessel, der für jeden anderen gigantisch gewesen wäre, ihm aber nur knapp passte. Er schaute sorgenvoll auf die Schublade, aus der das Klingeln kam. Es ließ ihm keine Ruhe.

Auf dem Schreibtisch hatte er Fotos von Lucki. Viel lieber betrachtete er seine Bilder als auf das Klingeln zu hören, doch es drängte sich immer weiter in den Vordergrund.

Nach tiefem Luftholen stand Arnold auf und holte das verdammte Handy aus der Schublade. Er nahm mit sorgenvollem Gesicht den Anruf an.

»Ja?«

Die Stimme am anderen Ende der Leitung war gedämpft durch den Hörer zu hören.

»Wir müssen jetzt schnell handeln. Alles ist vorbereitet, Herr Bürgermeister.«

Arnold strich sich mit einer Hand übers Gesicht. Dann nickte er, obwohl das der Anrufer gar nicht sehen konnte.

Grillen zirpten in der Dunkelheit. Auf dem höchsten Punkt der Stadt stand die imposante Kirche. Sie war umgeben von einem blühenden Rosengarten, doch in der Nacht waren alle Rosen grau.

Vor der Kirche trafen im schummerigen Licht Menschen zusammen. Leises Murmeln ging durch die Reihen, ehe sie endlich das Tor öffneten und in die Kirche eintraten.

Im riesigen Mittelschiff der uralten Kirche stand eine schmucklose Holzkiste. Sie musste frisch gezimmert worden sein, das Holz war noch ganz hell. Jemand hatte mit einem Brandeisen das Logo der Stadt in das frische Holz geprägt. Kerzenlicht flackerte über das raue, ungeschliffene Holz. Zwei Löcher befanden sich in der Kiste, als müsste etwas, das sich darinnen befand, noch Luft holen können.

Plötzlich wanden sich zwei dünne graue Finger durch die beiden Löcher. Versuchten, nach außen zu gelangen und am Verschluss der Kiste zu rütteln, doch sie waren weit davon entfernt, etwas ausrichten zu können. Die Kiste blieb verschlossen.

Ein Raunen ging durch die anwesenden Menschen, ein Raunen voller Angst und Sorge. Unter den Anwesenden war auch Frau Kett-

ler. Während alle anderen ganz auf die Kiste in der Mitte fokussiert waren, war ihre Aufmerksamkeit von etwas anderem abgelenkt. Durch eines der Kirchenfenster sah sie in der Ferne flackernde Lichter. Die bunten Lichter kamen aus der Schule. Und zwar aus dem Musikraum im Keller. Frau Kettler kniff die Augen zusammen und ballte die Hand zur Faust. Es war für sie kein langes Raten nötig, wer sich dort nachts in der Schule herumtrieb. Da hallten laute Schritte durch die Kirche, und Frau Kettler riss den Kopf herum. Es waren die beiden Instrumentenbauer, die zuvor ihren Freund und Kollegen im Krankenhaus besucht hatten.

Arnold, der Bürgermeister, legte seine Stirn noch mehr in Falten als zuvor und schaute zu der Holzkiste, in der ganz klar etwas gefangen gehalten wurde. Er versuchte, sich zusammenzureißen, aber dann brach es doch aus ihm heraus: »Ich bin gegen solche Experimente!«

Iris Zahl, die Instrumentenbauerin, ignorierte ihn und ging unbeeindruckt an ihm vorbei. Arnold griff nach ihrer Hand, um sie aufzuhalten.

»Warum halten wir uns nicht an unsere Traditionen? Sie haben uns doch immer den Weg gewiesen!«

Iris wandte sich zu ihm um und drückte seine Hand mit voller Kraft zusammen, sodass Arnold die Zähne zusammenbiss.

»Woher wissen wir, dass es nicht Zeit für neue Traditionen ist?«

Sie ließ den Bürgermeister los. In ihrer linken Hand trug sie einen goldenen Koffer. Iris überreichte den Koffer einer Person, die noch im Dunkeln stand, abseits der anderen. Es war, als hielten alle den Atem an.

Elly und Herr Hellborn liefen schweigend nebeneinander. Elly wusste, dass dieser Weg sie nach Hause führen würde. Vielleicht würde sie ihr Zuhause heute zum letzten Mal sehen.

Nach den lauten, euphorischen Klängen im Musikraum war es jetzt plötzlich still hier draußen. Die Schritte auf dem Kopfsteinpflaster hallten durch die leere Stadt.

Herr Hellborn war damit beschäftigt, eine Notiz in sein gelbes Notenheft zu schreiben. Elly reckte den Hals, aber sie konnte nicht erkennen, was er schrieb. Und so richtete Elly ihren Blick wieder nach vorne.

»Wieso haben Sie uns diese Musik vorgespielt?«

Im selben Moment hörte Elly ein kratzendes Geräusch hinter sich. Sie sah, wie Herr Hellborn einen Schlüssel in der Hand hielt und über den Lack eines Autos kratzte. Ellys Augen weiteten sich. *Er* war es also, der all die Autos zerkratzt hatte! Elly starrte ihn an, nicht wissend, ob sie etwas sagen konnte oder wollte.

Herr Hellborn ließ sich nicht beeindrucken, mit geübter Hand zog er einen langen Kratzer in einen silberfarbenen Opel. Er genoss es sichtlich, wie der Lack auseinanderplatzte. Als er den Schlüssel am nächsten Auto ansetzen wollte, bemerkte er, dass dieses bereits zerkratzt war. Er legte den Kopf schief. »Ich war wohl etwas zu fleißig.«

Elly konnte sehen, wie es in seinem Kopf ratterte, den Schlüssel hielt er ganz nah am Auto. Doch er schien sich zu besinnen.

»Na. Die sollen das erst mal reparieren. Es ist schöner, wenn es auf frischem Lack geschieht.«

Sie liefen weiter schweigend nebeneinander, immer weiter auf Ellys Haus zu. Ohne Ankündigung blieb sie stehen.

»Ich werde die Stadt verlassen. Noch bevor die Sonne aufgeht.«

Jetzt kam auch Hellborn zum Stehen. »Was? Wieso?«

»Ich gehe nach Wacken. Dorthin, wo Heavy Metal heilig ist. Das ist der Ort, an den ich gehöre.«

Elly zog einen zerknitterten Flyer aus ihrer Tasche. Hellborn schaute sich das Foto der Band an, die vorne abgebildet war.

»Das sind *Cannibal Club*, die spucken Kunstblut auf der Bühne und kauen auf Beinprothesen rum.«

Hellborn spitzte für einen Moment fachmännisch die Lippen.

»Das ist sehr ästhetisch, ja.«

Elly nickte zustimmend.

»Ich will Songtexte für die schreiben. Und endlich Gitarre spielen.«

Hellborn sah sich die anderen Bilder der blutrünstigen Band an.

»Nun, die sehen ganz bezaubernd aus. Und Wacken ist sicher ein wunderbarer Ort … aber nicht alles ist dort einfacher.«

Fragend schaute Elly ihn an. Warum wirkte Hellborn plötzlich traurig?

»Elly … Warum versuchst du es nicht noch mal hier? Es ist doch eine so schöne Stadt. Hier ist so vieles …«

Elly schaute ihn an und atmete tief durch.

»Es dauert nicht mehr lang, dann kommen Blasmusik-Freaks aus der ganzen Welt. Dann holt auch der letzte Spinner hier sein Scheiß-Instrument hervor. Eine Woche lang schulfrei, nur um mitzumachen. Dann gibt es keinen Winkel in dieser gottverdammten Stadt, in der man vor dieser Musik sicher ist. Mein Kopf, mein Bauch … Mir tut alles weh …«

Elly hielt sich die Hand vor die Brust, als hätte sie Schmerzen. »Ich kann das nicht. Nicht noch mal. Nicht für den Rest meines Lebens. Ich muss gehen.«

Hellborn schüttelte langsam den Kopf.

»Du hast früher mal Trompete gespielt, ich habe die Fotos in der Aula gesehen. Vielleicht –«

»Herr Hellborn, bleiben *Sie* denn noch lange hier?«

Er wollte sich vor einer Antwort drücken, aber Elly fixierte ihn wie eine Kobra.

»Nun … ich …« Er rang nach Worten und zog die Schultern hoch, als würde er vor etwas Angst haben.

»Kommen Sie mit. Was Besseres als Quedlinburg finden wir überall!«

Als er ihr nicht antwortete, legte Elly nach. »*Sie* haben mich inspiriert! Uns alle!«

Ein trauriges Lächeln huschte über sein Gesicht.

»Kleiner Nachtfalter … du kannst fliegen. Aber ich …«

Elly nickte und schloss die Augen.

»Ich verlasse die Stadt vor Sonnenaufgang. Alles, was ich brauche, ist Geld!«

Elly schob ihren Stolz beiseite und streckte die flache Hand nach Hellborn aus. Der schaute sie fragend an.

»Geld …? Oh … ah, gut …«

Er kramte etwas ratlos in seiner Hosentasche und zog verschiedene Geldscheine hervor.

»Nun … Reichsmark, Ostmark, D-Mark … Euro! Na bitte.«

Elly starrte auf das seltsame Geld, das Herr Hellborn in seiner Tasche hatte. Aber sie nahm den zerknitterten 100-Euro-Schein aus seiner Hand.

Hellborn schaute ihr in die Augen. »Was, wenn du hier eine Aufgabe zu erfüllen hast?«

Elly zischte voll Verachtung. »Was, wenn mein Schädel explodiert, wenn ich noch ein einziges Tuten höre?«

Hellborn nickte traurig und schaute auf den zerkratzten Schlüssel in seiner Hand. Ein kleines, bedauerndes Lächeln umspielte seine Lippen, dann legte er den Schlüssel in Ellys Hand.

»… brauchen Sie ihn denn nicht mehr?«

»Nun, überall in der Welt müssen Dinge kaputt gemacht werden, oder? Fang einfach mal an und wenn wir uns irgendwann wiedersehen sollten, dann berichtest du mir, wie es gelaufen ist.«

Elly war gerührt und verbarg ihre feuchten Augen. Für ein letztes Mal sammelte sie die Kraft, um Hellborn ins Gesicht zu schauen.

»Ich … ich werde Sie nie vergessen.«

Etwas ungelenk umarmte sie den schlaksigen Hellborn. Und mit diesen Worten verschwand Elly in der nächsten Gasse. Ihre Schritte waren noch eine Weile zu hören, ehe alles still war. Hellborn blieb alleine zurück und ihn überkam eine unangenehme Gänsehaut am ganzen Körper. Schaudernd wanderte sein Blick zur hell erleuchteten Kirche, die über der Stadt thronte.

Aus der Holzkiste drang ein Wimmern und Keuchen. Aus dem Dunkel trat ein Mädchen mit blonden Haaren auf die Kiste zu. Sie legte den goldenen Koffer vorsichtig auf den uralten steinernen Kirchenboden. Dann wischte sie sich eine blonde Locke aus dem Gesicht. Es war Melody, die dort kniete, und alle schauten gebannt auf sie und auf die Holzkiste mit dem gefangenen Wesen.

Vorsichtig öffnete Melody den goldenen Koffer. Eingeschlagen in roten Samt lag darin eine Trompete. Eine Trompete ganz aus Glas. So schön wie sie war, so zerbrechlich war sie. Melody hob sie wie ein rohes Ei aus dem schützenden Koffer. Dann wandte sie sich zu der großen Holzkiste.

»Alles wäre gut, wenn ihr nur dort unten bleiben würdet.«

In der Kiste fauchte es, doch Melody ließ sich nicht einschüchtern, sie trat noch näher heran.

»Wir geben euch die Chance, weiter im Schatten zu schlafen. Aber ihr erkennt unsere Großzügigkeit nicht an.«

Sie nahm die Trompete und hielt sie in Position. Melody schaute zu Iris und Herbert Zahl. Iris trat an ein seltsam altertümliches Telefon mit Wählscheibe, das in einer Ecke der Kirche versteckt an der Wand montiert war. Wie lange es dort wohl schon hing? Es schimmerte golden und Iris wählte eine Nummer. Sie sprach mit der Person am anderen Ende der Leitung und an ihrer leicht gekrümmten Körperhaltung konnte Melody ablesen, dass es jemand sein musste, der viel Macht besaß, denn Iris buckelte sonst vor niemandem. Sie sprach leise und nickte mehrmals. Dann legte sie auf, nahm ihre aufrechte Haltung wieder ein und wandte sich an Melody. »Wir haben die Erlaubnis.«

Melody wusste, dass sie nun spielen durfte, und ging einen Schritt weiter nach vorne. Sie schloss die Augen und sah die Bilder des Tages, an dem jener verhängnisvolle Angriff auf ihren Vater erfolgte. Für alle in der Stadt, die nicht zum Kreis der »Wissenden« gehörten, war es ein tragischer Autounfall. Doch Melody wusste, dass sie an diesem Tag zu Fuß unterwegs waren. Sie sah die Kreatur mit der blassroten Haut vor sich, wie sie aus der Deckung sprang und ihr Leben für immer verändern würde.

Melody öffnete ihre Augen. »Ihr werdet bezahlen. Heute du. Morgen alle Schattenschläfer.« Der nächste Satz kam ihr nur flüsternd über die Lippen. »Ihr habt dem falschen Mann wehgetan.«

Sie setzte die Trompete an den Mund und spielte, die Musik erfüllte den gesamten Kirchenraum. Ein Notenblatt brauchte Melody nicht, sie hatte das Stück oft genug mit ihrem Vater auf einer normalen Trompete geübt.

Im Hintergrund stimmten nun weitere Musiker mit ein in den Klang klassischer deutscher Blasmusik. Eine Musik, die plötzlich keine Fröhlichkeit und Unschuld mehr besaß.

Die Kreatur wand sich in der Kiste, bis sie zu wackeln begann. Lautes Wimmern drang aus dem Innenraum und wurde immer kläglicher. An einer Stelle brach die Kiste auf und blitzschnell schnappte ein dünner Arm heraus. Melody wich zurück, hörte aber nicht auf zu spielen.

Draußen näherte sich Hellborn der Kirche. Plötzlich hörte auch er die Musik und verzog das Gesicht. Schmerz durchfuhr seinen Körper und hämmerte in seinem Kopf. Vorsichtig und mit zitternder Hand öffnete er die große, schwere Tür einen Spalt.

In der Kirche wurde die Stimmung aufgeheizter. Herbert Zahl verlor langsam, aber sicher seine Geduld, er drohte seinen Stressball in der Faust zu zerquetschen. »Weiter!! Lauter!!«, brüllte er.

Ein Stück des Deckels der Kiste flog weg und krachte gegen einen großen Kerzenhalter. Scheppernd fiel er um und heißes Kerzenwachs spritzte Melody gegen den Arm. Vor Schmerz und Schreck fiel ihr die Trompete aus der Hand. Unfassbares Entsetzen stand allen Anwesenden ins Gesicht geschrieben! Im allerletzten Moment schnappte Melody das Instrument, ehe es mit dem Boden kollidierte und zersplitterte.

Melody holte tief Luft, dann spielte sie weiter und ging dichter an die wackelnde Kiste. Melodys Musik wurde immer lauter und intensiver und es war klar: Das Wesen rang mit dem Tode. Melodys Hände zitterten. Sie musste die Aufgabe beenden! Das Wesen musste sterben!

Da trat Frau Kettler hervor und drehte am Regler der Soundanlage, die in der Kirche installiert war. Melodys Trompetenspiel wurde noch lauter über alle Lautsprecher übertragen. Das Wesen kreischte.

Und auch Hellborn wurde in die Knie gezwungen, er musste sich mit aller Kraft an der Tür stützen. Und dennoch konnte er seinen Blick nicht vom Geschehen abwenden. Er konnte die Schreie des Wesens nicht ausblenden und nicht wegschauen, wie es sich in der Kiste wand. Hellborn flossen heiße Tränen übers Gesicht. Und plötzlich, mit einem lauten Zischen, verpuffte die Kreatur zu Asche.

Für einen Moment war alles ruhig. Ein ungläubiges Abwarten, ein leises Murmeln im Kreis der Wissenden. Dann fielen sich die Menschen in die Arme, jeder wollte die gläserne Trompete einmal berühren. Einige jubelten, befreit vom Druck und der Anspannung. Hellborn sackte kraftlos zusammen.

Elly schlich an ihren Eltern vorbei, die im Wohnzimmer saßen und sich leise unterhielten. Sehr wahrscheinlich über sie ...

Leise stieg sie die Treppe hinauf zu ihrem Zimmer. Sie holte ihre gepackte Reisetasche und die versteckte Gitarre hervor. Die letzten Wochen waren gut gewesen und hatten sie glücklich gemacht. Doch das änderte nichts daran, dass ihre Zeit in dieser Stadt zu einem Ende kommen musste. Vielleicht hatte das Glück den Wunsch nach Freiheit nur stärker gemacht.

Elly ging ein Stockwerk tiefer und warf einen Blick auf Melodys Bett. Es war leer. Wo war sie um diese Uhrzeit? Aber Elly hatte keine Lust, lange darüber nachzudenken, welche albernen Musikproben Melody mitten in der Nacht abhielt. Elly konnte nicht wissen, dass Melody im selben Moment in der Kirche zum ersten Mal nach der gläsernen Trompete griff und bereit war, sie zu spielen.

Elly legte währenddessen den 100-Euro-Schein in die Spardose, in der sich ihr restliches Geld befand, und packte sie in ihre Tasche. Als sie aus der Tür hinaus in die Nacht trat, waren in der Kirche die ersten Töne aus der gläsernen Trompete zu hören. Elly erfasste plötzlich ein ungekannter Schmerz. Ihre Arme und Beine wurden eiskalt, doch da war noch etwas anderes, etwas viel Beängstigenderes. Elly zog ihre Jacke aus und sah, wie sich dünne schwarze Adern auf ihrer Haut ausbreiteten.

»Was zum Teufel?!« Wie kleine Bäche, die sich durch eine Wiese schlängelten, zogen sich schwarze Adern von Ellys Schulterblättern bis hinunter zu ihren Oberarmen. Schweißperlen standen ihr plötzlich auf der Stirn und vor ihren Augen wurde alles schwarz. Was geschah hier? Elly wollte nach ihren Eltern rufen, aber etwas in ihr wusste, dass sie dieses Unglück alleine zu tragen hatte.

Behellige deine armen Eltern nicht. Sie wollen doch, dass alles gut ist.

Elly sah plötzlich einen Apfel, der ihr vor die Füße fiel. Er rollte wie in Zeitlupe die Straße runter und verschwand in einem Gully. Elly hörte das Rauschen des Wassers, dann verlor sie das Bewusstsein.

»Was ist denn los?«

Als Elly aus ihrer Ohnmacht erwachte, zog Nana sie mit besorgtem Blick wieder auf die Beine. Es hatte begonnen zu regnen.

»Come on, girl! Mach jetzt nicht schlapp!«

Elly schaute Nana mit ihrem großen Wanderrucksack auf dem Rücken an. Unter einem Arm trug sie eine Tüte voller Schokoriegel.

»Brauchst du Zucker?« Nana packte einen regenbogenfarbenen Riegel aus und drückte ihn in Ellys Hand.

Elly biss in den Zuckerblock und spürte tatsächlich, wie das Leben in sie zurückkehrte. Nana wirkte in diesem Moment unglaublich erwachsen auf Elly, und sie fühlte sich plötzlich schuldig, dass sie am Ende vielleicht schuld war, dass Nana von zu Hause abhaute.

»Nana … deine Mama wird dich hart vermissen …«

Nana gab Elly einen Klaps auf den Rücken.

»Und deine erst …«

»Oh Mann, und unsere Väter …« Elly war keine zehn Meter von ihren Eltern entfernt, aber es fühlte sich bereits wie Kilometer an. Beide schauten sich mit ernstem Gesicht und schweren Gedanken an. Dann schüttelte Elly den Kopf.

»Boah, können wir bitte aufhören, über unsere Eltern zu reden?«

Aus der Dunkelheit kam Lucki mit einem schäbigen Stoffbeutel auf sie zu und Elly verspürte einen Impuls, der ihr fremd war. Aber sie gab ihm nach und umarmte Lucki kurz. Immerhin war er jetzt einer von ihnen.

Die Nacht war kalt und am Bahnhof von Quedlinburg wehte ein steifer Wind. Der Regen war stärker geworden und prasselte auf den leeren Straßen. An Gleis 2 stand ein einsamer Zug, die Türen waren zum Einsteigen geöffnet.

Elly atmete durch, sie schaute heimlich auf ihre Schulter, die Adern waren fast weg, doch ihr Herz schlug immer noch schwer belastet von großer Sorge. Die Musik in ihrem Kopf hallte endlich nicht mehr nach und Stille war eingekehrt. Es war höchste Zeit, die Stadt endlich zu verlassen. Von hier aus war es nur ein kleiner Schritt zur Freiheit. Die drei nickten sich zu und näherten sich dem Zug.

Doch plötzlich sah Elly jemanden am anderen Bahnsteig stehen. Wer kam so spät noch hierher? Elly kniff die Augen zusammen. Es war Herr Hellborn, verschwitzt und blass im Gesicht. Sie hörte, wie er nach ihr rief: »Du kannst nicht gehen! Du musst hierbleiben!«

»Was ist denn los? Was machen Sie hier …?«

»Elly, ich weiß …«, schnaufte Hellborn, sichtlich außer Atem.

»Was …?«

Elly stand in der offenen Zugtür und wusste nicht, was sie tun oder denken sollte. Hellborn gestikulierte wild.

»Elly … warte!«

Elly schüttelte den Kopf. »Ich muss jetzt gehen!«

»Du musst hierbleiben!«

Elly ballte die Hand zur Faust. »Was soll das? Warum erzählen Sie mir so was!?

»Ich … ich …«

Jetzt war es an Elly, wild mit den Händen zu gestikulieren.

»Hören Sie auf!! Ich weiß, Sie wollen nur das Beste, und ich mag Sie wirklich gerne! Die letzten zwei Wochen waren die besten meines Lebens, aber ich muss – «

»Elly, ich weiß, was mit dir los ist – «

In dem Moment fuhr ein anderer Zug durch den Bahnhof und verdeckte Hellborn. Nana und Lucki starrten in Hellborns Richtung. Das laute Rauschen und das Prasseln des Regens verschluckten jeden Ton und jedes Wort. In den kurzen Momenten, in denen die Fenster des vorbeifahrenden Zuges übereinanderlagen, konnten sie ihren Lehrer sehen. Doch plötzlich schien etwas nach ihm zu greifen. Zog ihn etwas nach unten?! In den Boden?!

Nana presste die Hände über den Mund.

»Oh shit!! Was zum Teufel ist das?!«

Elly sah, wie sich Hellborns Lippen bewegten, um etwas zu rufen. Für einen kurzen Augenblick konnte Elly ihn hören und sehen. Sein

Gesicht war angstverzerrt. Mit voller Kraft rief er Elly einen Namen zu: »Elise von Hohenstein!!!«

Doch schon rauschten die letzten Wagen des Zugs zwischen ihnen vorbei.

Dann war es still. Totenstill. Und Herr Hellborn war fort. Der Zug, in dessen Tür Elly, Nana und Lucki standen, begann zu piepsen. Er würde gleich losfahren.

Ellys Atem ging schnell und unregelmäßig, was sollte sie tun? Zittrig griff sie in ihre Jackentasche. Darin befand sich ein zusammengeknüllter Zettel. Ein Zettel, den Schatten ihr heimlich zugesteckt haben musste. Elly entfaltete ihn, während der Zug weiter piepste und eine Entscheidung von ihnen verlangte.

Ellys Augen wanderten über den Zettel. Die Schrift darauf wurde langsam von Regentropfen verwischt. Nana nahm ihr das Stück Papier aus der Hand. Sie las vor, was dort in krakeliger Kinderschrift stand:

Unter uns schlafen die Monster.
Ich habe sie gesehen.

Melody eilte in dieser Nacht mit dem Trompetenkoffer im Arm über den leeren Krankenhausflur. Niemand sollte sie bemerken, denn die Besuchszeit war längst vorbei. Der Regen hatte sie überrascht, aber sie spürte keine Kälte. Vorsichtig betrat sie das Zimmer ihres Vaters.

»Es hat funktioniert! Papa, es hat funktioniert!!«

Sie nahm die Hand ihres Vaters und legte den Koffer sachte auf sein Bett.

»Du hattest recht! Der Weg zum Frieden ist die gläserne Trompete! Das Monster ist tot!«

Für einen Moment schien es Melody, als ob ihr Vater ihre Hand drücken würde, und sie erschrak. Doch als sie seine geschlossenen Augen und die ruhig arbeitenden Maschinen sah, die ihn am Leben hielten, beruhigte sie sich. Nein, heute würde er nicht aufwachen. Aber wann dann?

Sie legte ihren Kopf auf seine Schulter.

»Wenn wir die Trompete nur früher gehabt hätten ... dann ...«, sie schluckte ihre Tränen herunter »... dann wärst du jetzt noch bei mir ...«

Hinter ihrem Rücken hörte Melody Schritte. Gab es in dieser Nacht noch weiteren Besuch? Melody drehte sich zur Tür.

Da betraten Herbert und Iris Zahl das Zimmer. Die beiden Instrumentenbauer näherten sich und strichen Melody über den Kopf.

»Geh nach Hause und schlaf. Du hast für heute genug getan.«

»Ich würde gerne bleiben.«

»Das ist kein Ort für müde Mädchen. Karl ist hier in besten Händen. Es kann ihm nichts passieren.«

Widerwillig stand Melody auf. Sie nahm den Trompetenkoffer an sich, doch Iris schüttelte den Kopf. Sie griff nach dem Koffer, doch Melody hielt ihn fest. Iris legte ihr eine Hand auf die Schulter.

»Meinst du nicht, dass sie bei uns am besten aufgehoben ist?«

»Aber ich passe gut auf.«

»Übernimmst du die Verantwortung, wenn sie zerbricht?«

Melody lockerte unwillkürlich ihren Griff und Iris nahm ihr den Koffer aus der Hand.

»Du bekommst die Trompete zurück, wenn die Zeit gekommen ist.«

Melody verließ das Krankhaus durch die dunklen Flure. Am Ausgang begegnete ihr Franziska, die gerade ihre erste Arbeitsschicht des Tages antrat. Sie hielt einen heißen Kaffee in der Hand, der sie durch die frühen Morgenstunden bringen sollte. Franziska lagen viele Fragen auf den Lippen. Was zum Teufel machte Melody um diese Zeit im Krankenhaus? Nächtliche Besuche waren verboten.

»Geh nach Hause, schlaf dich aus! Ich schreibe dir auch eine Entschuldigung für die Schule.«

»Das ist nicht nötig, Frau Wollmüller. Alles ist gut.«

Alles ist gut. Wie sehr fühlte Franziska sich in diesem Satz zu Hause. Würde es auch Melodys Satz fürs Leben werden?

Franziska nahm Melody an der Hand und führte sie sacht in Richtung des großen Fensters.

»Siehst du die Sterne? Nicht viele Menschen sind wach, wenn sie so schön aussehen.«

Melody schaute und nickte. So hell wie jetzt waren die Sterne selten. Die beiden standen Schulter an Schulter und stützten sich, als sie den friedlichen Nachthimmel betrachteten.

Als Melody gegangen war, schaute Franziska mit finsterem Blick in Richtung des Zimmers, in dem Karl März lag. Zwei nasse Fußspuren auf dem Boden? Wer außer Melody war noch im Regen hierhergekommen? Franziska hörte Stimmen aus dem Zimmer und stellte ihren dampfenden Kaffee ab.

Herbert und Iris Zahl standen im schummerigen Krankenzimmer.

»Karl! Hör mir zu!« Herbert griff Karl März an den Schultern. »Hörst du?«

Er schüttelte ihn in der sinnlosen Hoffnung, dass er plötzlich aufwachen würde.

»Die Trompete funktioniert! Deine Vorhersage hat gestimmt! Es ist das richtige Werkzeug gegen die Kreaturen! Doch … wir können sie nicht alle einzeln töten.«

Iris ging dicht an Karls Gesicht heran.

»Du bist der größte Meister, Karl. Deine Konstruktionspläne für die gläserne Trompete waren brillant! Aber ich weiß, dass es noch besser geht! Noch schneller, noch sauberer! Wo sind deine anderen Aufzeichnungen?«

Herbert rüttelte noch einmal an Karls Schultern.

»Wir müssen uns beeilen! Ehe die Kreaturen etwas erfahren!«

Iris schaute in Karls ausdrucksloses Gesicht, in der stillen Hoffnung, dass es ihr etwas verraten könnte.

»Karl, die Aufzeichnungen! Wo sind sie? Wir brauchen sie!«

Iris öffnete den Trompetenkoffer und holte mit aller Vorsicht die gläserne Trompete hervor.

»Sieh her, das Mundstück. Es ist noch nicht perfekt.«

In dem Moment betrat Franziska das Zimmer. Ihre Hände hatte sie wütend in die Hüfte gestemmt.

»Raus hier!«

Doch Iris und Herbert ließen sich nicht beirren und sprachen weiter zu ihrem Kollegen und Freund.

»Karl! Du musst aufwachen! Wir brauchen die Aufzeichnungen!«

Herberts Stressball knirschte in seiner Faust.

»Ich habe gesagt: Raus hier!«

Herbert drehte sich mit zornigem Gesicht zu Franziska. »Frau Wollmüller! Es geht hier nicht um Ihre kleinen Regeln!«

»Oh, doch!«

Ihre zornige Stimme drang überhaupt nicht zu den beiden durch, also wurde Franziska lauter. »Und wenn Sie sich an meine kleinen Regeln nicht halten, rufe ich den Sicherheitsdienst.« Sie drehte sich um und ging aus dem Zimmer.

Da packte sie Iris Zahl an der Hand. Mit einer Kraft, die Franziska ihr nicht zugetraut hatte, hielt sie sie fest.

»Eine Sache, Frau Wollmüller. Nur eine Sache steht ab jetzt auf Ihrem Plan.«

»Was soll das?!«

Iris verdrehte ihre Hand ein Stück, sodass Franziska die Augen zusammenkniff.

»Sorgen Sie dafür, dass er aufwacht.«

Franziska wand sich im festen Griff.

»Wir kümmern uns so gut es geht um ihn!«

»Sie können das besser. Ich weiß es.«

»Medizin ist kein Wunschkonzert!«

Nun drehte sich Herbert zur Ärztin, Franziska sah die Spuren seiner alten Brandverletzung.

»Dann machen Sie es zu einem Wunschkonzert!«

Franziska riss sich wütend los und rannte auf den Flur.

Iris rief ihr nach: »Doktor Wollmüller!«

Franziskas Finger lag bereits auf dem Notrufknopf, gleich würde die Alarmanlage schrillen. Da hörte sie die ruhige und ernste Stimme von Iris: »Wissen Sie, was auf Station 6 ist?«

Franziska drehte sich zu Iris um, den Finger immer noch ganz dicht am Notrufknopf. »Unsere Stationen gehen nur bis 5.«

Iris lächelte vielsagend. Franziskas Stimme wurde plötzlich unsicher und sie wiederholte ihren Satz.

»Frau Zahl, die … die Stationen gehen nur bis 5 …«

Es waren mehrere Stunden vergangen. Elly, Nana und Lucki hockten unter einer Straßenlaterne. Sie waren alle nass, unfassbar müde und gleichzeitig schmerzhaft wach.

Elly fuhr sich mit beiden Händen durch die Haare. Dann ergriff Lucki das Wort:»... wenn man wach ist, hat man wenigstens keine Albträume ...«

Lucki nuschelte immer, wenn er etwas sagte, seine Müdigkeit machte es nur schlimmer.

Nana nickte, weil sie verstand, was er meinte.

»Aber wir sind uns einig, dass wir alle dasselbe gesehen haben? Das war kein böser Albtraum?«

Lucki blickte zu Boden, er spielte gedankenverloren mit seinem Feuerzeug und ließ es immer wieder kurz aufflackern. »Das ... das war echt ...« Lucki biss sich auf den Fingernägeln herum. »... wo ist er? Wo ist er plötzlich hin?«

»Ist ihm etwas ... passiert?« Die drei schauten sich in die Augen. Nana dachte nach.

»Ich weiß, wo seine Wohnung ist. Ich habe ihn morgens aus der Tür kommen sehen.« Die drei setzten sich in Bewegung. Sie liefen durch die engen Gassen, die vom Stadtzentrum wegführten. In einer schmalen Straße, durch die kaum ein Auto passte, lag Herrn Hellborns Haus: ein hellblaues mehrstöckiges Fachwerkhaus mit einem ungepflegten Vorgarten.

Nana wischte mit dem Finger über das Namensschild an der Tür. »Das muss es sein.«

Elly ging einen Schritt zurück und begutachtete das Gebäude von außen.

»Die anderen Wohnungen im Haus sehen unbewohnt aus, aber wer weiß ...«

Dann traten sie in den staubigen Hausflur und fanden die Tür zu

Herrn Hellborns Wohnung. Eine kleine Glühbirne an der Decke schenkte etwas Licht.

Elly spähte zu den Nachbartüren und drehte sich zu Nana und Lucki um.

»Ihr haltet Wache.«

Nana nickte und ging in Position.

»Ja, wir brauchen echt keinen Ärger mit der Polizei. Obwohl …« Elly sah, dass Nana mit einem merkwürdigen Grinsen über etwas nachdachte. Sie schüttelte fassungslos den Kopf.

»Alter! Du denkst bitte grad nicht darüber nach, wie chillig es wäre, im Gefängnis zu sitzen?!«

»Darling, drei Gratis-Mahlzeiten und 24 Stunden gemütlich an die Wand starren?«

Elly rollte mit den Augen und öffnete die Tür. Sie sah, dass dahinter ein weiterer sehr enger Flur lag. Erst am Ende des schmalen Gangs befand sich die richtige Wohnungstür.

Leise tappte Elly den Flur entlang und schüttelte ein nerviges Bild in ihrem Kopf weg. Es zeigte einen vergitterten Speisesaal und Nana, die genüsslich Gefängnissuppe löffelte, als wäre es Nutella. Während Elly im gleichen blauen Overall neben ihr saß und heimlich einen Löffel anspitzte. Damit würde sie sich den Weg in die Freiheit graben. Wenn nicht Lucki, der unter dem Tisch hockte, das Gefängnis vorher abfackeln würde.

»Mist, ey …« Der Staub auf dem Flur stieg Elly in die Nase, hier hatte lange niemand mehr geputzt. Als sie die letzte Tür erreicht hatte, drückte sie die alte Klingel. Das schrille Läuten war dumpf aus Herrn Hellborns Wohnung zu hören. Elly lauschte. Es klang, als ob ein großes Ungeziefer aufgeschreckt wurde und schnell das Weite suchte. Elly schluckte und sah, dass die Tür am Ende des Flurs zugefallen war. So konnte sie Nana und Lucki nicht mehr sehen. Doch sie schob ihre Angst ganz tief in ihren Bauch zurück. Sie musste Herrn Hellborn finden.

Als alles still war und ihr niemand öffnete, schaute sie, ob unter der abgewetzten Fußmatte ein Schlüssel lag. Doch leider war außer Staub nichts zu finden. Gerade, als sie zu Nana und Lucki zurückgehen wollte, griff sie nach dem Schlüssel, der um ihren Hals hing. War das etwa …? Elly nahm die Kette von ihrem Hals und schob den Schlüssel mit zittrigen Händen ins Schloss. Sie starrte auf die nun leicht geöffnete Tür. Mit unsicheren Fingern griff sie nach der Klinke und öffnete die Tür weiter. Sie drückte auf den Lichtschalter an der Wand. Dann holte sie tief Luft, schwang sie ganz auf und trat den ersten Schritt in Hellborns Wohnung.

Das viele Weiß blendete sie. Die Wände waren weiß, der Fußboden schneeweiß, die Zimmerdecke ebenso weiß. Und es gab keinerlei Möbel. Nur kaltes Licht, noch mehr Staub und merkwürdige weiße Krümel auf dem Boden.

Elly ging in das zweite Zimmer, in dem eine einzelne, graue Matratze auf dem Boden lag. Und dann fiel es Elly auf. Der Fußboden an den Rändern der Wände war voller weißem Pulver und die Wände selbst, waren übersät mit Schrammen, Kratzern und tiefen Furchen. Elly versuchte, ruhig zu atmen, aber es fiel ihr schwer. Sie ging nah an die Wand heran und streckte ihre Hand aus. Es bestand kein Zweifel: Die Furchen in der Wand waren von Händen in den Putz gekratzt. Ellys Herz setzte mindestens einen Schlag aus und sie stolperte über die Matratze. Darunter bewegte sich etwas. Es war etwa so groß wie eine Hand.

»Was …?«

Seltsames weißes Fell blitzte unter der Matratze hervor und Elly hielt den Atem an. Als ein dickes schwarzes Spinnenbein unter dem Fell sichtbar wurde, rannte Elly los. Sie schlug die Zimmertür hinter sich zu. Eine Erschütterung ging durch das alte Gemäuer, Elly wollte die Wohnung schnell verlassen, doch plötzlich fiel ein gelbes Heft von der Decke herab.

»Ist das …?« Elly hob es auf und hielt das Heft fest in den Händen. Jemand hatte es oben in einer Spalte versteckt. Nein, nicht irgendjemand, Herr Hellborn!

Zum ersten Mal sah Elly, dass sich ein seltsames Bild auf dem Heft befand. Eine Trompete voller Dornenranken. Elly rannte zurück zu ihren Freunden.

»Was ist das?«

»Das … das ist das Notenheft von Herrn Hellborn. Er hat dort ständig Notizen reingeschrieben. Er wollte es mir nicht zeigen!«

Elly schlug es mit großen Erwartungen auf. Hellborns Aufzeichnungen waren vielleicht der Schlüssel zu allem.

Doch das Heft war … leer.

Ungläubig blätterte sie durch die Seiten. Auf keiner einzigen waren Notizen.

Allein auf der ersten Seite standen in schöner, aber ungelenker Handschrift drei Worte:

Blasmusik für Fortgeschrittene

Nana, Lucki und Elly schauten sich ungläubig an.

»Was zum Teufel sollen wir damit anfangen?«

In dieser Nacht folgte Franziska widerwillig den beiden Instrumentenbauern. Es war immer noch dunkel, aber das Personal eilte bereits routiniert über die Flure. Patienten begrüßten Franziska freundlich, denn sie war eine äußerst beliebte Ärztin. Nur war Franziska nicht in der Stimmung, Nettigkeiten auszutauschen. Sie folgte Iris und Herbert Zahl, bis sie vor einem stillgelegten Fahrstuhl in einem menschenleeren Bereich stehen blieben. Außer ein paar unverbesserlichen Rauchern, die im eisigen Winter heimlich in einer warmen Ecke ihre Kippen pafften, kam niemand hierher.

Franziska schüttelte den Kopf. »Der Fahrstuhl ist seit zwanzig Jahren kaputt. Und auch davor fuhr er nur nach unten, in den Versorgungskeller.«

Iris betrachtete die Ärztin nur und in Franziska stieg Zorn auf. Ja, Musik war wichtig in Quedlinburg, aber was fiel diesen Menschen ein, sich über sie zu stellen, nur weil sie die Instrumentenbauer waren? Sie wagten es, sie bei der Arbeit zu stören und in Rätseln zu sprechen!

Iris griff nach dem Absperrband, das den Fahrstuhl versperrte. Ein Schaudern fuhr durch Franziska, als sie an den Klebespuren sah, dass es wohl schon viele Male entfernt und wieder angebracht worden war. Als Iris einen blassen Knopf drückte, erwachte der Fahrstuhl zum Leben. Wie ein behäbiges Tier, das eine große Last trug, setzte er sich in Bewegung. Nach wenigen Sekunden öffnete sich die Tür, schwerfällig, aber routiniert.

Iris und Herbert stiegen in den Fahrstuhl und blickten Franziska wartend an. Endlich setzte auch sie einen Fuß hinein.

Elly saß in der Morgensonne auf einer Mauer am Stadtrand und knetete den kleinen Zettel, den Schatten ihr gegeben hatte, in der Hand.

Ein paar Stunden hatte sie in ihrem Bett unruhig geschlafen, aber ihre schwarzen Augenringe waren dunkler als je zuvor.

Nana kam abgehetzt angelaufen und schüttelte den Kopf. »Sie ist heute nicht in der Grundschule aufgetaucht. Ich hab gefragt. Es ist wohl nicht das erste Mal, dass Schatten fehlt.«

Elly warf frustriert ihre Hände in die Luft. »Ich war eine absolute Idiotin! Ich muss sie finden.«

Elly stand auf und lief los.

»Geht ihr wenigstens noch ein paar Stunden zur Schule, damit die Kettler nicht wieder rumheult. Denkt euch irgendeine Entschuldigung für mich aus.«

Nana und Lucki schauten sich wissend an und sprachen gleichzeitig: »Definitiv explosiver Durchfall.«

Elly rollte mit den Augen, schenkte den beiden aber ein Daumenhoch.

Elly wusste, wo sie anfangen würde, nach Schatten zu suchen. Auf ihrem Weg quer durch die Stadt kam sie an einem gut gelaunten Jungen vorbei, der ein paar kurze Lederhosen trug und einen Instrumentenkoffer in der Hand hielt.

»Entschuldigung, kannst du mir sagen, wo das Vorspielen heute stattfindet?« Im Vorbeigehen musterte Elly ihn, seine lockigen roten Haare, seine hässliche Lederhose: Abscheu-Level 100. Er war wohl gerade erst in der Stadt angekommen. »Ich hab keine Zeit, Touristenführer für Blasmusik-Freaks zu spielen.« Sie eilte weiter und ließ den Lederhosenjungen stehen.

»O-okay … ich finde den Weg auch so!«

Etwas außerhalb der Stadt stand ein großes finsteres Steingebäude. Es war das Waisenhaus, und es sah aus, als hätte sich hier 300 Jahre nichts verändert. Nur der Efeu an der Mauer war mächtiger und noch unbeherrschbarer geworden. Von innen war das Haus jedoch freundlich und voller bunter Wäscheberge.

»Ist Schatten … ich meine, Chantal da …?«

Elly beugte sich über den Tisch an der Anmeldung. Die junge Frau schaute Elly mit professioneller Neugier an.

»Chantal ist heute früh aufgestanden, leider wissen wir nicht, wo sie hingegangen ist. Wir machen uns Sorgen … aber wir können sie nicht immer festhalten.«

Elly schaute geknickt, und die junge Frau lächelte verständnisvoll.

»Kein Wunder, dass ihr sie alle ›Schatten‹ nennt. Sie bewegt sich wie ein Schatten durch die ganze Stadt.«

Elly knetete Schattens Zettel, der immer noch in ihrer Tasche war.

Um Elly herum turnten kleine, neugierige Kinder, die mit ihren Fingern auf Ellys schwarze Leggins pikten. Zwei freundliche Erwachsene zogen mit akrobatischem Geschick die wilden Kinder von ihr weg, um sie für Schule und Kindergarten anzuziehen. Sie kämmten ihnen geduldig die Haare. Ein kleiner Mann mit runder Nase lächelte Elly freundlich an, während er den Arm eines widerspenstigen Jungen durch einen Jackenärmel fädelte.

»Bist du Chantals Freundin?«

Elly wusste nicht, was sie darauf antworten sollte.

»Ich bin übrigens Alfredo. Und du? Wednesday Addams?«

»Wer?«

»Na, ich seh schon, nicht deine Baustelle!«

Elly wurde ungeduldig. »Wissen Sie, wo Schat… Chantal sein kann?«

Alfredo hob den kleinen, widerspenstigen Jungen auf seinen Arm und dachte nach.

»Also, sie ist schon seit zwei Jahren bei uns, am Anfang hab ich sie immer mal eingesammelt, wenn sie abgehauen ist. Es gab große Standpauken und zornige Zeigefinger, aber weißt du … das hat gar nichts gebracht.« Der hibbelige Junge entwischte ihm und warf die Jacke zu Boden. Alfredo seufzte, verlor sein freundliches Gesicht dabei aber nicht.

»In welcher Blaskapelle spielst du eigentlich?«

Elly drehte sich um und ging.

Draußen war es bereits warm geworden und die Sonne funkelte durch die Blätter der großen alten Bäume.

Elly zog Hellborns gelbes Notenheft hervor. Warum war es leer? Sie hatte doch gesehen, wie er hineingeschrieben hatte. Ging es ihm gut? War er in Gefahr? Hatte er ihr Informationen gegeben, die jetzt wichtig wurden? Hatte sie ihm überhaupt richtig zugehört?

Da klang ein Name in Ellys Ohren: »Elise von Hohenstein«.

Ellys Gedanken rasten. Dieser Name … Ihn hatte Hellborn ihr zugerufen, bevor er verschwand. War das der Schlüssel zu seinem Verschwinden oder brachte es sie nur auf eine falsche Spur?

Und … wer zum Teufel war Elise von Hohenstein …?

Im Rathaus wurde Elly in den Wartebereich verwiesen. Dort nahm sie auf einem grauen, ausgeblichenem Stuhl Platz. Der genervte Mitarbeiter mit der glänzenden Glatze drehte sich noch einmal zu ihr um.

»Ich werde sehen, was ich tun kann, aber solche Informationen unterliegen dem Datenschutz.«

»Ja, ich bin nicht blöd.« Sie setzte ihr bestes und finsterstes Gesicht auf.

Okay, das war unüberlegt … Konnte Elly jetzt überhaupt noch Hilfe von ihm erwarten? Unruhig trommelte sie mit den Fingern auf dem glatten Holz. Wenn jemand Elise von Hohenstein kannte, dann doch die Leute im Rathaus. Niemand lebte in der Stadt, den sie hier nicht kannten, oder? Elly blätterte gelangweilt durch eine Broschüre über die Geschichte Quedlinburgs. Kopfschüttelnd fragte sie sich, warum es eigentlich nie eine Bürgermeisterin in all der Zeit gegeben hatte. Oder wenigstens mal einen jungen Typen, auf allen Seiten war immer die gleiche Sorte Mann mit breiten Schultern und kantigem Gesicht zu sehen. Vielleicht wählten die Bürger der Stadt einfach gerne immer den gleichen Mist, egal ob 1970 oder 1390.

Auf dem Stuhl neben sich entdeckte Elly eine gläserne Murmel. Sie schaute sich nach dem Kind um, das die Murmel hier vergessen hatte. Aber es war niemand zu sehen. Elly hob die Murmel auf und ließ sie unruhig von Hand zu Hand gleiten. Die Minuten vergingen und der Typ mit der Glatze kam einfach nicht zurück. Elly starrte auf ein großes dunkles Gemälde an der Wand, das sicher einige Hundert Jahre alt war und Quedlinburg zeigte. In der Mitte war seit jeher die große Kirche auf dem Berg. Da ploppte ihr die Murmel aus der Hand und rollte über den Boden. Elly folgte ihr mit dem Blick und sah, wie sie in eine dunkle Ecke des Rathauses rollte. Dorthin, wo eine Treppe nach unten führte. Elly sprang von ihrem Stuhl hoch und wollte die Murmel aufhalten. Doch schon klirrte sie Stufe für Stufe in die Finsternis.

Ellys Schritte folgten dem Klirren bis in den Keller. Ein paar kleine Butzenglasfenster brachten etwas Licht, aber Ellys Augen brauchten eine Weile, ehe sie sich an die Dunkelheit gewöhnt hatten.

Hier unten schien das Rathaus noch viel massiver zu sein als oben. Waren es die Fundamente eines noch viel älteren Hauses oder war es immer ein Haus gewesen, in dem die Geschicke der Stadt gelenkt wurden? Elly hob den Kopf und sah in einer Ecke eine merkwürdige Form, die sich von der dunkelgrauen Mauer abhob. War es ein altes Wappen? Es war zumindest nicht das typische Q, das sie von allen Seiten belästigte. Die steinerne Form sah aus wie eine Hand. Doch was tat die Hand? Elly legte den Kopf schief. Die Hand griff nach einem Tentakel, so wie ihn Tintenfische als Arme hatten. Darunter stand ein Satz auf Latein, den Elly nicht richtig entziffern konnte. Sie blinzelte und erinnerte sich, warum sie hier runtergekommen war.

Sie fand die Murmel tatsächlich wieder und hob sie auf. Als sie aufstand, bemerkte sie, dass das große alte Gemälde, das sie oben im Wartebereich betrachtet hatte, hier unten weiterging. Seltsam, wer brauchte denn ein Gemälde, das auf zwei Ebenen lag? Hier unten blitzte nur etwas vom alten Rahmen durch, das Gemälde selbst war von einem schweren roten Vorhang verdeckt. Elly ging näher heran und ein seltsames Gefühl stieg in ihr auf. Sie griff nach dem roten Vorhang. Als sie ihn wegzog, offenbarte das Bild seinen zweiten Teil. Er war von einer schmutzigen Schicht überzogen und Elly rieb mit der Hand darüber. Unter der Stadt mit den schönen Häusern lag ein Höhlensystem, das sich in den Boden fraß. Sie fuhr mit zittrigen Fingern über die alten, rissigen Farben.

»Eine Welt ... unter der Welt ...«

Elly rannte die Treppe hoch, der glatzköpfige Mitarbeiter rief ihr nach: »Eine Elise von Hohenstein gibt es bei uns nicht.« Elly hatte keine Zeit zu nicken, sie brauchte frische Luft.

Nach einer dreistündigen OP schloss Franziska die Tür der Personaltoilette hinter sich und setzte sich auf den geschlossenen Klodeckel. Ihre Ellenbogen stützte sie auf die Oberschenkel und mit den Händen hielt sie ihren Kopf, der heute unglaublich schwer war. Aber nicht, weil die OP alles von ihr gefordert hatte. Nein, ihr gingen die Erinnerungen von der Nacht zuvor nicht aus dem Kopf ... Der uralte Krankenhausfahrstuhl hatte Franziska und die beiden Instrumentenbauer in das oberste Stockwerk gebracht und den Blick auf einen geheimen Krankensaal freigegeben.

»Willkommen auf Station 6.« Herbert Zahl streckte seine Hand aus und lud Franziska auf unpassende Weise zu diesem Ort ein.

»Wir nennen es auch den ›Rosensaal‹. Denn obwohl wir so weit oben sind, finden die Rosensträucher immer einen Weg hierher. Sie wissen wohl, dass wir hier einige Dornröschen haben.«

In den Krankenbetten, die vor ihnen aufgereiht standen, lagen Menschen, sie alle schienen zu schlafen, doch Franziska wusste sofort, dass es mehr als das war. Sie lagen im Koma. So wie Melodys Vater.

Franziska drehte sich mit großen Augen zu Iris und Herbert.

»Warum sind sie hier?«

»Sie haben das gleiche Schicksal erlitten wie unser Freund Karl. Und wenn er nicht bald erwacht und uns sagt, wo seine Aufzeichnungen sind, werden gewiss noch mehr Leute hier landen.«

»Was … aber wie …«

In dem Moment trat Doktor Bärenthal aus dem Fahrstuhl und brachte, ohne Franziska anzuschauen, sehr routiniert neue Bettwäsche auf die Station. Endlich trafen sich die Blicke der beiden. Franziskas Stimme war mehr ein Flüstern.

»Du … du hast davon gewusst …« Doch er machte einfach weiter, ohne sich stören zu lassen. Herbert Zahl griff Franziska sanft an der Schulter und dreht sie zum Fenster.

»Schauen Sie nach draußen, Frau Doktor. Sie können die ganze Stadt sehen. So friedlich bei Nacht. Die Straßen, die Häuser, und die Menschen schlafen. Doch was können Sie nicht sehen?«

Franziska wusste nicht, wovon Herbert Zahl sprach.

»Etwas, das sich unter unseren Füßen verbirgt.«

Iris nahm Franziska an der Hand und drängte sie, nach draußen zu schauen.

»Frau Doktor, ich sage Ihnen, was es ist. Etwas, das niemals wieder ans Licht kommen sollte. Aber die Musik hat es nur geschwächt, nie getötet.«

Franziska atmete durch und schloss die Tür der Toilettenkabine wieder auf. Es musste weitergehen, die Menschen brauchten sie.

Nur Iris Zahls Satz hallte noch in ihrem Kopf, als sie sich die Hände mit kaltem Wasser wusch: »Es lauert tief unter uns. Das Böse.«

Alle Städte haben ihre Geheimnisse, kleine Geheimnisse, große Geheimnisse. Manche schön, andere schrecklich. Denn wo Menschen leben, wächst der Lärm, aber auch das Schweigen.

Unter Quedlinburg führten dunkle Tunnel auf verschlungenen Pfaden tief in die Erde hinein. Licht gab es auf den Gängen wenig, die Lampen waren alt und nie hatte sie jemand repariert. Hin und wieder bröckelte lockere Erde auf den Weg. An manchen Stellen war der Pfad halb zerfallen, so lange war es her, dass hier jemand langgegangen war.

Nach einigen Hundert Metern führten die Gänge tief im Berg zu einer großen Höhle.

Tropf, tropf, tropf. Monoton fiel hier das Regenwasser von der Decke und bildete Pfützen.

Eine kleine Lampe mit fluoreszierenden Steinen hing an der Wand und spendete trauriges Licht.

Bäume waren durch die Decke gewachsen und ließen ihre Wurzeln wie dünne Finger in die Dunkelheit hängen.

In einigen Pfützen standen Holzbeine von Möbelstücken. Wenn man genau hinsah, erkannte man, dass die Höhle voller Betten stand.

Einige waren uralt und mit löchrigem Betthimmel, manche kunstvoll verziert und bemalt, andere Betten waren karg und schlicht.

Einige Betten standen in Reih und Glied an den Wänden nebeneinander, andere waren chaotisch verschoben.

Ab und zu lag sogar nur eine Matratze auf dem Boden. Manchmal war ein Bett so klein, dass es fast unbemerkt im Bettenmeer verschwand. Einige Nachtlager hingegen waren so riesig, dass man sich fragen musste, für wen sie gebaut waren.

Eins hatten die meisten Betten aber gemeinsam, ihr Holz war alt und morsch. Und noch etwas einte sie: In jedem lag jemand gut verborgen hinter den Vorhängen. All das machte die Höhle zu einem geheimnisvollen Schlafsaal tief unter der Erde.

Eine gespenstische Stille erfüllte den Raum. Nur ein leises Atmen war zu hören. Oder zwei. Oder drei?

»Ssst … ssst.«

Unter einer dunkelgrauen, zerfransten Bettdecke kam eine Hand hervor.

»Wie geht es ihm? Lebt er noch?«

»Ich … ich kann nicht nach ihm schauen. Meine Kraft reicht nicht zum Aufstehen. Wer kann nach ihm sehen?«

Aus einigen Betten drang leises »Ich kann nicht, es geht nicht …«

Doch mit einem müden Ächzen erhob sich endlich unter einem Betthimmel eine Gestalt. Sie robbte schwach und ausgezehrt in Richtung des Nachbarbettes.

»Ich … werde … nach … ihm … schauen.«

Im schummerigen Licht sah man eine Gestalt, deren Körper aus kleinen weißen Knochen gebaut war, wie ein Skelett, aber mit viel

kleineren Bausteinen. Sie hatte lange weiße Haare und rief mit leiser Stimme: »Hey … hey, mein Lieber … geht es dir gut …?«

In dem Moment riss Herr Hellborn, der in einem Bett aus schwarzem Ebenholz lag, die Augen auf.

»Unsere … unsere allerschlimmsten Befürchtungen sind wahr geworden!«

Ein Raunen ging durch die Bettreihen.

»Was … was sagt er da?«

Nicht alle Kreaturen hatten genug Kraft, die Augen offen zu halten oder sich aufzurichten, aber einige versuchten es. Zischen und Gurren drang unter den Decken hervor.

»Das kann nicht sein … Das darf nicht sein …«

»Es hieß, dass sie es niemals schaffen würden!«

»Lügst du auch nicht?«

»Es war doch immer nur eine Legende.«

»Wie konnte das geschehen …?« Das Raunen wurde für einen Moment leiser und dann sprach jemand aus, wovor sich alle fürchteten: »Sie … haben eine gläserne Trompete?!«

Hellborn nickte schwach.

Die weiße Knochengestalt, die nach Hellborn sehen wollte, brach klappernd zusammen. Hellborn schoss hoch und hob sie vom Boden auf, obwohl er selbst kaum Energie besaß.

»Weißbein, mein Herzchen …« Er legte sie mit zittrigen Knien zurück in ihr Bett und strich ihr die weißen Haare aus dem Gesicht. Weißbein schaute ihn aus ihren müden blauen Augen an.

»Wir haben … eine Erschütterung gespürt … es fuhr uns allen in die Glieder … wir schliefen ein, fester als je zuvor. Wir konnten nicht ahnen, dass …« Weißbein, die müde Gestalt, die nun wieder in ihrem schmiedeeisernen Bett lag, konnte die Worte nicht zu Ende sprechen.

Die anderen Kreaturen zischten vor Sorge. Hellborn sank erschöpft auf Weißbeins Bettkante.

»Ich war dabei.« Er schluckte und rang nach Worten. »Sie haben die Glastrompete zum ersten Mal gespielt.«

Weißbein starrte ihn erschrocken an. »Dass du noch am Leben bist!« Sie legte ihre knochige Hand an seine Wange.

»Du bist so mutig, mein Freund.« Hellborn lächelte schwach.

Aus einem anderen Bett drang eine rasselnde Stimme: »Muuuut allein hilft keiner aaarmen Seeeeele …«

Eine weitere Stimme zischte: »Bisssst du desss Wahnsinnssss, mit ssso einer Nachricht nach Haussssse zu kommen? Ssssie werden unssss alle töten!«

»Wie kannst du es wagen, in so einer Lage überhaupt zurückzukehren?«

»Geh zurück, zersssssstör die Trompete! Du siehsssst den Menschen ssso ähnlich, du konntessst ssie schon einmal täuschen!«

»Ja, geh nach oben, Hellborn!«

»Und wo ist der kleine Energiesammler, der wie eine neugierige Klette an dir hing? Ist er nicht zurückgekommen? Ist er oben geblieben?«

»Hellborn, mach dich auf den Weg! Zerstör die Trompete!«

Die Monster scharrten an den Wänden und am Holz ihrer Betten, eine Kreatur ließ ihren langen Tentakelarm bis zu ihm wandern, und Hellborn wusste, welche Kraft dieser Arm besaß. Er könnte ihn mühelos zerdrücken. Hellborn spürte, wie die Stimmung zu kippen drohte.

Schatten streifte schon eine ganze Weile durch den Wald, irgendwo hier musste es doch einen Anhaltspunkt geben. Irgendwo musste sie einen Zugang nach unten finden. Ihre Beine waren müde und ihr Magen kaum mit einem Frühstücksbrot gefüllt. Nur ihre neuen Schuhe, die frisch glitzerten, spendeten Trost.

Immer wieder führte sie ihr Weg zurück an den Brunnen. Jenen verhängnisvollen Brunnen. Doch wo vorher ein schwarzes Loch in die Tiefe führte, war nun nur noch Abfall. Irgendjemand hatte den Brunnen bis zum Rand mit Müll gefüllt. Schatten griff in den Brunnen und holte ein paar Saftkartons heraus, dann ein paar gammelige Dosen, Wodka-Flaschen und alte Gummibärchentüten. Doch egal wie viel sie auch rausholte, der Brunnen war immer noch voll. Sie wollte schreien, aber kein Ton entwich ihrer Kehle.

Während Schatten nach der Unterwelt suchte, schlang sich um Hellborns Hals der Tentakelarm. Er griff danach und löste ihn von seiner Kehle, er spürte, wie die Kreatur bebte.

»Ich weiß ... du hast Angst ... ich verstehe dich. Es tut mir so leid ...«

Hellborn schaute in die Schwärze des langen Tunnels, in Richtung der schier unendlichen Betten, die das Höhlensystem füllten. Viele der Kreaturen kannte er, aber es gab auch solche, die er in all der Zeit nie zu Gesicht bekommen hatte. Kreaturen, die in anderen Höhlen schliefen oder die vielleicht nie die Kraft gehabt hatten, zu erwachen. Auch in seiner Höhle waren manche Betten immer still. Vielleicht waren einige schon längst zu Staub zerfallen. Er beobachtete, wie ein roter Apfel aus einem Bett herausrollte und über den Boden kullerte. Sie alle waren so verschieden, doch vereint in ihrem Leid. Hellborn würde weiterhin alles daransetzen, dass ihnen ein trauriges Schicksal erspart blieb. Denn noch mehr sollten ihnen die Menschen nicht antun.

Er richtete sich mit Mühe in seinem Bett auf. »Freunde, Mitstreiter, Seelenverwandte und alle, die keine Stimme besitzen. Wie gerne wäre ich mit besseren Nachrichten zurückgekehrt. Wie gerne hätte ich euch gesagt: Unsere Zeit ist gekommen! Doch ich kann es nicht. Auch ich spüre, dass unser Ende bedrohlich nahegerückt ist. Meine Rückkehr war ein Unfall. Sie haben mich enttarnt.«

Wütendes Zischeln drang aus allen Ecken, aber Hellborn ließ sich nicht beirren.

»Ich hätte alles gegeben, um weiter in der Oberwelt zu bleiben. Aber ich kann nicht mehr zurück. Meine Energie ist aufgebraucht, ich kann keinen Schritt mehr gehen.«

Irgendwo ganz hinten schluchzte eine leise, metallische Stimme.

»Aber … Freunde … es gibt noch eine Hoffnung.« Hellborn lauschte in die erwartungsvolle Stille hinein. »Es gibt ein Mädchen.«

Alle, die wach waren, hielten den Atem an.

»Ein Mädchen, das vielleicht klug genug ist, um mit der Musik unser Schicksal zu ändern.«

In dem Moment drangen die Vibrationen aus der Stadt in die Unterwelt. Bohrend-fröhliche Blasmusik bahnte sich den Weg durch das dichte Gestein. Und im selben Moment fielen allen Kreaturen die Augen zu und sie sackten wie von einer unendlichen Müdigkeit getroffen in ihren Betten zusammen.

Denn eine Sache stand in Quedlinburg seit tausend Jahren fest: Blasmusik hielt alle Schattenschläfer in ihrem Bann.

Bevor Hellborn die Augen voller Gewalt zufielen, griff er nach Weißbeins knöcherner Hand. Verwundert stellte er fest, dass ihre feste kalte Hand mit weißem Pulver bedeckt war. Weißbein schaute Hellborn traurig an und flüsterte, als der Schlaf sie übermannte: »Es beginnt. Bald wird es euch alle treffen …«

Hellborn strich über Weißbeins noch intaktes knöchernes Händchen, als er endgültig einschlief.

Auf dem Markt von Quedlinburg führte Melody das Vorspielen für ihre Blasmusik-Kapelle durch. Sie trug die Uniformjacke mit dem Wappen ihrer Kapelle, das einen Notenschlüssel mit Herzen zeigte. Alle wollten bei ihr mitmachen, denn ihr Talent war längst über die Grenzen der Stadt hinaus bekannt. Und so boten die Kandidatinnen und Kandidaten auf ihren Instrumenten dar, was sie am besten konnten. Manche fanden sich in kleinen Gruppen zusammen und präsentierten sich in absoluter Harmonie, andere überboten sich beim Tempo oder führten vor, dass sie bereits die Flatterzunge oder Staccato-Passagen beherrschten. Überall in der Stadt war die Musik zu hören. Nervös und mit schwitzenden Händen wartete auch der rothaarige Junge in der Lederhose auf seinen Einsatz. Er war verzaubert von Melody und konnte seinen Blick nicht von ihr abwenden. Hoffentlich würde sie sein Talent erkennen. Er wischte über sein goldenes Flügelhorn, in der Hoffnung, dass er mit dem glänzenden Instrument einen extra guten Eindruck machen würde.

Elly stand am Schultor und blickte auf den leeren Schulhof. Die Müdigkeit lag wie ein Felsen auf ihren Schultern. Eine schlaflose Nacht war kein Spaß. Noch saßen alle in ihren Klassen, wenn sie nicht gerade bei Melodys Vorspiel dabei waren. Für einen Moment sah Elly Nanas müdes Gesicht am Fenster. Nana formte mit ihren Lippen: *Musikunterricht*. So wusste Elly, was gerade lief. Elly steckte sich daraufhin theatralisch den Finger in den Hals. Nana schüttelte lachend den Kopf, dann lehnte sie sich elegant in ihrem Stuhl zurück und döste weiter. Elly beneidete Nana um ihr Talent, überall zu schlafen. Ihr und Lucki war es jedenfalls nicht gegeben. Gerade da kam Lucki aus der Turnhalle getrabt, vorneweg liefen all die sportlichen Schüler und er hinterher wie in Zeitlupe. Elly versteckte sich hinter dem Tor, damit die Lehrerin sie nicht bemerkte. Dennoch zwinkerten sich die beiden zu und Elly musste lächeln. Irgendwann würde sie Lucki mal eine Freude machen, ein Geschenk. Irgendwas, das er abfackeln konnte.

Mit fröhlichem Pfeifen war Holger an diesem Nachmittag zu seinem freiwilligen Dienst im Musikkeller angetreten. Er konnte es kaum erwarten, Herrn Hellborn wiederzusehen. Die Stunden, die er mit ihm beim Bücherschleppen verbracht hatte, waren so sorglos gewesen. Er fühlte sich danach, als ob jemand den Deckel eines überkochenden Topfes abgehoben hätte, nur handelte es sich um seine eigene Seele. Selbst die Kunden in Holgers Laden hatten bemerkt, dass er noch herzlicher und besser gelaunt war als sonst. Sein Trachtengeschäft verließen die Kunden ab sofort mit dem Gefühl, ein Stück von Holgers Glück mit nach Hause zu nehmen. Auch Franziska, die so viel Wert auf die Harmonie zu Hause legte, war mit ihm sehr zufrieden.

Doch plötzlich wurde Holgers Gesicht blass.

»Er ist heute früh nicht zur Arbeit gekommen? Wie? Ist er krank?«

Die Geschichtslehrerin, die Bücher mit dem großen Q vorne drauf im Arm trug, schüttelte den Kopf.

»Es hieß, er sei weggezogen.«

»Weg...gezogen.«

Gedankenverloren stapelte Holger nun die Musikbücher im trüben Musikkeller. Hellborn war fort? Holger fragte die Direktorin Frau Kettler und alle Lehrer und Lehrerinnen, die ihm auf dem Flur begegneten. Doch niemand konnte ihm etwas sagen oder eine Adresse geben. Es war eine bittere Erkenntnis für Holger, dass Herr Hellborn immer nur gefragt hatte, wie es *ihm* ging. Er selbst hatte sich nie nach Hellborns Befinden erkundigt.

Holger seufzte und spürte jede positive Energie aus sich herausfließen. Wo war er hin? Würde er zurückkommen?

Auf der Straße biss Elly in ein Brötchen und versuchte ihre Nerven zu beruhigen, die vom Schlafmangel und ihren Sorgen sehr fragil waren. Da sah sie in der Ferne ihren Vater, der sich auf den Weg zurück in seinen Laden machte. Der glaubte sicher, sie würde in der Schule hocken. Elly wich ihm aus und kletterte durch den alten schmiedeeisernen Zaun des Friedhofs und schnell in die dichten Büsche. Für einen Moment vergrub sie ihr Gesicht in den kühlen Blättern und genoss die Dunkelheit. Dann wanderte Elly an den Gräbern vorbei. Sie mochte die wilden, ungepflegten Gräber, dort wo es keine Blumen und nur Unkraut gab und zwischendrin kleine Ahornbäumchen, die aufs Großwerden hofften.

Von hinten tippte sie ein älterer Herr an. Elly fuhr herum. Der Mann im blauen Arbeitsoverall musterte ihr Grufti-Outfit von Kopf bis Fuß.

»Du siehst aus, als ob du eine Lehre bei uns anfangen willst.«

Ellys Gesicht verfinsterte sich. »Entschuldigung?!«

Er lachte und fuhr sich durch die dünnen weißen Haare.

»Ich kenne dich, seit du noch rumgelaufen bist wie alle anderen. Aber das ist schon eine ganze Weile her, stimmt's?«

Elly schaute ihn nur an und versuchte herauszufinden, was er wollte.

»Aber das ist in Ordnung, wir alle verändern uns. Und es muss nicht jedem gefallen. Deinen Eltern zum Beispiel muss es nicht gefallen.«

»Meine Eltern finden mich gut, wie ich bin.«

»Dann hast du es sehr gut im Leben getroffen, mein Kind.«

Hinter ihm tauchte der bullige Friedhofsverwalter auf, der einen strengen Blick auf das Gelände warf und auf alle, die dort vielleicht unbefugt unterwegs waren.

»Hey! Weg mit der und zurück an die Arbeit!«

Der alte Friedhofsgärtner machte keine Anstalten, Elly fortzujagen, also übernahm das der Verwalter.

»Wenn ich dich hier noch mal sehe –«

Elly setzte sich in aller Seelenruhe in Bewegung. Sie hatte hier nichts ausgefressen, was konnte ihr der fiese Typ also anhaben?

»Ich weiß, dass du die Schule schwänzt. Ein Anruf bei der Direktorin wär doch nicht verkehrt, oder?«

Elly lief jetzt schneller, vorbei an den großen alten Gräbern. Hinter imposanten Säulen lagen kleine steinerne Gemäuer. Zum Glück war der Friedhof so groß, dass es immer eine Ecke gab, hinter der man untertauchen konnte.

Sie folgte ein paar selten betretenen Pfaden, hier lagen die historischen Gräber, die kaum jemand mehr besuchte. Dafür waren die Grabsteine und kleinen Monumente umso schöner. Damals hatte man anscheinend noch genug Kohle.

Plötzlich sah Elly etwas aus dem Augenwinkel. Sie bremste und der Kies knirschte unter ihren Schuhen. Vor ihr lag eine alte Krypta aus grauem, moosbewachsenem Stein. Hier hatte schon lange niemand mehr Blumen niedergelegt. In verwaschener Goldschrift standen einige Namen in den Stein graviert.

Da hörte Elly die stapfenden Schritte des Friedhofverwalters hinter sich. Schnell huschte sie hinter eine dicke Säule der Krypta. Der Verwalter blieb stehen, er schien zu ahnen, dass Elly nicht fort war. Er begann sich umzuschauen und Elly bemerkte einen Spalt in der steinernen Tür, die ins Innere der Krypta führte. Sie passte den Moment ab, in dem der Verwalter seinen Kopf in die andere Richtung drehte, und rannte. Die Steine unter ihren Schuhen knirschten verräterisch und der Verwalter riss den Kopf herum, doch sie war bereits in der Krypta verschwunden.

Mit großer Mühe unterdrückte Elly ein Husten. In der steinernen Gruft war es staubig und modrig. Durch ein winziges, vergittertes Fensterloch kam etwas Sonne herein. Die Lichtstrahlen erhellten mehrere Särge, die in der Mitte standen. Sie waren aus Stein und sehr alt. Und … auf einem Sarg stand: »Elise von Hohenstein«. Elly hielt die Luft an. Deshalb konnte der Mitarbeiter im Rathaus ihr nicht helfen, er hatte das Buch mit den lebenden Einwohnern gehabt. Doch Elise …

… war schon lange tot!

Elly wünschte sich in diesem Moment Nana und Lucki herbei. Oder wenigstens Schatten, die mutige Schatten, die ihr versucht hatte zu sagen, dass etwas mit der Stadt nicht stimmte!

Für einen Moment hörte Elly ein Rascheln hinter sich, es klang wie kleine Spinnenbeine, die über den Boden liefen, und Elly dachte an das seltsame Spinnenwesen, das sie in Hellborns Wohnung gesehen hatte. Ob es ihr gefolgt war? Doch dann war wieder alles still.

Elly ging auf den schmalsten der Särge zu und las den fast unleserlichen Namen darauf: »Elise«.

Ein Geburts- oder Sterbedatum fand sie jedoch nicht. Elly lauschte auf die Schritte vor der Krypta. Der Verwalter lief immer noch draußen umher. Elly legte ihre Hände auf den Sargdeckel und fasste einen Entschluss: Wenn das Schicksal sie so unverhofft zum Sarg von Elise geführt hatte, durfte sie sich jetzt nicht in die Hosen machen.

Elly nahm einen tiefen Atemzug, dann schob sie mit voller Kraft den Deckel zur Seite. Nach und nach bewegte sich die schwere Abdeckung mit dumpfem Knirschen. Elly hielt die Augen geschlossen, zu sehr fürchtete sie den Anblick, der ihr drohte.

»Okay … das ist alles ein real gewordener Albtraum …«, sie schluckte »… aber Hellborn ist es wert.«

Und so wie man ein Pflaster schnell von der Haut abziehen soll, öffnete auch Elly die Augen auf einen Schlag.

Doch im Sarg lag keine Leiche, kein Skelett – nein.

Elly griff hinein und holte etwas ganz anderes hervor. Eine Kiste, verziert mit dunklen Schnörkeln.

Und darin: Eine schwarze Trompete.

Im obersten Stock des Rathauses biss sich Bürgermeister Arnold Hildebrand nervös auf der Lippe herum. Er war zwar ein großer Mann mit unglaublich breiten Schultern, aber eine gewisse Unsicherheit hatte sich schon seit Langem in seine Stirnfalten eingegraben.

Ein gestresster Sekretär klopfte an die Tür.

»Chef, Herbert und Iris Zahl warten am Eingang, sie wollen …«

»Ich habe zu tun!«

»Ja, ich habe ihnen das zu verstehen gegeben, aber …«

»Sie sollen gehen!«

»Sie sagen, es sei dringend …«

»Es ist mir egal, sie haben keinen Termin bei mir.«

Sein Sekretär nickte, doch schon hörte Arnold die Schritte der Instrumentenbauer, die sich seinem Büro näherten.

Beide traten mit einem überaus freundlichen Lächeln ein.

Herbert Zahl legte ihm ohne große Umschweife einen Stapel Papier auf den Tisch.

»Also, Arnold, es ist doch im Prinzip ganz einfach. Du bestellst vom

Budget der Stadt die großen Lautsprecher und wir garantieren dir eine Wiederwahl im nächsten Jahr.«

Arnold schloss die Augen und es arbeitete in ihm.

Iris ging näher an seinen Tisch. »Es wäre doch schade, wenn sich die Bürger auf einen neuen Bürgermeister einstellen müssten, jetzt, da hoffnungsfrohe Zeiten angebrochen sind.«

Arnold wich den Blicken der beiden aus.

Iris lief bedrohlich um Arnolds Stuhl herum. »Ah, ich erinnere mich … In der Kirche warst du es, der gejammert hat. Sich nach den alten Spielregeln gesehnt hat, als noch heile Welt mit den Schattenschläfern gespielt wurde. Wohl wahr, damit kennst du dich aus. Doch die Welt hat sich weitergedreht, alter Freund. Und die Zeiten, in denen wir darauf hoffen, dass diese abscheulichen Dinger einfach weiterschlafen, sind vorbei. Wenn du Frieden willst, bereite den Krieg vor.«

Arnold stand auf und ging nun auf Iris zu. Ihr schmaler, zierlicher Körper war ein krasser Gegensatz zum riesenhaften Bürgermeister.

»Solange ich lebe, wird es keinen Krieg geben. Ich wünsche Ihnen einen guten Tag, Frau Zahl.«

Arnold schnippte nach seinem Sekretär, der auch gleich ins Zimmer gelaufen kam und die beiden wieder hinausbegleiten wollte, freundlich bot er ihnen noch ein paar der neuen Kugelschreiber mit dem Bild des Bürgermeisters an.

»Kugelschreiber kann man immer gebrauchen, oder? Sie sind frisch aus der Druckerei.«

Doch Herbert setzte sich mit einer dreisten Gelassenheit in Arnolds nun freien und sehr bequemen Bürgermeistersessel. Er fuhr mit dem Finger über das Holz des Schreibtisches.

»Wir haben gestern Abend in der Kirche nicht bekommen, was wir wollten. Wurde denn irgendein Problem nachhaltig gelöst?«

Arnold biss die Zähne zusammen und musste abwägen, was er jetzt tat. Er scheuchte seinen Sekretär aus dem Zimmer und als die Tür geschlossen war, ging er dicht an Herbert heran.

»Ihr habt die gläserne Trompete. Die Kreatur ist tot.«

Iris klopfte auf Arnolds Tisch.

»Eine ist tot. EINE! Berichte doch den armen Seelen auf Station 6 von diesem großen Triumpf!«

Herbert, der immer noch auf dem Bürostuhl saß, nahm einen Kugelschreiber und wendete ihn wie einen Speer in seiner gesunden Hand. In der rechten Hand knetete er seinen Ball.

»Bald werden noch mehr versuchen, nach oben zu gelangen. Die Kraft der Verzweiflung wird sie treiben! Willst du das?«

Arnolds Blick war fern und schwammig. Iris verlor für einen Moment ihre Fassung und griff Arnold an den Schultern.

»Setzt dein Verstand aus?! Nach all der Zeit?!«

Arnold schaute unruhig auf seinen Tisch, wo eine gut gefüllte Schale mit Plastikobst stand, das niemals alterte.

»Karl ist unser aller Freund. Er konstruierte die gläserne Trompete. Sie ist sein Meisterwerk und er hat einen hohen Preis dafür gezahlt. Was begehrt ihr noch?«

»Arnold, die letzte Verbesserung ist noch gar nicht eingearbeitet!«

»Hört auf, nach den Kirschen zu greifen, die ganz oben im Baum hängen. Der Sturz könnte tödlich sein.«

Iris griff in die Obstschale auf dem Tisch und hielt dem Bürgermeister einen Plastikapfel entgegen und zerdrückte ihn, bis es knackte.

»Und wenn du weißt, wo Karls Aufzeichnungen sind und es uns verschweigst, wird es dir leidtun.«

Was Elly gefunden hatte, verbarg sie nervös hinter ihrem Rücken. Sie ging an der Kantine der Instrumentenbauer vorbei. Dort trockneten auf einer Leine große Geschirrhandtücher. Ein langhaariger Küchenhelfer beäugte Elly misstrauisch, er sah, dass sie irgendetwas hinter ihrem Rücken versteckt hielt, und er wollte gerne wissen, was es war. Doch da rief ihn die Küchenchefin und im selben Moment griff Elly sich eins der Handtücher.

Elly schrubbte mit dem Handtuch über die Trompete, doch die schwarze Farbe ging nicht ab. Sie blieb, wie sie war. Elly wickelte die Trompete in das Handtuch ein. Sie war ratlos. Oben auf dem Münzenberg hatte man eine unglaubliche Aussicht auf ganz Quedlinburg. Elly war die steilen Stufen bis hier hochgestiegen, um ihre Ruhe zu haben. Gleich um die Ecke war Nanas Wohnhaus mit der Glasbläserei ihrer Mutter.

Und als ob Gedanken Menschen herbeiwünschen konnten, ließ jemand seine schwere Schultasche auf den Boden sinken. Nana nahm lässig neben ihr Platz, dann ließ sich auch Lucki nieder. Elly wartete, bis sie die Aufmerksamkeit der beiden hatte und sagte: »Ich muss euch was zeigen!«

Dann schlug sie das Handtuch auf und offenbarte, was sich darin befand. Nana und Lucki hielten die Luft an. Nana fand die Sprache als Erste wieder.

»OMG! Was immer es ist, schmeiß es weg!«

Elly nahm die Trompete fragend in die Hand, Nana schnellte von ihrem Platz hoch und brachte Abstand zwischen sich und das finstere Objekt. Lucki betastete es währenddessen und nuschelte etwas vor sich hin: »… sieht irgendwie verbrannt aus … Aber riechen tut es nicht.«

Nana zeigte mit bebendem Finger auf das Instrument. »Elly, weißt du, was mit Leuten passiert, die so was besitzen? Die kriegen kein Happy End! Die leben im Film nicht lang genug und in Teil 2 sind sie nicht dabei!«

Elly ließ sich nicht beeindrucken, sie wartete, bis Nana sich beruhigte. Mit etwas Abstand setzte sie sich wieder auf die Mauer und atmete durch.

»Und das crazy Ding hast du wo bitte gefunden?«

Elly murmelte etwas Undeutliches.

»In einem Park? Wer lässt denn so was in einem –«

Elly rollte mit den Augen und wiederholte ihr gemurmeltes Wort.

»In einem Sarg?!!« Nana riss frustriert die Hände in die Luft. »Elly, niemand ist mehr Stress als du.«

Elly zuckte mit den Schultern und zeigte mit dem Finger auf Nana.

»Also, *Queen of Chill*«, dann zeigte sie auf sich, »*Princess of Kill*«, dann drehte sie sich zu Lucki, »… und *Master of Grill*.« Lucki kokelte mit der Flamme seines Feuerzeugs gerade ein Stück von seinem Fingernagel ab. Es roch ganz furchtbar und Nana gab ihm einen Klaps auf den Rücken.

Da hörte Nana ihre Mutter Tanisha rufen. Sie stand mit einer schmutzigen Schürze und einer Schutzbrille vor der Glasbläserei. Vor dem Eingang der Werkstatt stapelten sich in einer Ecke die spannendsten Glasabfälle; missglückte Weihnachtskugeln, zerbrochene Gläser und grüne Glasklumpen, die noch gar keine Form angenommen hatten. Für Elly war es von klein auf ein magischer Ort gewesen, an dem sie nach kleinen Schätzen stöbern konnte.

Nana stand auf und nahm ihre Schultasche auf eine Schulter.

»Sweeties, ich geh erst mal nach Hause, was essen. Wer hat noch Hunger?«

Lucki meldete sich so schnell, wie es kein Lehrer von ihm je zu sehen bekommen würde, Elly hingegen reagierte nicht. Nana sah, wie sie in ihrer Hand Hellborns Schlüssel knetete, den sie um den Hals trug.

»Wir sehen uns, ja?«

Elly nickte. Sie blieb allein auf der Mauer zurück und war tief in Gedanken. In ihrem Schoß lag das große Geschirrtuch, in das die schwarze Trompete eingewickelt war.

Elly fragte sich, wo Elises Leichnam geblieben war. Und wann sie gelebt hatte. Wann hatte man sie vergessen und ihr einfach eine verdammte Trompete ins Grab gelegt?

Der Himmel färbte sich langsam rot, als Elly ein tieftrauriges Seufzen hinter sich hörte. Jemand ließ sich am anderen Ende der Mauer nieder.

Es war der Junge in Lederhosen, er setzte den Instrumentenkoffer mit seinem Flügelhorn auf dem Boden ab und stützte den müden Kopf auf die Hände.

»Grundgütiger, mein Leben ist vorbei … einfach vorbei … Der Herr hat's gegeben, der Herr hat's genommen …«

Elly sah ihm eine Weile zu, wie er da hockte und jammerte. Als sie ein paar kleine Tränen blitzen sah, fasste sie sich ein Herz und ging zu ihm.

»Hey, Lederhosen-Boy.«

Paul schaute auf.

»Hey ... Pandabärchen ...?«

Elly verzog das Gesicht zu einem schiefen Grinsen.

»Wegen der dunklen Augenringe?«

Paul nickte unsicher.

»Bist du nicht heute Morgen erst total verstrahlt und mit bester Laune in die Stadt gekommen?«

Paul lächelte schwach.

»Ah, du warst das, die keine Touristenführerin sein wollte. So jemanden wie dich vergisst man nicht.«

»So eine hässliche Hose wie deine vergesse ich auch nicht so schnell.«

Paul schaute sie entrüstet an. »Das trägt man so bei uns zu Hause.«

»Ja, keine Sorge. Ich kenne mich mit hässlichen Lederhosen und peinlichen Trachten aus. Ich hab sämtliche Verbrechen gesehen.«

Paul seufzte und schaute nun lieber wieder in die Ferne. Elly legte ihren Kopf schief und war nun doch neugierig.

»Was ist passiert?«

Lederhosen-Boy seufzte tief. »Melody hat mich beim Vorspielen abgelehnt. Ich bin nicht dabei, die Himmelspforte bleibt für mich verschlossen.«

Elly kniff die Augen zusammen.

»O...kay ... Und das ist schlimm, weil ...?«

»Verstehst du nicht? Sie ist das größte Blasmusik-Talent! Hast du

sie mal gehört, wenn sie Staccato-Passagen spielt?! Bei Gott, sie beherrscht sogar die Tripelzunge!«

Elly verzog das Gesicht und erschauderte. »Bah, wenn deine Augen so leuchten, bist du gruseliger als jeder Horrorfilm!«

Lederhosen-Boy musterte Elly und dachte angestrengt nach, was er Kluges entgegnen könnte.

»Und … und du siehst aus, als würdest du Vampiren Zahnpasta verkaufen!« Elly prustete los und ließ ihn ziemlich alt aussehen. Er lief rot an.

Da bemerkte Paul den Gegenstand, den Elly unter dem Arm trug. Das Geschirrtuch war ein wenig verrutscht.

»Wo hast du die denn her? Ist die nicht unglaublich alt, frühes 18. Jahrhundert oder so?« Er deutete auf die Trompete, die dumpf und schwarz aus dem Tuch schaute. Schnell wickelte Elly sie wieder ein, doch es war zu spät, er hatte alles gesehen. Sie funkelte den fremden Jungen finster an.

»Du weißt, was mit Leuten passiert, die zu viel wissen wollen?«

Er schaute sie unschuldig an. »Die bekommen gute Zeugnisse in der Schule?«

Elly dachte nach. Vielleicht war ein Typ, der sich mit Instrumenten auskannte, genau das, was sie jetzt brauchte.

»Hm. Bist du gut im Rätsellösen?«

»Sudoku oder so was?«

Elly schüttelte den Kopf. »Nein. Obwohl auch bei unserem Rätsel viele leere Stellen zu füllen sind. Nur … wir haben bisher keinen brauchbaren Hinweis.«

Elly zog das gelbe Notizbuch hervor und legte es in Lederhosen-Boys Hand. Vorsichtig blätterte er es auf und schaute hinein, dann drehte er sich zu Elly.

»Warum spielst du nicht einfach mal die Note?«

»Welche Note?«

Lederhosen-Boy drehte das Heft mit der aufgeschlagenen ersten Seite zu ihr. Und tatsächlich. Dort stand eine Note.

»Die war da vorher nicht!«

Lederhosen-Boy packte sein geliebtes Flügelhorn aus und rieb mit seinem Ärmel liebevoll über das goldene Metall.

»Soll ich?«

Elly nickte. Dann spielte er die Note, die dort stand. Elly verzog das Gesicht.

Plötzlich erschien neben der ersten Note eine zweite. Sie war etwas blasser, aber deutlich zu sehen.

Lederhosen-Boy starrte fasziniert und befremdet in das Heft. »Wo hast du das Ding gekauft? Wo ist der Trick?«

»Was bedeutet die zweite Note?«

Lederhosen-Boy spielte die Note zweimal, aber nichts passierte. Er überlegte.

»Vielleicht ... müssen wir sie beide spielen?«

»Womit spielen?«

Ellys Blick wanderte unsicher zum eingewickelten Instrument in ihrer Hand. Lederhosen-Boy nickte ihr aufmunternd zu. Elly wickelte die Trompete aus und ihr Gedächtnis lieferte ihr sofort all das Wissen, das sie brauchte, um die Trompete richtig zu halten. Es war Jahre her, dass sie gespielt hatte, und es kam ihr in diesem Moment vor, als würde sie ihre geliebte Gitarre verraten, die einsam in ihrem Zimmer lag.

Widerwillig setzte Elly zum Spielen an. Hoffentlich war niemand in der Nähe, der sie sah. Gemeinsam mit dem fremden Jungen, der auf dem Flügelhorn spielte, ertönte ein tiefer Ton. Auf dem Papier erschien ein Wiederholungszeichen, das aus zwei Strichen und zwei Punkten bestand. Die beiden schauten sich an und wiederholten den Ton drei Mal.

Wie von Geisterhand bekam Elly am ganzen Körper Gänsehaut. Nana und Lucki, die den Ton gehört hatten, kamen zurückgerannt.

»Was ... was zum Teufel macht ihr denn?«

Elly sah die beiden fest an. Sie wusste nur zu gut, dass sie allein durch Hellborns Hinweis die Trompete gefunden hatte. Und, dass es nicht irgendwelche Noten waren, die sie spielten. Elly spürte, dass etwas an dieser Musik anders war, als wäre sie nicht von dieser Welt.

Eine klebrige, schwarze Hand bahnte sich den Weg an die Waldoberfläche. Langsam und zäh waren die Bewegungen der Kreatur. Doch endlich schleppte sie sich voran. Wo sie entlangkam, hinterließ sie eine schwarze Spur. So ungelenk sie sich auch bewegte, ihr Ziel stand fest: das Zentrum von Quedlinburg.

Schattens Magen knurrte laut. Sie hatte an diesem Tag jeden Stock und jeden Stein im Wald umgedreht und doch war sie auf keines der Portale gestoßen, die in die Unterwelt führten.

Müde und traurig lehnte sie gegen eine alte Buche. Ihre Schuhe waren zerschlissen und glitzerten weniger als noch zuvor. Plötzlich sah sie etwas zwischen den Bäumen. Sie drückte sich mit dem Rücken vor Schreck ganz dicht an den Baum und hielt den Atem an. Das Etwas hatte eine menschliche Gestalt, aber es kroch auf allen vieren. Und nicht nur das, von seinem Körper tropfte es schwarz herab. Schatten starrte für einen Moment und wusste nicht, ob sie ihren Augen trauen konnte. Doch Schatten verstand: Das Wesen bewegte sich auf die Stadt zu!

Elly, Nana, Lucki und Lederhosen-Boy schauten in das Notenheft. Dort stand nun ein neuer Satz unter den mysteriösen Noten:

Anzahl der benötigten Blasmusik-Bandmitglieder: Fünf

Alle schauten sich an und Elly war die Erste, die ihre Stimme wiederfand. »Auf gar keinen Fall!«

Nana schüttelte ebenfalls den Kopf. »No way! Nur weil wir irgendwann mal gezwungen wurden, den Mist zu lernen, müssen wir nicht sofort springen, weil ein dreckiges Heft uns das sagt!«

Lucki verkündete seine genuschelte Meinung: »... wir haben uns so lange gewehrt, warum sollten wir jetzt freiwillig spielen?«

Elly wollte ihm zustimmen, doch etwas anderes erregte ihre Aufmerksamkeit. Über dem Wald erhoben sich aufgescheuchte Krähen. Schimpfend und krächzend stoben sie in den Himmel.

Elly folgte ihnen mit ihrem Blick.

»Was hat die so aufgeschreckt?«

Die Abenddämmerung senkte sich über die Stadt. Ratlos standen die vier beisammen.

Am Abendbrottisch schlang Elly drei Brötchen hinunter. Den seltsamen Instrumentenkoffer mit der schwarzen Trompete darin hatte sie in den hintersten Winkel ihres Zimmers verbannt. Unter schmutzigen Klamotten würde das Ding niemand suchen. Ihr gegenüber am Abendbrottisch saß Melody, die heute schweigsam war. Elly wollte schnell aufstehen, um dem unvermeidlichen Gespräch über das gestohlene Geld zu entgehen. Doch Holger hielt sie sanft an der Hand fest.

»Schatz.«

Franziska, von der Elly eine Standpauke erwartete, schaute währenddessen geistesabwesend aus dem Fenster. Holger tippte sie an.

»Liebling, du wolltest, dass Elly sich entschuldigt.«

»Hm?« Franziska zuckte zusammen und brauchte einen Moment, um zu verstehen, worum es ging.

»Ja, Elly ... also ...«

»Deine Mutter und ich haben nachgedacht. Wir glauben, dass du so klug bist, dass die schlimmste Strafe dein schlechtes Gewissen ist. Aber du wirst dich bei Melody entschuldigen. Und dann unternehmt ihr mal was Schönes zusammen. Lad sie doch zum Eisessen ein!«

Elly biss die Zähne zusammen und rang mit sich. Plötzlich drehte sich Franziska, die doch immer so auf Harmonie bestand, um und fauchte Elly böse an: »Kapierst du das nicht? Wir müssen jetzt für Melody da sein!«

Elly zog abwehrend ihre Schultern hoch. »Das sind wir doch! Wir essen zusammen Abendbrot! Wir trinken den gleichen bescheuerten Kakao! Wir schlafen unter einem Dach! Ich gebe mir Mühe!«

»So sieht es aus, wenn du dir Mühe gibst? Elly, du denkst nur an dich und an deinen Spaß!«

»Seh ich aus, als hätte ich Spaß?!«

Elly sprang vom Tisch auf, während Holger stotterte und die Harmonie im Haus wieder einfangen wollte, nur wusste er nicht, wie. Franziska hörte in ihren Ohren das Rattern des alten Fahrstuhls und sah den Saal mit den Patienten.

Als Elly die Treppe zu ihrem Zimmer hochstieg, sah sie am Fenster plötzlich die kleine Spinnenkreatur aus Hellborns Zimmer an der Scheibe entlangklettern. Der Körper war aus weißem Fell mit zwei Höckern obendrauf, die beinahe als Ohren durchgehen konnten. Elly schlug die Hand gegen das Fenster und die lästige Kreatur haute ab. Elly stieg die Stufen weiter nach oben, da kam Melody hinter ihr her. Sie fasste Elly an ihrem schwarzen Shirt und hielt sie fest. Elly drehte sich böse zu ihr um. »Was?«

»Ich ... ich bin dir nicht böse ... nur ein bisschen.«

Elly schaute in Melodys schönes, ebenmäßiges Gesicht.

»Du solltest sehr böse sein.«

»Du hast den Geldschein zurückgelegt. Es gibt einen Unterschied zwischen Gedanken und Taten.«

»Wenn ihr nicht gekommen wärt …« Doch Elly beendete den Satz nicht. Melody schaute Elly für eine Weile an, ehe sie sprach.

»Du … du fehlst mir so …«

Ellys Atem ging schneller und sie drehte sich zu Melody um. Jetzt, da sie einige Stufen auf der Treppe über ihr stand, fühlte Elly sich zum ersten Mal überlegen. Das da unten war nicht die bezaubernde Melody, die alles überstrahlte. Sie war einfach irgendein Mädchen. Ein einsames Mädchen.

Elly suchte nach Worten, doch Melody kam ihr zuvor. Sie legte ihren Kopf auf Ellys Schultern und Tränen stiegen in ihre Augen.

»Freundinnen gehören zusammen, Elly.«

Elly kämpfte gegen all die Gefühle, von denen sie sich doch verabschiedet hatte …

Bevor Elly etwas sagen konnte, wurde sie von einer brutalen Gänsehaut erfasst, die jeden ihrer Gedanken abwürgte. Sie hatte plötzlich das Gefühl, dass etwas Schreckliches passieren würde. Es war wie eine einzelne, dröhnende Musiknote, die sich über alles legte, und Elly rannte in ihr Zimmer, um den Trompetenkoffer unter den schmutzigen Klamotten zu befreien. Dieses Ding hatte etwas mit ihrem Gefühl zu tun, deshalb musste es bei ihr sein.

Elly drückte sich an Melody vorbei, um schnell zur Haustür zu gelangen.

»Elly! Wo willst du denn jetzt noch hin?!«

Die Sonne war untergegangen und Alfredo, der freundliche Betreuer aus dem Waisenhaus, streifte durch die Straßen der Stadt, er war auf der Suche nach Schatten. Sein Herz pochte schnell, denn er fragte sich, ob die viele Freiheit, die er dem Mädchen gegeben hatte, nicht zu viel war. Ja, er konnte sie nicht immer festhalten, sie musste frei sein und auch alleine machen dürfen, was sie wollte. Aber was, wenn er schuld war, wenn ihr in all dieser Freiheit etwas zustieß?

»Chantal? Chantal?« Alfredo zog seine Jacke enger, am Abend wurde es kalt in der Stadt. Sein Kopf tat weh und er bereute das große Glas Wein, dass er eben noch mit seiner Kollegin getrunken hatte.

Auf dem Markt hockten ein paar Jugendliche, die unmotiviert in ihre Instrumente pusteten. Die Töne klangen laut in den ansonsten leeren Gassen. Dann packten die Kids ihre Instrumente weg und machten sich auf den Heimweg, Schatten hatten sie nicht entdecken können.

Alfredo lief weiter, raus aus dem Stadtzentrum. Er hörte nicht, wie sich etwas kriechend näherte. Dann sah er Schatten, die auf ihn zugelaufen kam.

»Kind!! Ich habe mir solche Sorgen gemacht!«

Schatten wollte ihm etwas entgegenschreien, doch es ging nicht und so warf sie ihre Arme hoch: Gefahr, Gefahr!

Endlich kapierte Alfredo und blickte hinter sich. Ihm stand der Schrecken ins Gesicht geschrieben.

»Was … was ist das?!« Er sah die Kreatur und war sich sicher, in einem schlechten Albtraum gefangen zu sein. Doch seine Albträume zeigten höchstens mal eine fliegende Hexe auf ihrem Besen, mehr Kreativität hatte sein Gehirn in der Nacht gar nicht übrig. Aber das? Das hier war ganz anders. Es konnte nicht seiner Fantasie entsprungen sein! Alfredo lief zu Schatten und stellte sich vor sie. Dann griff er nach ihrer schmutzigen Hand.

»Chantal, wir müssen jetzt rennen.«

Schatten riss den Mund auf, doch kein Ton kam heraus. Alfredo fixierte die tropfende Kreatur.

»Chantal, wir halten uns die ganze Zeit fest!« Schatten nickte und Alfredo drückte ihre Hand. Das Wesen kroch näher und die beiden sahen, dass sich die Steine, die es berührte, in weiches, schwarzes Moor verwandelten. Was eben noch fest war, zerfloss wie pechschwarze Suppe. Schatten und Alfredo rannten los, hinein in die schmale Gasse, im Slalom an den parkenden Autos vorbei und weiter, immer weiter.

»Hilfe!! Wir brauchen Hilfe!!«

Alfredos Rufe verhallten in den einsamen abendlichen Straßen. Weil es kühl war, hatten alle ihre Fenster geschlossen und niemand hörte ihn.

Ihre Verfolgerin ließ sich nicht abschütteln, selbst auf allen vieren war sie schnell unterwegs. Alfredo stolperte und konnte sich nur knapp mit der Hand an einer Hauswand abfangen. Schweißtropfen rannen ihm über die Stirn.

»Chantal! Was ist das für ein Wesen? Ist das ein böser Scherz?«

Schatten schüttelte energisch den Kopf und gestikulierte wild. Sie zog Alfredo weiter, sie deutete in die Richtung, in der die Polizeistation lag.

»Ja, wir müssen dorthin!« Sie rannten weiter und sahen die Tür der Station bereits. Noch ein paar Meter, Schatten hatte die Hand bereits an der Türklinke.

Doch in dem Moment erhob sich die Kreatur vom Boden. Pfeilschnell schoss sie einen tropfenden schwarzen Arm nach vorne. Die klebrigen Finger schlangen sich um Alfredos Bein. Er schrie auf und rannte weiter, aber die Kraft verließ ihn. Er sackte wie eine Marionette zusammen, der man die Fäden abgeschnitten hatte.

Schatten beugte sich zu ihm runter, wollte ihm aufhelfen. Doch in dem Moment schoss der Arm des Wesens auf sie zu. Ein lautloser Schrei war alles, was Schatten übrig blieb. Gleich würde sie nicht nur ihre Stimme verloren haben, sondern ihr Leben.

In dem Moment griffen Hände mit schwarz lackierten Fingernägeln nach Schatten. Ellys Haare klebten ihr im schweißnassen Gesicht. Getrieben von dem seltsamen Gefühl, war sie zum Marktplatz geeilt.

Mit all der Kraft, die sie aufbringen konnte, riss sie Schatten hoch und entzog sie dem schnellen Geschoss der tropfenden Arme. Sie setzte Schatten auf dem Boden ab und stellte sich als Schutzschild vor sie. Dann sah Elly zum ersten Mal in das Gesicht des Wesens, das vor ihnen stand und ihr gefror das Blut in den Adern. Selbst die kleinsten Haare in ihrem Nacken stellten sich auf und Elly wusste, dass ihr seltsames Gefühl sie nicht getäuscht hatte. Etwas Furchtbares war in die Stadt gekommen. Es war das Gegenteil der übertriebenen Freude, der glücklichen Menschen und der bunten Feste. Dieses Wesen war das Ende von: Bei uns ist die Welt noch in Ordnung. Ellys Lippen zitterten.

»Wer ... bist ... du ...?«

Das Wesen zischelte leise: »Moor ... Mutter ...«

»... Moormutter ...?« Elly rechnete wie eine Maschine alle Optionen im Kopf aus, die sie jetzt hatte.

Aufgeputscht von ihrer Angst rannte sie mit Schatten an der Hand los. Der Weg zur Polizeistation war jetzt versperrt. Die Moormutter hatte sich über Alfredo gebeugt, der ohnmächtig auf dem Boden lag.

Nein! Auf gar keinen Fall durfte ihm etwas passieren. Und Elly beschloss, kein Opfer zu sein. Sie brüllte in Richtung der Kreatur: »Hey! Schlammpudding!«

Tatsächlich drehte die ihr tropfendes Gesicht Elly zu und ließ von Alfredo ab. Elly schluckte, denn viel weiter hatte sie noch nicht gedacht. Elly riss Schatten mit sich.

Als die beiden Mädchen die nächste Straßenecke erreicht und Abstand zwischen sich und die Moormutter gebracht hatten, ließ Elly Schatten los, die hatte nun rote Abdrücke auf ihrem Arm, weil Elly sie so fest gepackt hatte. Da hörten sie Schritte näher kommen und jemand bog plötzlich um die Ecke. Elly zuckte zusammen.

»Nana! Lucki!«

Nana zog schnaufend das Notenheft aus der Tasche und drückte es Elly in die Hände.

»Elly … was … bedeutet das?«

Zitternd schlug Elly die erste Seite auf, um herauszufinden, was Nana meinte. Sie sah sofort den neuen Text im Heft:

Ihr habt sie gerufen.

Ihr könnt sie beherrschen.

»Elly, ich hab dich die ganze Zeit gesucht! Ich hab Lucki rausgeklingelt und dann sind wir los, um – «

In dem Moment sah Nana, was da auf sie zukam.

»Oh … my … God …«

Lucki hielt sich die Augen zu, Nana hingegen war nicht fähig wegzuschauen, als sie sprach, bebte ihre Stimme: »Elly … bitte sag mir, WAS DAS IST!!«

Doch es war keine Zeit für Erklärungen. Die vier rannten ohne

Plan los und kamen am Spielplatz vorbei. Nana deutete auf den Kletterturm, der ihnen als Versteck dienen könnte. Hektisch kletterten die vier hoch, um die oberste Ebene mit dem Holzhaus zu erreichen. Doch im Haus raschelte es.

»Was zum Teufel?« Elly fiel fast von der Leiter, da schaute ein Junge heraus. Nicht irgendein Junge. »Lederhosen-Boy!«

Er hielt seinen Instrumentenkoffer umklammert und erstarrte, als er die Moormutter sah. Er deutete mit zittrigen Fingern auf die Kreatur, die das grüne Gras um sich herum in tiefschwarzes Moor verwandelte. Fast verlor er das Bewusstsein und kippte vom Klettergerüst herunter. Kurz bevor er hinabfiel, stieg die Angst um sein Instrument in ihm auf. Er schüttelte den Kopf, um nicht ohnmächtig zu werden. Dann richtete er seinen Blick wieder auf die Bedrohung am Boden.

»Grund…gütiger … Was zur Hölle ist das?« Lederhosen-Boy bekreuzigte sich mit zittriger Hand. Elly und Nana sprangen wieder von der Leiter runter, sie merkten, dass das Holzhaus keine gute Idee gewesen war.

»Los!!« Lederhosen-Boy und Lucki folgten ihnen. Als sie unten waren und losrennen wollten, sah Elly, dass Schatten noch oben saß und starr vor Angst war. Nana und Lederhosen-Boy rannten bereits und riefen nach ihr: »Elly!! Komm jetzt!!! Wir müssen weg von dem Ding!«

Die Moormutter griff nach einem Pfeiler vom Klettergerüst und schon verflüssigte es sich und sackte langsam zur Seite.

Obwohl sie selbst vor Furcht bebte, kletterte Elly die Treppe wieder hoch und griff mit beiden Händen Schattens blasses Gesicht. Sie schaute in die grünen Augen des kleinen Mädchens, das so viel mehr wusste als sie.

»Hör zu. Wir müssen fliehen!« Das Gerüst unter ihnen knickte weiter zur Seite und Elly spürte, wie Schatten immer steifer vor Angst wurde. Doch es führte kein Weg daran vorbei, Elly zog Schatten die Leiter runter und rannte mit ihr los. Mit stolpernden Schritten holten sie die anderen endlich ein. Doch die Moormutter, egal wie langsam sie auch wirkte, kam ihnen hinterher. Aber vor der Werkstatt der Instrumentenbauer hielt sie inne. Im Schaufenster lagen zahlreiche Instrumente und über der Tür hing eine glänzende Tuba.

Elly verschnaufte schwitzend an eine Wand gelehnt, als sie sah, dass die Kreatur von ihnen abließ.

»Was ... was hat sie vor?«

Lederhosen-Boy kam vor lauter Bibbern kaum zum Sprechen.

»Sie ... sie ... s-sucht etwas ...«

»Das ist mir wirklich zu heiß. Gute Nacht, bis morgen, schlaft schön.« Nana drehte sich um und wollte gehen, doch Elly hielt sie fest.

Alle starrten zur Moormutter, die mit ihrem tropfenden Arm die Wand der Werkstatt berührte und ein schwarzes Loch ins Gemäuer presste. Dann kroch sie ins Gebäude. Innen angekommen, begann sie gleich damit, den Laden auseinanderzunehmen.

»Wir können nichts tun. Wir müssen weg.«

Nana drängte Elly zum Gehen und auch Lederhosen-Boy nickte zitternd. Elly zog Schatten an der Hand mit sich, sie hatten recht, sie mussten weg hier. Doch Schatten ließ sich nicht mitziehen.

»Was machst du?«

Schatten rüttelte an Ellys schwarzer Jacke.

»Du musst es mir sagen, Schatten!«

Natürlich konnte sie nichts sagen, sie deutete nur immer wieder auf die Werkstatt. »Nein, oh nein! Vergiss es! Es ist mir scheißegal, was aus der Werkstatt wird. Wir bringen uns in Sicherheit!«

Schatten deutete nun auf das Haus nebenan. Im Kinderzimmer war Licht und auf dem Fensterbrett saß eine dünne Katze, die auf das Geschehen herabsah. Elly drehte den Kopf und sah all die anderen Fenster um sie herum, dort ging jemand zu Bett, dort schliefen kleine Kinder schon. In einigen Zimmern flackerte der Fernseher.

Ihr habt sie gerufen.

»Aber … was können wir denn tun?« Elly schaute Schatten ratlos an.

In dem Moment sprang Lucki wie ein Blitz durch das Loch in der Werkstatt. Nana sah es und brüllte: »Lucki!!!«

Die vier stürmten auf das Loch in der Wand zu. Im Inneren wütete die Moormutter, verwandelte ein Instrument nach dem anderen in schwarzen Matsch.

Panisch stieg Nana dem offensichtlich verrückt gewordenen Lucki hinterher.

»Luckiii! Shit! Komm da raus!« Nana versuchte, sich in der dunklen Werkstatt zu orientieren. Doch im selben Moment kam Lucki mit drei Instrumenten unter dem Arm zurück. Nana zog ihn ins Freie. Er drückte Schatten eine goldene Tenorposaune in die Hand, dann hievte er die große Tuba auf die Straße. Nana übergab er eine Trommel.

»Was soll das?« Nana starrte auf die Trommel und war kurz davor, sie Lucki auf den Kopf zu schlagen.

Lucki verschnaufte und hörte das Wüten der Moormutter in der Werkstatt. Dann schaute er Elly an.

»Wir sind fünf.«

Nana riss wütend die Hände in die Luft. »Und?!«

»Wir sind zu fünft!« Luckis Stimme war noch nie so frei von jedem Nuscheln gewesen.

Elly starrte ihn erschrocken an.

»Du meinst ... wir sollen ...« Lucki nickte. »Warum sind alle in der Stadt verrückt nach Musik? Warum hast du die schwarze Trompete gefunden? Warum hasst die Kettler uns, weil wir in keiner Blasmusik-Kapelle sind? Und warum geht die dort rein?« Er deutete auf die Werkstatt der Instrumentenbauer. Alle lauschten dem Scheppern der Instrumente. Elly traf eine Entscheidung und zog das Notenheft aus Nanas Tasche. Dann setzte sie ihren Trompetenkoffer vom Rücken ab und zog die schwarze Trompete heraus.

Schatten blickte ungläubig auf das seltsame Instrument. Elly zog Schatten zu sich. Sie zeigte ihr die ersten zwei Noten im Heft.

»Kannst du spielen?«

Schatten hielt ihre Posaune verkrampft in der Hand, aber nickte. Lederhosen-Boy wollte sich gerade aus dem Staub machen, doch Elly griff nach seinem Arm.

»Es ist zu spät für Gebete, Lederhosen-Boy!«

»Mein Name ist Paul!«

»Dann spiel jetzt, Paul!«

Die vier stellten sich auf und spielten zusammen die zwei Noten. Nana klopfte auf die Trommel. Der tiefe Ton dröhnte unerwartet mächtig. Plötzlich erschienen weitere Noten, die eine kleine Melodie einleiteten. Gemeinsam spielten sie die Komposition, etwas schief und mit zitternden Fingern. Doch im Inneren der Werkstatt ließ die Moormutter plötzlich davon ab, die Instrumente zu zerstören.

Ein schmatzendes Geräusch kündigte sie an, dann kroch sie aus der Werkstatt und baute sich vor den Störenfrieden auf.

Alle spielten weiter, sie folgten zuerst den Noten im Heft, doch ihr Gefühl trieb sie über diese Noten hinaus und die Musik verwandelte sich in eine schräge Mischung aus melodisch und albtraumhaft.

Die Moormutter breitete drohend ihre tropfenden Arme aus, Elly sah vor ihrem inneren Auge schon eine Moorhand, die ihr ins Gesicht packte, und sie wusste, dann würde es ganz schnell vorbei sein. Verzweifelt blies sie weiter in die Trompete und versuchte, mit den anderen mitzuhalten.

Ihr habt sie gerufen.

Ihr könnt sie beherrschen.

Plötzlich ließ die Moormutter ihre drohenden Hände sinken und krümmte sich. Sie wich zurück und Elly machte mit ihrer Trompete einen Schritt vorwärts. Mit jedem weiteren Schritt wich die Moormutter zurück.

»Es funktioniert!«

Sie spielten und trieben die Moormutter vor sich her, weg von den beleuchten Häusern, weg von der Werkstatt. Lucki setzte die schwere Posaune schnaufend ab.

»Was machen wir jetzt mit ihr?«

»Ich … ich weiß es nicht …« Nana war komplett ratlos.

Da sah Elly am anderen Ende des Platzes den großen Springbrunnen.

Mit vereinten Kräften und der Macht der Musik trieben sie die Moormutter im Schutze der Nacht weiter vor sich her. Das Haus des Bürgermeisters lag direkt am großen runden Springbrunnen. Wider-

willig wich die Moormutter weiter zurück und stieg dann rückwärts in den Mathildenbrunnen. Die Wasserfontänen plätscherten auf sie herunter. Die Musik zwang sie weiter und weiter.

Ellys Blick fiel auf den steinernen Sockel des Brunnens, dort wo verschiedene Formen ins Gestein gemeißelt worden waren. Die Formen waren so abgewetzt, dass niemand mehr erkennen konnte, was sie zeigten. Und genauso wenig hatte es Elly bisher interessiert. Doch jetzt war ihr Blick auf eine Form fixiert, die sie an etwas erinnerte. Sie hatte sie schon einmal gesehen. Ganz schwach erkannte sie das seltsame Wappen aus dem Rathaus. Das Händeschütteln zwischen Menschenhand und Tentakel. Der lateinische Spruch war wieder unlesbar. Für einen Moment sah Elly in das Gesicht der Kreatur, und in ihrem Kopf wurde es still. Sie hielt den Atem an, als die Moormutter die Hand nach ihr ausstreckte. Sämtliche Alarmglocken in ihrem Körper schrillten, doch es ging zu schnell und Elly wich nicht aus, sie hielt ganz still. Da fuhr ihr eine klebrige Hand über den schwarzen Haarschopf. Ganz sachte und ohne ihr wehzutun. Nana starrte Elly panisch an, denn die glaubte, dass die Moormutter Elly auch in Moor verwandeln würde, so wie sie es mit den Instrumenten und dem Klettergerüst getan hatte. Doch Elly blieb unversehrt und für einen Moment empfand sie unendliche Traurigkeit und sie wusste, dass es nicht ihre eigene war. Unwillkürlich fragte sich Elly, ob es mal eine andere Zeit gegeben hatte. Eine Zeit, in der sich Menschen und Monster die Hand gereicht hatten. Eine Zeit, als das Wappen der Stadt ein anderes gewesen war. Elly schluckte gegen die schmerzhafte Trockenheit in ihrer Kehle an.

»Rette uns …«, brachte die Moormutter noch hervor, bevor die

Musik sie weiter zurückzwang, bis sie unter Wasser tauchte. Sie sah jetzt ganz müde aus, ihre Bewegungen waren schwerfällig und langsam. Und dann … schlief sie ein. Elly starrte in das dunkle Wasser. Man konnte sie nun nicht mehr sehen, denn sie war auf den Boden gesunken.

Schwitzend und schnaufend setzten alle die Instrumente ab. Sie starrten sich an.

»Haben *wir* das gerade getan?«

In den Tagen nach dem Zwischenfall stellten die Leute in der Stadt fest, dass das Wasser im Mathildenbrunnen ganz schwarz war. Schnell wurde es abgelassen und der Brunnen gereinigt. Mit klopfendem Herzen hatte Elly auf die Meldung gewartet, was im Brunnen gefunden wurde. Doch niemand hatte etwas Ungewöhnliches entdeckt. Allerdings half kein Schrubben und Putzen, wann immer in diesen Tagen neues Wasser eingelassen wurde, färbte es sich sofort schwarz.

In der Nacht kroch Schatten eilig zurück in ihr Bett im Waisenhaus, ihre gestohlene Posaune versteckte sie in einer Truhe. Ihr Atem ging schnell und hektisch, sie hörte die Stimmen auf dem Flur. Schatten und Elly hatten den Notarzt gerufen, nachdem die Moormutter besiegt war. Sie waren abgehauen, ehe der Krankenwagen eintraf, obwohl Schatten gerne geblieben wäre.

Alfredo hatte das Bewusstsein nicht zurückerlangt. Schatten kullerten die Tränen, schwer wie Steine, über das Gesicht. Was würde mit Alfredo werden? Draußen auf dem Flur lauschte sie dem nervösen Getuschel, alle machten sich Sorgen. Und Schatten spürte die

Schuld wie Blei auf ihren Schultern. Er war ihretwegen unterwegs gewesen.

Franziska lag auf dem Sofa und war gerade erschöpft eingeschlafen. Ihren Kopf hatte sie auf Holgers Schoß, der ihr beruhigend über die Haare strich. Er war nachdenklich und hin- und hergerissen zwischen der Sorge um seine Familie und der Sorge um den seltsamen Mann, dessen Liebenswürdigkeit er nicht vergessen konnte. Er fuhr sich mit dem Finger über seine Falte auf der Stirn, die Hellborn so treffsicher als das erkannt hatte, was sie war: eine Sorgenfalte. Holger hatte schon sämtliche Versuche unternommen, Herrn Hellborn zu finden, immerhin hatte er einen seltenen Namen, es konnte nicht so schwer sein, auf seine Spur zu kommen. Jeder hinterließ doch Spuren in der heutigen Zeit. Holger stolperte über seinen eigenen Gedanken. Was, wenn Herr Hellborn nicht aus der Jetzt-Zeit stammte? Was, wenn er …

Da klingelte Franziskas Diensthandy in einem schrillen Ton. Mit großer Professionalität schreckte sie hoch und war sofort wach.

»Ja?« Eine Pause entstand, als sie sich erklären ließ, um welchen Notfall es ging.

»Ich komme.« Mit leicht schwankendem Schritt stand sie auf und küsste Holger hastig auf den Mund. Melody schaute vom oberen Stockwerk heimlich nach unten. Was war geschehen, dass Franziska losmusste? Unsicher schaute sie aus dem kleinen Flurfenster hinaus in die Nacht.

Als Franziska aus dem Haus stürmte, kam Elly gerade völlig erschöpft von ihrem Kampf zurück. Sie wich Franziska geschickt aus und versteckte sich hinter einem großen Blumenkübel, bis ihre Mutter außer Sichtweite war. Mit klopfendem Herzen dachte Elly an Alfredo und an die Ereignisse der Nacht, ehe sie nach oben schlich und wie ein Felsen in ihr schwarzes Bett stürzte.

Im Krankenhaus ging alles furchtbar schnell, ein Team aus Pflegern und Ärzten war um Alfredo versammelt. Sogar Doktor Bärenthal, der noch seine Blaskapellen-Uniform unter dem Kittel trug, war überhastet hergeeilt. Franziska überprüfte Alfredos Pupillen. In seinem Gesicht befand sich ein merkwürdiger dunkler Abdruck. Einen ähnlichen Abdruck fand sie an seinem Bein, als ob ihn dort etwas berührt hatte. Franziska schluckte und ein Zittern durchfuhr sie.

»Alfredo! Alfredo? Bleiben Sie bei mir!« Sie rüttelte an seinen Schultern.

Ihre Gedanken rasten, denn sie war sich sicher, dass es sich um keinen normalen Notfall handelte. Irgendetwas war in dieser Nacht geschehen und es ging jetzt um Sekunden.

Ein Assistenzarzt machte eine Infusion mit Beruhigungsmitteln fertig. Das war Routine, das war alles richtig so, alle wussten hier genau, was sie zu tun hatten. Und doch griff Franziska völlig überhastet nach dem Arm des Assistenzarztes.

»Stopp!«

Die Kollegen schauten Franziska unsicher an. »Was … was wollen Sie tun, Frau Doktor?«

Franziska schaute hektisch von einer Person zur nächsten und dann zu Alfredo. In ihrem Kopf hörte sie das Surren des alten Fahrstuhls, der zu Station 6 hinauffuhr.

»Machen … machen Sie eine Infusion mit 12 Milligramm Noradrenalin fertig! Schnell!«

Zwei Pflegerinnen schauten Franziska schockiert an.

»Er braucht Schmerz- und Beruhigungsmittel, keinen heftigen Aufputscher!«

Franziska nickte, die beiden hatten ja recht und Franziska war kurz davor, ihren Plan zu verwerfen, aber …

»T-tun Sie, was ich sage!«

»Was ist los mit Ihnen, Doktor Wollmüller?«

Franziska schob die beiden zur Seite und griff selbst nach dem Medikament.

»Er fällt sonst ins Koma!«

»Das Koma ist ein Schutzreflex des Körpers, den dürfen wir nicht aufhalten!«

»LOS!« Franziskas Stimme war ungeheuer laut und endlich, endlich folgte das Personal ihrer Aufforderung.

Franziska nahm Alfredos Hand und hielt sie fest. Sie fühlte seinen schwachen Puls. Franziska wusste, er war einem Bett auf Station 6 näher als dem Leben, das er kannte.

Franziska lauschte voller Anspannung dem Zischen der Instrumente und dem hektischen Geflüster des Krankenhauspersonals.

Schatten kauerte mit klopfendem Herzen unter ihrer Bettdecke, als das Telefon auf dem dunklen Gang klingelte. Es klingelte einmal, zweimal. Warum ging denn niemand dran?

Doch endlich hörte sie auf dem Gang ein: »Hallo? Ja … ja …«

Dann näherten sich Schritte ihrem Zimmer. Leise öffnete sich ihre Tür und Carola, die lockige junge Erzieherin, kam herein. Sie reichte Schatten den Hörer.

Mit zittrigen Händen hielt Schatten das Telefon an ihr Ohr. Da erklang eine Stimme vom anderen Ende der Leitung.

»Cha-chantal?«

Alfredos Stimme! Und obwohl Schatten sicher war, dass sie heute sämtliche Tränen geweint hatte und nichts mehr übrig war, kullerten frische Tränen über ihre Wangen.

»… Chantal? Ist alles gut? Ich … ich hab mir Sorgen gemacht. Ich bin im Krankenhaus. Aber es ist alles gut … also na ja, wenn man im Krankenhaus ist, ist natürlich nie alles ganz gut, aber … irgendwie schon.« Alfredo machte eine Pause, ehe er weitersprach.

»Ich weiß nicht mehr, was passiert ist … Meine Erinnerungen … sie sind weg. Aber … aber ich bin froh, dass du da bist. Dass du in Sicherheit bist. Geht es dir gut?« Schatten wollte antworten, doch es kam kein Ton.

»Chantal?«

Schatten schnappte sich vom Regal ein Glitzerpony mit einem Glöckchen um den Hals. Sie hielt das Glöckchen an den Hörer und tippte es an. Alfredo hörte es und Schattens Herz machte einen Sprung, als sie ihn lachen hörte.

»Meine Güte … das mit dem Sprechen bekommen wir bald wieder hin, ja?«

Schatten nickte, auch wenn Alfredo das natürlich nicht sehen konnte. Aber er konnte es spüren.

Carola steckte das Telefon ein und strich Schatten über die Schulter. Mit der Erleichterung kam der Schlaf über sie wie eine schwere Decke.

Hellborn konnte seine Augen kaum offen halten und auch seine Gedanken waren zäh und langsam. Doch er hörte das besorgte Flüstern und Raunen aus den Betten in der Nähe.

»Wo bleibt die Moormutter?«

»Wo ist sie?«

»Warum kommt sie nicht zurück?«

»Hat sie die Trompete gefunden?«

»Hellborn, was hast du getan?«

Hellborn griff nach Weißbeins Hand, doch sie schlief. Zu schwach, etwas von den Sorgen der anderen Schattenschläfer mitzubekommen. Hellborn flüsterte leise zu sich selbst.

»Ja, Hellborn, was hast du getan?«

Würde er die Moormutter je wiedersehen?

Der Mond stand hoch über Quedlinburg, als Herbert und Iris Zahl in der Werkstatt der Instrumentenbauer völlig fassungslos vor der Zerstörung standen.

»Was für ein Monster war das?«

Herbert fegte notdürftig den Schutt zusammen, er hatte einen Lehrling aus dem Bett geklingelt, der gerade mit einem Müllsack den Raum betrat.

»Chef, ein Loch in der Wand?! Sieht ja aus wie im Krieg! Was zur Hölle ist hier passiert?«

»›Hölle‹ ist nicht ganz falsch …«

Mit den kryptischen Anmerkungen konnte der Lehrling nichts anfangen und begann aufzuräumen. Iris nahm Herbert die schweren Werkzeuge ab, die er mit seiner verletzten Hand nicht aufheben konnte.

»Wir wissen nicht, was passiert ist, aber wir werden es sicher bald herausfinden.« Sie klopfte dem Jungen auf die Schulter.

Herbert schickte den Lehrling los, weitere Säcke zu holen. Seufzend rieb er sich die Stirn und drehte sich um. Da stand plötzlich jemand vor ihr. Es war Melody in ihrem weißen Nachthemd, die blonden Haare hingen ihr ungekämmt über die Schultern. Melody hatten die Unruhe im Haus der Wollmüllers aufgeweckt. Franziskas plötzlicher Aufbruch in die Klinik hatte sie nicht losgelassen. Nun sah sie das Loch in der Wand und die schwarzen Flecken überall. Ihr Blick wanderte über die Zerstörung.

»Geh wieder ins Bett, Kind. Lass dich nicht beunruhigen.«

Melody streckte Iris die Hand entgegen. Die schaute sie fragend an. Melody ging einen Schritt nach vorne.

»Bitte. Gebt sie mir.«

»Wir haben alles im Griff.«

Melody streckte ihre Hand weiter aus. »Die Trompete.«

»Sie ist hier sicher.«

»Und wenn ein neuer Angriff droht ...«

»Geh nach Hause, Melody.« Herbert hängte ihr eine Jacke um die Schultern und legte ein paar goldverpackte Bonbons in ihre ausgestreckte Hand. Melody schaute ihn eindringlich an und gab ihm die Bonbons zurück.

»Die Kreaturen haben meinen Vater angegriffen. Es ist meine Pflicht, sie zu bestrafen.«

»Ich verstehe deinen Schmerz, besser als jeder andere, mein Kind.«

Iris sammelte weiteren Schutt ein, während Herbert Melody freundlich aus der Tür begleiten wollte. Aber sie ließ sich nicht hinausdrängen.

»Ihr habt etwas verschwiegen.«

Melody wartete und gab Iris die Chance, sich zu äußern. Doch die blieb stumm.

Melody ging auf ein Gemälde an der Wand zu. Dahinter verbarg sich ein großer schwarzer Tresor. Er war unversehrt, die Moormutter hatte hier nicht gewütet. Melody fixierte Iris und Herbert, die sich nicht rührten. Dann endlich ging Iris einen Schritt vorwärts und bewegte das Rädchen am Tresor und es klickte ein paar Mal. Als die schwere Tür aufsprang, holte Iris den Trompetenkoffer vorsichtig heraus. Melody nahm ihr den Koffer ab.

»Papa hat sie für mich gemacht. Und ich werde die Stadt beschützen, wann immer es nötig ist.« So verschwand Melody in die Nacht. Iris schaute ihr hinterher.

Der frühe Morgen war eiskalt und Elly pustete kleine Wölkchen in die Luft. Die Sonne war noch nicht aufgegangen. So schwer es ihr fiel, aus dem Bett zu kommen, so wichtig war es, dass sie unter sich sein konnten. Nana zog die Jacke enger, Lucki verkroch sich tiefer in seinen Hoodie und Lederhosen-Boy rieb sich die kalten Schultern. Als sie am Waisenhaus ankamen, war noch niemand wach. Niemand außer Schatten, die am Seitenausgang hinter einer Bank hockte. Obwohl niemand da war, waren ihre Stimmen leise wie ein Flüstern. Lederhosen-Boy hockte sich zu Schatten und legte eine Hand auf ihre Schulter.

»Hat dir wirklich ein Monster die Stimme gestohlen?«

Schatten nickte und Lucki schüttelte seine Gänsehaut weg.

»… gi-gibt es noch mehr von denen?«

Wieder nickte Schatten.

»… wie viele?«

Aus einer Tasche zog Schatten einen Zettel und schrieb auf:

Ich war in einem Tunnel. Einem langen, langen Tunnel. Ich wollte wissen, was am Ende ist. Aber ich kam nie an. Denn er tauchte auf. Der Tonholer.

Alle schluckten und sie stellten sich vor, wozu dieses Monster wohl fähig war. Elly dachte an das verborgene Gemälde und an die vielen Höhlen, die darauf zu sehen waren.

»Im Keller vom Rathaus hab ich ein Bild entdeckt, darauf waren Höhlen gemalt. Unzählige Höhlen unter der Stadt … Dort war auch ein altes Wappen, darauf geben sich Mensch und Monster die Hand …« Nana kniff die Augen zusammen und dachte nach.

»Sie geben sich … die Hand? Das heißt … es gibt Leute, die davon wussten? Die schon seit Ewigkeiten davon wissen?«

Elly nickte und biss sich auf die Unterlippe. »Was, wenn alle diese Höhlen …«

Lederhosen-Boy beendete den Satz mit zitternder Stimme: »… voll sind?« Er schüttelte den Kopf. »Ich will es nicht wissen! Ich will gar nichts davon wissen! Gestern Nacht, das war bei Gott die absolute Hölle! Und wer was anderes behauptet, wandelt auf unheiligen Pfaden!«

Neben der Angst, die wie ein dickes Band um ihre Schultern lag, spürte Elly immer noch die Hand, die ihren Kopf gestreichelt hatte und die bittere Traurigkeit. Wer war noch dort unten? Und was war mit ihnen geschehen?

Die fünf hockten eine Weile nebeneinander und schauten dem Morgennebel dabei zu, wie er langsam höher stieg. Dann stand Nana auf und klopfte den Staub aus ihrer Hose.

»Wir sind uns einig, dass wir uns an dieser Sache nicht die Finger verbrennen, oder?«

Lucki schaute auf seine Finger, die immer ein wenig schwarz waren. »Sweetie, im übertragenen Sinne! Du kannst kokeln, so viel du willst, solange niemand stirbt.« Lederhosen-Boy stand auf und wollte mit Nana zusammen loslaufen.

Schatten schaute zu Elly. Sie beide waren es, die tiefer in dieser Sache drinsteckten als die anderen. Aber was sollten sie schon tun?

Die folgenden zwei Tage waren merkwürdig ruhig. Elly quälte sich zur Schule und saß in den Pausen mit Nana und Lucki im Tomatenbeet des Schulgartens zusammen. Die lästige Spinnenkreatur schlich um sie herum. Elly hatte das Wesen mittlerweile »Mistvieh« getauft und ein lautes Zischen genügte, dass es wieder dorthin abhaute, wo immer es hergekommen war.

Am Nachmittag trafen die drei mit Schatten und Lederhosen-Boy zusammen. Der trug mittlerweile ein ungewaschenes Shirt und strubbelige Haare. Sein Instrumentenkoffer war jedoch nach wie vor makellos.

»Sag mal, wo wohnst du eigentlich, hm?« Elly kniff die Augen zusammen und musterte ihn.

Doch er wich der Frage aus. »Was wolltest du uns heute zeigen?«

Elly blickte in die Runde und gab ihnen ein Zeichen, ihr zu folgen.

Es war beinahe ein feierlicher Akt, zum ersten Mal jemanden zu ihrem Geheimversteck mitzunehmen. Als sie bei den verlassenen Gewächshäusern ankamen, schien die Sonne gerade perfekt auf die zerbrochenen Scheiben und ließ das Glas funkeln. Elly spürte, dass dieses Geheimversteck nur darauf gewartet hatte, endlich Freunde zu begrüßen. Sie blickte zu Schatten, die nun zum ersten Mal mit Erlaubnis hierherkommen durfte, ohne zu fürchten, dass Elly sie davonjagte.

Nachdem alle Ellys großartiges Versteck bewundert hatten, packte Nana eine Picknick-Tasche aus. Lederhosen-Boy saß auf einem umgedrehten Blumentopf, Schatten lag in der ranzigen alten Hängematte, Nana chillte auf einer löchrigen Yoga-Matte und Lucki zündelte zufrieden an einer rostigen Feuerschale herum. Elly zog einen Gitterrost hervor und Lucki holte ein paar Bratwürste aus seinem Rucksack.

»Du warst einkaufen?«

»… so kann man das auch nennen.«

Lederhosen-Boy schaute Lucki geschockt an.

»Hast du sie geklaut?!«

Lucki zuckte mit den Schultern und Lederhosen-Boys Mund zog sich zu einem schmalen Strich zusammen.

»Jesus und Maria, damit will ich nichts zu tun haben!«

Elly griff in ihren Rucksack und holte einen Stapel Glitzerpony-Magazine heraus. Schattens Augen wurden sofort größer und sie griff nach den Heften. Elly grinste.

»Die lagen bei uns im Keller. Keine Ahnung, vielleicht hab ich früher so was mal gelesen.«

Als das Essen fertig war, ließ Elly den Blick über ihre Freunde wandern. Über Nana, die irgendwie einen Weg fand, eine Wurst zu essen, ohne aufstehen zu müssen. Über Lucki, für den das Essen Nebensache war, weil er gerade prüfte, wie schnell sein Mathebuch Feuer fing. Ellys Blick wanderte zu Schatten, die mit Ketchup-verschmiertem Mund ganz vertieft in ihre Glitzerpony-Hefte war. Und über Lederhosen-Boy, der so gar nicht hierher zu gehören schien, jetzt aber doch sehr hungrig wagte, eine geklaute Bratwurst zu essen. Es fühlte sich beinahe an, als hätten sie schon viele Jahre so zusammengesessen. Vielleicht wäre Ellys Notizbuch dann voller Gedichte über ihre gemeinsamen Abenteuer und Schandtaten. Es war fast perfekt. Nur einer fehlte, der den Abend am Lagerfeuer mit ihnen nicht genießen konnte. Elly dachte an sein trauriges Gesicht, als sie ihm erzählt hatte, dass sie aus der Stadt fliehen würde. Wieso war alles anders gekommen, wieso war er weg und sie noch hier? Elly nahm einen Stift und schrieb etwas in ihr Buch:

Dem Tod von der Schippe gesprungen,
Keine Tränen mehr.
Gemeinsam das Monster bezwungen,
Doch ein Platz zwischen uns
bleibt leer.

Nana rollte sich auf ihrer Yoga-Matte zur Seite und zog aus ihrer Tasche Hellborns gelbes Notenheft heraus.

»Was machen wir jetzt damit?«

Schatten stand auf, nahm einen Stift und schrieb etwas auf einen Zettel: *Ich will meine Stimme zurück.*

Die anderen schwiegen und Elly stand auf, um sich neben Schatten zu stellen.

»Wir wissen jetzt, welche Macht dieses Heft besitzt. Und dass unsere Musik ebenfalls Macht hat. Vielleicht sind wir eine Verbindung zwischen ›unten‹ und ›oben‹. Und eines steht fest: Schattens Stimme ist nicht hier oben. Genauso wenig wie Hellborn.«

Lederhosen-Boy schüttelte energisch den Kopf. »Elly, gerade *weil* wir eine Verbindung herstellen können, müssen wir das Heft wegwerfen! Oder verbrennen.« Er schaute fragend zum Feuer-Experten Lucki.

Elly biss sich auf der Unterlippe herum.

»Was, wenn wir Hellborn mit unserer Musik hierher zurückholen können? Wenn es das ist, was er will?«

Lederhosen-Boy hob frustriert die Hände. »Wenn er dort unten ist, dann hat das Gründe! Gute Gründe!«

»Und wenn er ein Mensch ist und dort unten gefangen gehalten wird? Oder meinetwegen ist er eins von diesen Monstern! Aber was, wenn sie alle dort unten unrechtmäßig gefangen gehalten werden? Was wenn es wieder Frieden zwischen den Monstern und den Menschen geben kann, so wie zu den Zeiten, aus denen das Wappen stammt? Wir könnten den Frieden bringen! Mit unserer Musik etwas verändern!«

Sie versuchte es ein letztes Mal. »Wir sind doch jetzt eine Band!«

Alle schauten Elly an, die mit ausgebreiteten Armen vor ihnen stand. Lederhosen-Boy stellte sich vor sie und schaute zu Boden.

»Elly … Ich glaube … das …« Er suchte nach Worten und holte tief Luft. »Ich will auf keinen Fall mehr etwas mit diesen teuflischen

Machenschaften zu tun haben …« Er zeigte unsicher auf das Notenheft. »Wir sprechen hier von Monstern, Herrgott!! Ich spiele keine Musik, um Monster zu rufen!«

Er senkte den Kopf. »Außerdem … muss ich nach Hause … Meine Eltern machen sich große Sorgen …« Er ging auf Elly zu und legte ihr eine Hand auf die Schulter. »Elly, das hier ist eine unheilige Mission!«

Elly schaute zu Nana, die ihrem Blick auswich. Auch ihr fiel es schwer, etwas zu sagen.

»Ich verstehe, was du meinst, Elly …« Nana strich sich mit der Hand durch die Haare. »Aber meine Mutter hat schon so viel Stress … ich kann einfach nicht noch mehr Ärger machen. Mit Monstern kämpfen ist Stress de luxe. Und woher weißt du, dass wir beim nächsten Mal nicht etwas noch viel Schlimmeres rufen? Etwas, das wir nicht beherrschen können?«

»Nana …« Elly wollte sie unterbrechen, doch Nana stand von ihrer dreckigen Yoga-Matte auf.

»Wir wären fast gestorben! Irgendwas stimmt in dieser Stadt nicht! Aber es geht uns nichts an!«

Elly biss die Zähne zusammen, als Nana weitersprach: »Elly, Herr Hellborn fehlt mir genauso wie dir. Aber ich will einfach nur ganz entspannt achtzehn werden, meine Koffer packen und dann ganz gechillt diese Stadt verlassen. Verstehst du das? Ich brauche nicht das große Ballett.«

»Es geht nicht nur um uns! Es geht auch um ihn!«

»Elly, wenn er von diesen Monstern geholt wurde, dann ist er längst einen epischen Tod gestorben!«

Elly spürte, wie ihre Augen feucht wurden. »Nana, wir haben die

Macht, etwas zu ändern. Wir können die Wahrheit rausfinden. Wir können Schatten helfen ...«

»Erst mal sollten wir *uns* retten. Okay, Princess?« Nana strich Elly ihre weiße Strähne hinters Ohr. »Herr Hellborn hätte auch nicht gewollt, dass wir unser Leben riskieren. Er würde wollen, dass es uns gut geht. Denn tot nützen wir niemandem was.«

Elly schaute zu Boden. »Außer den Maden in unserem Sarg ...«

Nana nickte ernst. »Genau. Nur den Maden in unserem Sarg.«

Elly blickte zu Schatten, die ihre Glitzerpony-Hefte an sich gedrückt hielt und unfassbar traurig aussah.

Elly sah zu Lucki, der ein paar ausgezupfte Haare ins Feuer hielt. Sie setzte sich neben ihn und guckte ihm zu. Sie wusste, wie schwer es für ihn gewesen war, auf ein echtes Monster zu treffen, etwas das sonst nur durch seine Albträume marschierte. Sie legte ihre Hand auf seine Schulter. Und ohne es zu wollen, spürte sie wieder die klebrige Hand, die ihren Kopf streichelte, zusammen mit einer tiefen, uralten Einsamkeit. Elly kniff die Augen zusammen. Als sie sie wieder öffnete, blickte sie für einen kurzen Moment in Hellborns aufgeschlagenes Notenheft. War das eine Träne, die dort aufgetaucht war? Sie war blass und Elly fragte sich, ob sie sich das nur einbildete. Konnte das Heft weinen?

Elly sah dem Rauch zu, der gemächlich in den Himmel stieg. In ihrem Kopf tanzten alle Gefühle umher, Wut, Tatendrang, Trauer ... Sie dachte an das Bild der zwei Hände, die sich berührten, eine menschlich, die andere wie aus einer anderen Welt und voller Saugnäpfe. Niemand meißelte so etwas einfach so in Stein. Es war einmal wichtig gewesen. Sehr wichtig. Aber es war lange her. Vielleicht zu lange.

Nana guckte Elly beim Nachdenken zu. »Elly, vielleicht ist dein cooles Wappen auch nur ein Wunsch, den jemand hatte. So funktioniert Kunst doch: Sweet Dreams. Aber nichts, was einmal wahr gewesen ist.« Elly nickte schwach.

»Dann lösen wir die Band hier und heute gleich wieder auf.«

Alle schauten betreten zu Boden, aber Elly ließ sich nicht unterkriegen.

»Es ist gut so. Tot nützen wir niemandem was.«

Wie aus einem Mund murmelten alle: »Außer den Maden in unserem Sarg ...«

Elly holte eine rostige Schaufel aus dem Gewächshaus und fing an, ein Loch zu graben. Sie schaute zu Nana und nickte. Die legte das Notenheft in das frisch gegrabene Loch.

»Irgendwann wächst vielleicht mal ein Baum draus.«

Nana nickte.

»Das würde Herrn Hellborn bestimmt freuen.«

Jeder nahm eine Handvoll Erde und schüttete sie in das Loch, bis das Notenheft ganz bedeckt und verschwunden war. Zusammen klopften sie die Erde fest. Jetzt wusste niemand mehr etwas zu sagen, denn es war ein Abschied, und wer hatte schon wirklich gute Worte für Abschiede? Natürlich würden sie Freunde bleiben, es war nicht alles verloren. Aber Ellys Rettungsaktion endete an diesem Abend.

»Mein Bus geht in einer Stunde.« Lederhosen-Boy packte seinen Instrumentenkoffer und seinen Rucksack. Für einen Moment standen sie so da. Dann zog Elly Lederhosen-Boy zu sich und alle umarmten sich, als die Sonne langsam über der Stadt unterging und das Feuer im Grill erlosch.

Franziska saß ratlos über den Patientenakten. Auf Station 6 gab es ein kleines Büro mit vielen staubigen Unterlagen. Sie dachte an das seltsame Gespräch, das sie zuvor mit der Chefin der Klinik gehabt hatte. Im Raum waren noch zwei Oberärzte und drei Kolleginnen aus der Verwaltung gewesen. Franziskas Versuch, ihnen klarzumachen, was im Krankenhaus vor sich ging, war komplett schiefgegangen. Als hätte sie ihnen erklären wollen, dass der Mond aus Käse bestand. Mit jedem weiteren Wort hatten sie Franziska mehr für verrückt erklärt. Sie spürte, dass die Klinik-Chefin wusste, was los war, auch, dass sie das Geheimnis lieber mit ins Grab nehmen würde, als noch mehr Leute mit hineinzuziehen. Wenn Franziska ihren Job behalten wollte, musste sie ab sofort schweigen. Doch auch wer schwieg, konnte Geheimnissen auf die Spur kommen.

Mit dem Finger fuhr sie nun über die Jahreszahlen auf den Patientenakten, bis zu den untersten Papieren, die ganz vergilbt waren.

»Die ersten mysteriösen Vorfälle gab es vor ungefähr 30 Jahren … Vorher wurde kaum etwas Ähnliches gemeldet …«

Sie blätterte die Akten bis zu den neuesten weiter.

»Danach passierten sie regelmäßig. Und die letzten Jahre waren besonders auffällig ...«

Sie schaute aus dem Büro zu ihren stummen Patienten.

»Aufgewacht ist niemand, der einmal im Koma landete ...«

Sie überprüfte bei einem älteren Mann die Instrumente, die ihn am Leben hielten. Wobei sich Franziska nicht sicher war, ob die Patienten nicht auch ohne Unterstützung weiterleben würden. Sie waren keine normalen Komapatienten. Franziska dachte an den Vergleich mit Dornröschen, den Herbert Zahl gebracht hatte.

Der Mann vor ihr im Bett war einst Gärtner gewesen und Franziska wünschte sich nichts mehr, als dass er diese Arbeit eines Tages wieder machen konnte.

»Wie kann ich euch nur helfen?«

Franziska wusste, dass sie keine Antwort bekommen würde. Doch da hörte sie ein leises Flüstern und ein Schaudern durchlief sie. Ihr war, als sprächen ihre Patienten zu ihr. Ganz leise, und jeder nur ein Wort. Konnte das wirklich war sein?

»Auf ...«

»Nicht ...«

»Weckt ...«

»Sie ...«

»Auf ...«

»Weckt ...«

»Nicht ...«

Franziskas Gedanken rasten, was wollten die Schlafenden ihr sagen? Ihre Worte liefen alle durcheinander. Aber dann verstand sie es und sie sprach es leise aus.

»Weckt. Sie. Nicht. Auf.«

Franziska eilte aus dem Krankenhaus, sie verabschiedete sich nur knapp von ihren Kollegen mit einer halb garen Ausrede. Dann endlich stand sie schwitzend vor der kleinen Polizeistation.

Sie trat ein und ging sofort an den Tresen, an dem eine ältere Dame mit rot gefärbten Haaren saß.

»Ich … ich möchte eine Aussage machen.«

»Aber natürlich, Doktor Wollmüller! Setzen Sie sich!«

Die Frau nahm sich einen Stift und Papier. Franziska suchte nach den richtigen Worten.

»Etwas stimmt nicht in unserer Stadt. Und ich glaube, dass es Leute gibt, die etwas verbergen wollen. Ein Geheimnis, das so ungeheuerlich ist … Es wird Zeit, dass jeder in Quedlinburg Bescheid weiß, jedes Kind und jeder Erwachsene.«

Die Frau antwortete ihr mit einer monotonen Stimme, die überhaupt nicht zur Situation passte. »Das klingt ja sehr ungeheuerlich, Frau Wollmüller. Was genau bringt Sie zu dieser Vermutung?«

Franziska war von der Stimme der Polizistin irritiert. War sie denn nicht geschockt? Franziska wurde nur aufgebrachter und gestikulierte mit ihren Händen.

»Ich weiß, dass es sich um eine reale Gefahr handelt, weil …«

Franziska schaute hinter die Polizistin, dort, wo lauter blank polierte Blasinstrumente an der Wand hingen. Etwas weiter hinten war eine Tür, die zum Büro der Polizeichefin führte. Die Tür stand einen Spalt offen und wenn Franziska sich leicht zur Seite beugte, konnte sie hineinspähen.

Dort saß die muskulöse Polizeichefin … zusammen mit den Instru-

mentenbauern. Franziskas Atem stockte. Und für einen Moment war es, als ob Iris Zahl ihr direkt in die Augen schauen würde.

Franziska stand hastig auf. Die rothaarige Polizistin schaute sie fragend an.

»Was ist denn, Frau Wollmüller? Doch kein dringendes Problem?«

Franziska war schon aus der Polizeistation raus, ehe ihr eine weitere Frage gestellt werden konnte.

Zurück in der Stadt verabschiedete Elly sich von Nana, Lucki und Schatten. Lederhosen-Boy war gegangen, von seinem Bus sahen sie nur noch die Rücklichter in der Ferne verschwinden.

Ratlos und etwas verloren schlurfte Elly über das Kopfsteinpflaster. Die bunten Häuser waren in das letzte blaue Licht der Dämmerung getaucht. Elly kam an den Ecken vorbei, an denen sie mit Hellborn gesprochen hatte. An denen sie ihm von ihrem Fluchtplan erzählt hatte. Die meisten Autos hatten jetzt keine Kratzer mehr, sie waren in der Autowerkstatt neu lackiert worden. Nur ab und zu fand Elly noch eine zerkratzte Tür und ein warmes Gefühl stieg in ihr hoch. Doch gleichzeitig fragte sie sich, wann Hellborn zu einer blassen Erinnerung werden würde. Die Zeit heilt alle Wunden. Elly fasste sich an den Nacken, die schwarzen Adern hatten sich weit zurückgezogen, beinahe, als ob nie etwas gewesen wäre.

Elly schloss die Augen und holte tief Luft. Es war Zeit, nach vorne zu blicken und zu vergessen, was gewesen war.

Monoton tropfte das Wasser von der Höhlendecke herab. Die kleinen Pfützen, die sich um die Betten gebildet hatten, reflektierten das magere Licht. Unendlich langsam versickerte das Wasser irgendwo im Boden. Vielleicht floss es auch durch kleine Ritzen in die tieferliegenden, unbekannten Höhlen. Irgendwohin, wo noch mehr Seelen schliefen.

Hellborn rüttelte schwach an Weißbeins Hand. Eine Kreatur in seiner Nähe schüttelte den Kopf und tippte mit den spitzen Krallen auf das Holz.

»Wie geht es ihr denn?«

»Sie war seit zwei Tagen nicht mehr wach … Wir müssen etwas tun …«

»Ach, Hellborn«, zischte es aus einem entfernten Bett. »So ist das nun mal.«

Hellborn stützte sich schwerfällig auf.

»Nein, wir müssen ihr helfen. Bitte.«

Aus einem anderen Bett erhob sich eine Kreatur, doch es war so dunkel, dass Hellborns müde Augen nicht erkennen konnten, wer sich da näherte. Nur ein Apfel rollte plötzlich über den Boden, und da wusste er, wer sich auf den Weg zu ihm gemacht hatte.

»Ausgerechnet du …?«

Die Kreatur mit den vier Armen summte leise.

»Guter Rat ist teuer. Und ich bin immerhin einer von denen, die noch bei klarem Bewusstsein sind. Wir werden selten, du und ich.«

Hellborn schüttelte den Kopf. »Hör auf, solche Sachen zu behaupten.«

»Ich weiß, du glaubst, dass wir hier unten noch alle an einem Strang ziehen. Siehst du nicht, was längst passiert? Wir sind in kleine Gruppen zerfallen. Die, die aufgeben mussten, die nicht mehr wach werden, und die nur noch trauern. Dann gibt es uns, die Pläne schmieden, die noch hoffen. Aber etwas siehst du mit deinen lieben Augen nicht.« Die Kreatur strich Hellborn mit einem Finger übers Gesicht. »Viele folgen nur noch ihren eigenen Wegen, wenn sie die Energie dazu finden. Sie sind Einzelgänger geworden und du wirst sie mit deinen süßen Versprechungen nicht aufhalten. Sie haben zu lang gewartet. Jetzt holen sie sich, worauf sie Appetit haben, und sei es die Stimme eines unschuldigen Kindes.«

Hellborn biss die Zähne aufeinander und die Kreatur schaute ihn wissend an.

»Ich weiß, du möchtest einer von den Guten bleiben, bis zum Tag unserer Rückkehr. Aber erinnerst du dich? Selbst du hast mich einst nach oben geschickt. Nun ist der kleine Nachtfalter für immer mit uns verbunden. Aber hast du auf das richtige Menschlein gesetzt?«

»Ich werde sie alle retten. Ob Freund ob Feind. Wir gehören zusammen.« Die fremde Kreatur lachte über diese Worte.

Hellborn wollte das Gelächter nicht hören.

»Willst du Weißbein nun helfen, oder nicht?«

Die Kreatur berührte mit ihrer schmalen Hand Weißbeins Stirn. Für einen Moment ging ein schwaches Leuchten von Weißbeins Stirn aus und ihr Atem klang schon viel ruhiger.

Das Wesen ging nun mit wesentlich schwerfälligeren Schritten wieder in Richtung seines eigenen Bettes. Unruhig schaute Hellborn nach oben. Die Uhr tickte für sie alle ...

»Elly ...«, flüsterte er.

Mit einem epischen Schnaufen ließ sich Elly in ihr Bestattungsinstitut-Bett sinken und vergrub die Finger in der schwarzen Bettdecke. Müde schloss sie ihre Augen und streifte die Schuhe ab, ohne die Schnürsenkel zu öffnen.

Ihre Eltern waren zum Glück noch nicht zurück und Melodys Zimmer war ebenfalls leer gewesen. Es war gut, das Haus für sich zu haben. Sie sah den Staubkörnern beim Tanzen im Licht der Lampe zu. Wenn Elly ausatmete, flogen sie vom Lufthauch angetrieben plötzlich schneller, ehe sie wieder ihr altes, gemächliches Tempo annahmen.

Da hörte Elly das Öffnen der Haustür. Holger machte gleich einen der furchtbaren Radiosender an. *Humtata, humtata* und noch einmal. Elly drückte ihren Kopf tief ins schwarze Kissen, um die gottlose Musik zu dämpfen.

Plötzlich waren draußen Schritte zu hören. Elly rollte sich aus ihrem Bett und schaute aus dem Fenster, das zur Hälfte offen stand. Unten sah sie ihre Mutter, die sich mit einer Hand an der Laterne vor dem Haus abstützte und ihren Kopf hängen ließ. Elly beugte sich ein Stück aus dem Fenster. »Ist alles okay?«

Franziska zuckte zusammen und schaute zu Elly hoch.

»N-na klar, alles ist gut!«

Elly war nicht wirklich überzeugt. »War was im Krankenhaus?«

Franziska dachte nach. Wie gerne hätte sie darüber gesprochen, was sie erlebt hatte. Aber der eisige Blick von Iris fuhr ihr bis in die Knochen.

»Du weißt doch, was ich dazu immer sage?«

Elly leierte die altbekannte Antwort runter: »Krankenhaus-Drama hat zu Hause nichts zu suchen.«

»Exakt.«

Franziska nahm wieder eine aufrechte Haltung an und zog ihre Kleidung glatt.

»Und bei dir, Elly? Wie ist es bei dir?«

Elly machte eine lange Pause und die beiden schauten sich abwartend an.

»Elly-Drama hat zu Hause nichts zu suchen.«

Franziska lächelte müde.

»Unseren Streit setzen wir fort, wenn wir beide ausgeschlafen sind, okay?«

»Ich trag's in meinen Kalender ein.« Elly simulierte ein Blatt Papier in der Luft und schrieb etwas mit dem Finger hinein.

Franziska schüttelte den Kopf.

»Ich weiß gar nicht, was deine Lehrer immer meckern, du bist doch top-organisiert.«

Endlich kam auch Melody die Straße entlang und Franziska umarmte sie zur Begrüßung.

Elly kroch in ihr Bett zurück und lauschte dem Klimpern und Klackern aus der Küche. Franziska und Holger machten Melody etwas zum Abendessen, Holger summte zur Musik, wenn auch mit weniger

Elan, wie Elly meinte. Trotzdem war es beruhigend, die Stimmen der anderen zu hören und ein Stück Normalität zu kosten.

Mit vollem Mund stieg Melody die Treppe zu Ellys düsteren Zimmer hinauf. Sie klopfte mit erwartungsvollem Gesichtsausdruck an die Tür.

»Ja?«

Melody trat ein, hinter ihrem Rücken verbarg sie etwas. Elly schaute sie fragend an. Dann präsentierte Melody ihr zwei große Stücke Wassermelone.

Ohne weitere Worte zu wechseln, gingen sie auf den kleinen Balkon des Hauses. Dort war gerade so Platz für zwei kleine Hocker und zwei Personen, wenn sie die Beine hochzogen.

»Melone muss man unbedingt draußen essen!« Melody biss ordentlich in ihr Stück, während Elly ihr schon kilometerweit voraus war. Pistolenartig spuckte sie mit ihrem verschmierten Mund die Kerne in den Abendhimmel.

»Oh Elly, das macht man doch nicht!«

Im nächsten Melonenkernangriff traf Elly sehr zielgenau Frau Kettler, die unten auf der Straße lief.

»Heeey!«

Ruckartig gingen die beiden in Deckung. Glück gehabt. Elly konnte sich ein finsteres Grinsen nicht verkneifen. Vielleicht war zwischen ihr und Melody doch nicht alles verloren.

»Jetzt du!«

Melody starrte sie an und schüttelte heftig den Kopf. »Auf gar keinen Fall!!«

»Doch, los!«

Melody hielt die Luft an und das brave Mädchen in ihr kämpfte tapfer. Doch es verlor. Zack! Schon flogen die Melonenkerne in Frau Kettlers Richtung.

Schnell duckten sich die beiden wieder.

»Du hast mit Absicht daneben gezielt!«

Melody blickte sie entrüstet an. »Gott, hatte schon fast vergessen, was für eine schlechte Lügnerin du bist!« Melody schaute noch viel entrüsteter. Dann mussten beide doch losprusten. Frau Kettler sah sich noch nach den Übeltätern um, fand sie aber nicht.

Bald war die Melone aufgegessen und die beiden schauten in den späten Abendhimmel. Melody in einer hellblauen Bluse mit weißem Rock, Elly in einem schwarzen Tanktop und schwarzer Leggings. Elly beobachtete eine Mücke, die sich auf ihrem Arm niederließ. Gerade als die Mücke sie stechen wollte, klatschte Elly mit der Hand auf sie und wischte die Überreste an ihr Shirt. Melody verzog das Gesicht.

Elly dachte nach.

»Freunde erzählen sich ihre Geheimnisse, oder?«

Melody nickte und schaute Elly fragend an.

Im Rathaus saß der Bürgermeister über Fotos vom Mathildenbrunnen. Sie alle zeigten das schwarze Wasser darin. Herbert Zahl nahm Arnold die Fotos aus der Hand.

»Zweifelst du immer noch, dass es ein Schattenschläfer war?«

Arnold wollte nicht antworten, doch er konnte sich nicht herauswinden.

»Aber es geht keine Gefahr vom Wasser aus. Hunde haben schon darin gebadet. Nichts ist passiert. Gut, die schwarze Farbe war nicht leicht abzuwaschen, aber ...«

»Lass die Witze! Frag dich lieber: Wer hat die Kreatur gestoppt? Oder glaubst du, sie ist von alleine abgehauen?«

Arnold lächelte in sich hinein und murmelte leise.

»Das muss ich mich gar nicht fragen ...«

Iris und Herbert starrten Arnold an und ihm wurde klar, wie dumm diese Bemerkung gewesen war. Er stand nervös von seinem Sessel auf und dachte fieberhaft nach. Iris kam ein paar bedrohliche Schritte auf ihn zu. Er musste sie aufhalten, irgendwie ablenken ...

»M-mein Sekretär und das Sicherheits-Komitee haben eine ent-

scheidende Entdeckung gemacht.« Er kramte eine Luftaufnahme des Waldes hervor und deutete mit dem Finger auf die Mitte.

»Der Schattenschläfer, der sich als Musiklehrer ausgegeben hat, muss aus diesem Umkreis an die Oberfläche gekommen sein.«

Iris stoppte, nahm das Bild an sich und betrachtete es wie eine Schlange, die sich auf ein Opfer fixierte.

»Du glaubst, dass sich dort ein Portal befindet?«

»D-davon ist auszugehen.«

Herbert betrachtete die Aufnahme nun auch intensiv.

»Wir werden uns das genauer anschauen.«

Arnolds Plan war aufgegangen, die Aufmerksamkeit der beiden Instrumentenbauer lag jetzt ganz auf der neuen Erkenntnis. Arnold holte tief Luft und trat ein paar Schritte zurück. Er schaute aus dem Fenster über die Dächer der Häuser.

Als er später nach Hause zu Lucki ins Zimmer kam, war sein Bett leer. Nach einer kurzen Irritation ging der Bürgermeister auf die Knie und schaute unter Luckis Bett. Dort schlief sein Sohn umgeben von Feuerzeugen und Streichhölzern auf einer Decke. Arnold lächelte und strich Lucki über die Haare.

Die Zeit in der Unterwelt war so viel schwerer zu greifen als in der Welt dort oben. Ohne Tageslicht war der Wechsel zwischen Tag und Nacht nur eine vage Vermutung. Hellborn glaubte, es seien nur wenige Minuten gewesen, die er eingeschlafen war. Oder waren bereits mehrere Stunden vergangen?

Es war ruhig in der Unterwelt, denn die laute Blasmusik von Melodys Bandprobe an diesem Nachmittag hatte alle zurück in den Schlaf gezwungen.

Aus einem der Nachbarbetten drang eine rasselnde Stimme.

»Hellborn ... es geht mir nicht gut ...«

Eine knarzende Stimme fragte: »Wann trägt dein Plan endlich Früchte? Wann leuchtet uns das Licht der Freiheit?«

Eine andere, viel leisere Stimme wisperte: »Hast du uns vielleicht ... belogen?«

»Nein, nein! Freunde! Wir ... wir werden leben! Hört ihr?« Doch in diesem Moment fiel es ihm unglaublich schwer, seinen eigenen Worten zu glauben. Was immer Elly trieb, sie suchte nicht nach ihm. Und das gelbe Notenheft? Warum spielte Elly nicht weiter? Hatte sie Zweifel bekommen? Hatte sie aufgegeben? Hatte sie nicht verstanden, dass die Schattenschläfer Hilfe verdienten?

Die Stimmen um Hellborn herum murmelten leise. Hellborn empfand große Angst. Er streckte seine Hand aus, um nach Weißbein zu greifen. In solchen Momenten war es wichtig, die Hand einer Freundin zu halten.

»Sie darf nicht aufgeben. *Wir* dürfen nicht aufgeben!«

Weißbein schaute ihn an, ihre Stimme war sanft, als sie sprach: »Hellborn ... ich bin sehr stolz auf dich.«

Als er ihre schlanken Finger umfasste, blieb ihm das Herz stehen und sein Atem stockte.

»W-Weißbein ...«

Das, was Weißbeins Hand gewesen war, war nunmehr ... Staub. Er rieselte durch Hellborns zitternde, kalte Finger. Und direkt vor seinen

Augen verschwand seine Freundin in einem feinen Strudel aus Staub und Asche.

Weißbein war gestorben.

Elly und Melody standen zusammen im Bad und putzten sich die Zähne. Elly spuckte den Zahnpastaschaum ins Waschbecken und bürstete sich grob die Haare. Melody hingegen kämmte ihre Haare ganz sacht wie die einer teuren Puppe. Mit einer Bürste, die golden schimmerte und in der nicht die Haare der letzten Wochen drinhingen.

Frisch geschrubbt und gebürstet zog Melody Elly mit sich in ihr Zimmer.

»Komm!« Sie tappte mit der Handfläche auf den Platz neben sich, um Elly auf das Bett zu bitten.

»Weißt du noch? Früher hast du jede Woche bei mir übernachtet oder ich bei dir!« Sie sprühte in den Raum einen ordentlichen Stoß aus einer Flasche mit Rosenparfüm, um der süßen Erinnerung eine besondere Note zu verleihen. Elly simulierte kurz sehr glaubwürdig einen Erstickungstod. Melody wartete brav ab, dann blickte sie Elly erwartungsvoll an. Elly atmete durch.

»Irgendwas stimmt nicht mit mir ... also abgesehen von den naheliegenden Sachen. Ich ...« Elly wollte sich auf Melodys Bett setzen, doch mit jedem Schritt, den sie näher auf Melody zuging, verfinsterte sich etwas in ihr. Ein dunkles Dröhnen klang in ihrem Kopf und als sie einen weiteren Schritt ging, spürte sie ein leichtes Brennen auf der Haut. Beinahe so, als würden sich die schwarzen Adern wieder ausbreiten. Ihr Blick wanderte durch Melodys Zimmer. Es war doch alles wie immer. Nur wieso hatte Melody eigentlich zwei Trompetenkoffer? War es nicht immer nur einer? Elly wankte und kam ein Stück näher, da stieß ihr nackter Fuß gegen einen der Trompetenkoffer und eine Gänsehaut breitete sich an ihrem ganzen Körper aus. Schmerz fuhr wie ein Blitz durch ihren Körper bis in die Fingerspitzen.

»Ich … ich komme gleich wieder.« Elly machte kehrt und verschwand aus dem Zimmer.

»Elly?«

Melody schaute ihr hinterher. Hatte sie etwas falsch gemacht? Etwas Falsches gesagt? Geduldig wartete Melody auf ihrem Bett. Immerhin wollte Elly doch gleich zurück sein? Die Uhr in ihrem Zimmer tickte vor sich hin und der Abend wurde immer später. Aber Melody blieb allein, von Elly im Zimmer eine Etage höher war nichts zu hören.

Irgendwann sackte Melody zur Seite, bis ihr Kopf auf dem Blümchenkissen landete.

»Elly …«

Unter ihrer schwarzen Bettdecke zitterte Elly und hielt ihre Schultern umklammert. Sie wartete darauf, dass dieser Anfall vorrüberging. Würde er vorübergehen? Oder war das heute und hier das Ende? Elly schluckte und drückte ihre Hände fest auf ihre Augen. Sie spürte, wie die schwarzen Adern danach drängten, sich auszubreiten, wie kleine Blitze, die ihren Körper in Besitz nehmen wollten.

Es war schon fast Mitternacht, als Elly von unten ihren Vater näher kommen hörte. Er klopfte sacht an ihre Tür. Sie riss sich zusammen und entriegelte das Schloss für ihn. Als er in ihr Zimmer trat, hatte sie das Zittern unter Kontrolle.

Holger setzte sich an ihr Bett und streichelte ihr über den Kopf.

»Süße … du hast Augen wie ein Panda. Schon mal was von Abschminktüchern gehört?«

Elly reagierte nicht auf den blöden Hinweis.

»Hast du geweint, Schatz?«

Elly nickte und suchte nach einer schlüssigen Antwort.

»Ja, voll hart Liebeskummer.«

»Oh nein! Wer wagt es, meine Prinzessin der Finsternis unglücklich zu machen? Der rothaarige Junge in der schicken Lederhose? Der wär doch was für dich, oder?«

»Er hat heute die Stadt verlassen.«

»Deswegen der Liebeskummer?«

Elly schnaubte und Holger lächelte.

»Weißt du, ich hab immer gedacht, es wäre ein bittersüßes Gefühl, jemanden zu vermissen. Aber …«

»Es ist nicht süß? Nur bitter?«

Holger antwortete eine Weile nicht auf ihre Frage. »Schlaf gut«, sagte er schließlich und ging nach unten.

Im Waisenhaus war alles still, die Kinder schliefen und die Betreuer saßen mit müden Augen im Wohnzimmer vor einem sehr leise gestellten Fernseher. Es war der Lokalsender, auf dem sich die neuesten Blasmusik-Bands vorstellten und über ihren Werdegang erzählten.

Schatten zog heimlich ihre glitzernden Ballerinas an und kletterte mit großen Schuldgefühlen aus dem Fenster ihres Zimmers. Morgen würde Alfredo zurückkommen. Die Kinder vermissten ihn schmerzlich und die Vorfreude auf seine Rückkehr stand allen ins Gesicht geschrieben. Schatten hatte geschworen, dass sie, sobald Alfredo zurück war, keine dummen Sachen mehr machen würde. Dass sie nicht herumstromern und ganz sicher nichts mit Monstern zu tun haben würde. Heute war ihre letzte Nacht als Schatten. Ab morgen würde sie Chantal sein.

Sie atmete die kalte Nachtluft ein, als wäre es der Duft von frisch gebackenen Waffeln.

Auf dem Dach des kleinen gelben Fachwerkhauses atmete auch Elly endlich wieder frei. In ihrem Zimmer hatte sie es nicht mehr ausgehalten. Zum Glück war die Nacht lau und mehr als ein Kissen unter ihrem Kopf brauchte sie nicht. Das Zittern war verschwunden und hatte sie erschöpft zurückgelassen. Endlich fielen ihr die Augen zu, da hörte sie das leise Zischen der Spinnenbein-Kreatur. Elly griff nach einem Steinchen, das auf den Dachziegeln lag und pfefferte es gezielt in dessen Richtung. Nun war es endlich still in der Quedlinburger Nacht.

Was sie nicht hörte, war das Grollen in der Ferne. Elly konnte nicht wissen, dass die Instrumentenbauer in dieser Nacht den alten Trabi im Wald gefunden hatten, aus dem Hellborn gestiegen war. Jetzt war er nur noch ein Haufen Schrott und Asche.

Elly drehte sich zur Seite und ließ sich vom Schlaf umfangen. Da tappten leise Schritte durch die leeren Straßen. Und die kamen ihr bekannt vor. Als Elly müde vom Dach runterschaute, sah sie Schatten, die gerade über die unebenen Steine schlich. Die Blicke der beiden trafen sich. Schatten hielt ihr einen Zettel mit großen Buchstaben entgegen: *Ich kann nicht schlafen.*

Als sie vor der Schule standen, schaute Elly Schatten an.

»Komm, ich will dir was zeigen.«

Und tatsächlich war dort ein offenes Kellerfenster. Geschickt kletterten beide ins Gebäude und liefen den dunklen Flur entlang. Am Ende des Gangs lag der Musikraum, in dem Nana, Lucki und sie getanzt hatten.

Elly öffnete die knarzende Tür und war enttäuscht, wie gewöhnlich der Raum jetzt aussah. Seufzend setzte sich Elly auf einen der Holzstühle und ließ den Blick schweifen. Sie dachte an Herrn Hellborn, an seine Energie, seine Freude und an die Musik.

»Hier in diesem Raum hat er uns das Leben gezeigt, wie es sein sollte.«

Elly trommelte leise auf einen der Tische.

»Ich vermisse ihn.«

Schatten kritzelte etwas auf einen Zettel: *Ich auch.*

Elly trat an die Musikanlage heran und drehte an den Knöpfen. Doch mit Hellborn war auch der Zauber verflogen und es lief nur noch stumpfe Blasmusik.

Ebenso von Schlaflosigkeit geplagt, wanderte Franziska durch die Straßen der Stadt und atmete die frische Luft.

Ein vertrauter Weg führte sie die steilen Stufen hinauf auf den Münzenberg hin zu Tanishas Glasbläserei. Franziska vernahm gedämpfte Stimmen. Zuerst Iris Zahls Stimme, dann Tanishas.

»Ohne die Aufzeichnungen kann ich nicht weiterarbeiten! Ich kann mir doch nicht ausdenken, was Karl März dort entworfen hat!« Tanisha marschierte plötzlich in den kleinen Hof und überrumpelte Franziska, die zusammenschreckte. Tanisha schaute sie fragend an und schloss die Tür hinter sich, sodass Iris sie beide nicht hören konnte.

»Franziska? Was willst du hier?«

»Also … ich wollte nur sagen, wie schön es ist, dass Nana und Elly sich angefreundet haben! Das war ja nicht immer so harmonisch!« Tanisha schaute Franziska ungläubig an.

»Wovon sprichst du? Nana und Elly? Die konnten sich doch noch nie leiden.« Franziska wurde klar, dass Tanisha viel zu gestresst war, um mitzubekommen, was in Nanas Leben vor sich ging. Franziska konnte das gut nachempfinden. Dann schaute sie vorsichtig in Richtung des Fensters zur Glasbläserei.

»Wenn dir jemand übel mitspielt, lass es mich bitte wissen, Tanisha.« Die lächelte Franziska müde, aber freundlich an.

»Mach dir keine Sorgen. Aber ich muss jetzt weitermachen.«

Als Franziska einige Zeit später nach Hause zurückkehrte, schlich sich gerade Elly zur Haustür herein.

Die Blicke der beiden trafen sich und Elly zuckte zusammen. Dennoch schlängelte sie sich geschickt vorbei und rannte die Treppe zu ihrem Zimmer hoch.

Franziskas Atem ging immer noch schneller, und wieder klang das Geräusch des Fahrstuhls in ihren Ohren.

Franziska ging zu Holger ins Schlafzimmer, er hatte gehört, wie Franziska und Elly zur Haustür reingekommen waren.

»Ist alles okay?«

Franziska biss sich auf die Lippe, dann holte sie tief Luft. Sie musste mit jemandem sprechen. Es führte kein Weg daran vorbei.

»Hör jetzt gut zu, und bekomm keine Angst. Etwas geht vor sich. Unter der Stadt ...«

In dem Moment klirrte und schepperte es. Beide rissen die Köpfe herum. Holger rannte nach draußen. Im Schaufenster seines Trachtenladens prangte ein großes Loch in der Scheibe.

»Was zum Teufel?!« Holger konnte es nicht fassen, er schaute sich nach dem Täter um. Franziska hingegen ging auf die kaputte Scheibe zu und hob einen faustgroßen Stein auf. Um den Stein war mit einem Gummi ein kleines Stück Papier befestigt. Darauf stand: »Pssst.«

Das war eine Drohung an sie. Wie clever, dass sie ihrem Mann schadeten, denn das wog für Franziska schwerer, als wenn sie selber angegriffen worden wäre.

Zur selben Zeit erreichte im nächtlichen Nebel ein Bus den Busbahnhof, und jemand stieg mit einem Instrumentenkoffer aus.

Am nächsten Morgen verließ Elly das Haus, bevor alle anderen wach waren. In der warmen Morgensonne schrieb sie ein paar Gedichte in ihr Buch. Das tat gut. Sie dachte daran, die Schule zu schwänzen, aber dann stand sie doch vor dem Eingangstor. Nana schlang einen Arm um sie.

»Good morning, Princess.«

Lucki sah wie immer übernächtigt aus. Elly war sicher, dass ihn Albträume wach gehalten hatten. Als immer mehr Schüler in die Schule strömten, fanden sich die drei unfreiwillig in einer langen Schlange wieder. Elly bereute sofort ihre Entscheidung, heute in der Schule aufgetaucht zu sein.

»Verdammter Mist, das ist jetzt nicht wahr.«

In der großen Aula fanden sich heute alle Schülerinnen und Schüler ein, um sich registrieren zu lassen. Ganz vorne waren vier Tische, an denen Mitglieder vom obersten Blasmusik-Komitee mit einem Stapel Listen saßen. Hier wurden alle Blaskapellen registriert. Für den jährlichen Wettbewerb bekam die Stadt so den perfekten Überblick. Niemand durfte sich dieser Tradition entziehen. Dass Elly, Nana und

Lucki es so lange geschafft hatten, war ein Wunder und Elly fragte sich, ob nicht eine einflussreiche Person schützend die Hände über sie hielt.

Eifrig und brav trugen sich alle Kinder und Jugendlichen in die Liste ein. Die meisten spielten bereits in einer Blasmusik-Kapelle und hatten keine Schwierigkeiten, sich einzutragen.

Elly ließ allen in der Schlange mit einem gespielt freundlichen Blick den Vortritt. »Aber gerne doch, bitte sehr.«

Dann standen sie zu dritt am Ende der Schlange. Die Zeit verging nur zäh, aber letztendlich waren sie ganz allein in der großen Aula. Es war nur noch ein Registrierungstisch besetzt. Der alte Herr mit dem schicken Hut schaute die drei erwartungsvoll an. In wenigen Minuten würde das Komitee die Listen abholen. Tick, tack, wanderten die Zeiger an der großen Uhr weiter. Mit Schrecken sah sie, dass die Türen der Aula verschlossen waren, hatte man sie hier eingesperrt? Wie blöd waren sie auch gewesen, am Registrierungstag in der Schule zu erscheinen! Elly verfluchte alles und jeden. Nana und Lucki wurden auch unruhig.

»Was machen wir denn jetzt?«

»Lassen die uns hier nicht raus?«

Der alte Herr tippte mit einem silbernen Stift wartend auf die Liste. Von hinten näherte sich Frau Kettler mit einem selbstgefälligen Blick. Sie sah sich am Ziel angekommen, die Fliegen waren ins Netz gegangen.

Plötzlich griff ein Junge in einer unerträglich hässlichen Hose nach Elly. In der Hand trug er einen Instrumentenkoffer. Elly traute ihren Augen kaum.

»L-Lederhosen-Boy!!« Nana und Lucki starrten ihn fassungslos an.

»Hier ist der Deal: Wir registrieren unsere Band und ich helfe euch, euren Lehrer und Schattens Stimme zu retten!«

Hinter Lederhosen-Boys Rücken trat Schatten in ihren Glitzer-Ballerinas hervor.

»Schatten!«

Lederhosen-Boy nickte. »Wir gehören doch zusammen.«

Lederhosen-Boy drückte Elly den silbernen Stift in die Hand. Elly fasste sich ungläubig an den Kopf.

»Was zum Teufel machst du hier? Bist du wieder abgehauen?«

Er schüttelte den Kopf.

»Okay, also deine Eltern wissen Bescheid?«

Er nickte. »Ich hab euch so vermisst!«

Nana schaute ihn skeptisch an. »Uns vermisst? Sweet.«

»Ich schwöre bei Gott, Nana!« Er hob zwei Finger, um seinem Schwur Nachdruck zu verleihen. »Musik ist mir heilig. Sie ist das Schönste, was uns gegeben wurde, ein Geschenk des Himmels. Aber noch nie hab ich das Gefühl gehabt, etwas mit meiner Musik zu bewirken! Ihr habt mir dieses Gefühl gegeben!«

»Du weißt nicht, was du da tust! Wir wissen es selbst nicht einmal! Geh nach Hause, werde dort glücklich!«

»Elly, ihr braucht mich!«

»So ein Quatsch! Wer braucht dich denn?!«

»Elly!«

Elly bebte innerlich und rang mit sich, dann streckte sie beide Hände gefaltet nach vorne.

»Okay, bitte, bitte! Erlöse uns, Lederhosen-Boy! Werde unser Meister und lehre uns alles, was du weißt!«

Da konnte er nicht anders, als vor Lachen zu prusten, und Elly wurde gleich mit angesteckt. Die beiden umarmten sich.

Lederhosen-Boy flüsterte etwas in ihr Ohr: »Zum Deal gehört auch, dass du uns alles erzählst. Die ganze Wahrheit.«

»Was … was meinst du?«

»Eine Last liegt auf deinen Schultern, nur du weißt, was es ist.«

Elly biss sich auf die Unterlippe. Sie wollte ihre Sorgen alleine tragen, das war sie so gewohnt. Doch sie schaute auf die tickende Uhr und dann in die Runde. Und nickte schließlich.

Lederhosen-Boy nahm ihr den Stift ab und trat auf den alten Mann zu. Erwartungsvoll blickten alle zu ihm. Dann trug er seinen Namen ein, die anderen machten es ihm nach.

Lucki schaute skeptisch auf das Papier. »Wir brauchen noch einen Namen für unsere Blasmusik-Kapelle.«

Elly nahm den Stift und schrieb: *Blasmusik des Todes*

Im selben Moment schlug die Uhr und eine Frau vom Komitee entriss ihnen die Liste. Die Anmeldefrist war abgelaufen und sie marschierte mit der ausgefüllten Liste ab.

Die fünf Freunde standen im Kreis und schauten sich ungläubig an. Hatten sie das gerade wirklich gemacht?

Lederhosen-Boy hatte ein kleines Zimmer in der Stadt bezogen. Es lag in einer Herberge für Musiker und Musikerinnen, die sich in einem kleinen, schiefen Haus befand. Das Zimmer war gerade groß genug für ihn und sein Flügelhorn. Freundlich wurde er dort von allen empfangen. Wenn sie ihn allerdings fragten, in welcher Kapelle er spielte, so ging er eilig weiter.

Am Nachmittag saßen sie alle zusammen bei den alten Gewächshäusern. Zufrieden futterten sie, was jeder mitgebracht hatte. Dann holten alle ihre Instrumente hervor. Schatten die gestohlene Posaune, Lucki die Tuba, Lederhosen-Boy sein Horn, Nana holte ein paar Drumsticks heraus und Elly öffnete den Koffer mit der schwarzen Trompete. Gemeinsam machten sie Musik, bis die Sonne unterging. Ellys Kopf dröhnte, denn auch, wenn sie nun selber spielten, hörte die Musik nicht auf, ihr wehzutun. Aber sie blieb tapfer. Jeder hatte seine Schwächen und klar, Lederhosen-Boy war mit Abstand der Beste, aber auch alle anderen gaben sich die größte Mühe. Elly spürte es mit jeder Faser ihres Körpers: Es war die Geburtsstunde einer richtigen Band. Atemlos und ausgepowert schauten sie sich an.

Dann gruben sie gemeinsam das Notenheft aus. Es war ein feierlicher Moment, und sie alle wussten, dass sie sich in Gefahr begaben. Schweigend stellten sie sich in einen Kreis. Elly legte ihre Hand auf Schattens Schulter, Schatten legte ihre auf Nanas, Nana auf Luckis, Lucki legte seine Hand auf Lederhosen-Boys Schulter und zwischen ihm und Elly schloss sich am Ende der Kreis.

»Gibt es noch etwas, das wir übereinander wissen sollten?«

Lederhosen-Boy blickte in die Runde. Der wortkarge Lucki fing an: »Ich kann ein Monster mit grauen Fingern sehen ... Aber ehe ich weiß, was passiert, wache ich auf. Meine Albträume haben nicht aufgehört. Sie werden nur klarer. Jede Nacht ... Ich glaube, dass mein Vater etwas weiß, aber ...«

Nana nickte. »Vielleicht hat er selbst Angst.«

Die beiden schauten einander an und verstanden sich.

»Auch meine Mutter weiß etwas. Die Instrumentenbauer haben

sie auf Händen getragen, ihr alles Mögliche versprochen. Melodys Vater ging bei uns ein und aus mit irgendwelchen Konstruktionsplänen und meine Mutter hat Tag und Nacht gearbeitet. Meine Eltern sehen sich kaum noch. Damals, als mein Onkel Amos starb, war es eine schwere Zeit, aber wir haben sie zusammen gemeistert. Jetzt ist es anders. Mit den Instrumentenbauern kam etwas Dunkles in unser Haus ...«

Alle schwiegen und ließen Nanas Worte sacken. Schatten nahm einen Stift und ein Blatt Papier. Sie griff in ihre Tasche und holte das Bild heraus, das sie schon einmal Hellborn gezeigt hatte. Es war krumm und schief gezeichnet, aber das Wesen auf dem Bild hatte einen deutlichen Mund. Darunter schrieb sie:

Das ist er. Der Tonholer.

Der Brunnen im Wald ist ein Portal in die Unterwelt, aber es ist jetzt verschlossen.

Alle starrten gebannt auf Schattens Zeichnung. Nana nahm das Papier in die Hand.

»Das Monster, das wir in den Brunnen getrieben haben, sah ganz anders aus. Bedeutet das ...«

»Ist jedes Monster anders? Und vor allem ... ist jedes böse?«

Lederhosen-Boy bekreuzigte sich vorsorglich. Elly biss sich auf der Unterlippe herum.

»Ich bin mir sicher, dass sie nicht alle böse sind ...« Nana kniff die Augen zusammen und sah Elly an.

»Ja, die finstere Moor-Kreatur hat dir über den Kopf gestreichelt, das ist noch lange kein Grund, sie zu einer Heiligen zu machen! Du hast gesehen, was sie getan hat!«

Lucki legte die Stirn in Falten und nuschelte: »Ist Hellborn auch ein Monster?«

Einen Moment schwiegen alle. Dann ergriff Elly das Wort: »Wir holen ihn zurück, Monster oder nicht Monster.«

Jetzt richteten sich alle Blicke auf Elly. Denn sie war an der Reihe, ein Geheimnis zu teilen. Vorsichtig schob sie die Ärmel ihres Shirts nach oben, so weit, bis die ersten schwarzen Adern zu sehen waren. Alle blickten mit einer Mischung aus Angst und Faszination darauf. Elly drehte sich mit dem Rücken zu ihnen und zeigte mit einem Finger auf eine Stelle zwischen ihren Schultern.

»Von da geht es aus. Manchmal werden sie größer, manchmal werden sie schwächer.«

Schatten schrieb auf einen Zettel: *Tut es weh?*

Elly lächelte.

»Mach dir keine Sorgen! Ja, es tut weh. Aber viel schlimmer als das ist so ein Gefühl, das ich habe, als ob ich langsam den Verstand verlieren würde …«

Nana berührte Ellys Arm und schaute sich die schwarzen Adern an.

»War das die Moormutter?«

»Nein, ich habe das schon länger. Ich glaube, dass ich irgendwann von einem anderen Monster angegriffen wurde.«

Schatten hob ihren Zettel hoch: *So wie Alfredo?*

Elly nickte. »Wahrscheinlich. Alfredo hatte großes Glück. Aber ich vielleicht nicht?«

Lederhosen-Boy griff nach Ellys Hand.

»Aber hätten dir deine Eltern nichts davon erzählt? Wissen sie nicht, dass etwas passiert ist?«

Elly verzog den Mundwinkel. »Hast du deinen Eltern nicht auch verschwiegen, dass du nach Quedlinburg abgehauen bist?«

Lederhosen-Boy schaute betreten zu Boden. »Ich habe ihnen solchen Kummer bereitet ...«

Lucki sah Elly besorgt an. »Wird es schlimmer? So wie meine Albträume?«

Elly wollte ihre Freunde nicht beunruhigen, nickte aber.

Alle umarmten sich für einen Moment und drückten Elly fest an sich. Sie spürte, wie ein wenig Ballast von ihren Schultern genommen wurde.

Dann fixierte sie Lederhosen-Boy.

»Und, was hast du beizutragen in unserer kleinen Wahrheit-oder-Pflicht-Runde? Bei Rot über die Ampel gegangen?« Lederhosen-Boy begann zu stammeln: »Kann ich noch Pflicht wählen?«

Elly rieb sich die Hände.

»Pflicht wär definitiv, ein Bad in meinen dreckigen Socken zu nehmen. Oder meine Schulbrote vom letzten Sommer zu essen!«

Entrüstet blickte er Elly an. Dann hob er die Hände und kapitulierte.

»Okay, okay, also ...« Er räusperte sich. »Ich ... ich finde Melody ziemlich süß.«

Nach einer kurzen Schweigerunde prustete Nana los und Lucki wand sich vor Ekel. Elly klopfte Lederhosen-Boy auf die Schulter.

»Okay, du hast gewonnen.«

»Gewonnen?«

»Deins ist das schlimmste Geheimnis.«

Der Abend rückte näher und alle sammelten das schmutzige Ge-

schirr und die Verpackungen ein. Schatten wusch die Teller in einer moosbewachsenen Regentonne. Lucki stellte die Hocker in das alte Gewächshaus zurück. Da sah er, dass sich an einem Spinnenfaden etwas von der Decke abseilte.

»Was ist das?«

Als Elly Luckis erschrockenes Gesicht bemerkte, entdeckte sie auch die Kreatur an der Decke des Gewächshauses. Diesmal würde sie kurzen Prozess machen. Sie griff einen Tontopf, hob ihn auf und ließ ihn auf das Mistvieh runtersausen. Doch es entkam. Elly jagte ihm hinterher und kesselte es in einer Ecke ein.

»Lass mich endlich in Ruhe, Mistvieh!« Im zweiten Anlauf rauschte der Tontopf perfekt auf die Kreatur herunter. Doch plötzlich waren Schattens Hände dazwischen, sie hielt den Angriff auf.

»Was soll das?!«

Schatten kritzelte eine Frage darauf: *Vielleicht hat es Hellborn gehört?* Elly starrte auf den Zettel.

»Du … du meinst … er hat es hier vergessen?« Sie fixierte das kleine Monster mit dem weißen Fell und den schwarzen Spinnenbeinen.

»Das Ding verfolgt mich und wenn es uns helfen könnte, hätte es das längst getan!« Elly hielt den Tontopf immer noch drohend über dem Wesen. Lederhosen-Boy hob beschwichtigend die Hände.

»Du kannst es nicht einfach töten, es hat vielleicht auch eine Seele!« Elly schaute ihn skeptisch an, schnappte das Mistvieh und drückte es ihm in die Hand.

»Dann ist es jetzt deins!« Er schreckte zusammen.

»Vie-vielleicht können wir doch ein bisschen … drauftreten?« Er wollte es wegwerfen, doch Elly setzte es ihm wieder auf die Hand. Lederhosen-Boy durchfuhr eine Gänsehaut von Kopf bis Fuß, als er den seltsamen Körper betrachtete und das weiche Fell spürte, das im krassen Kontrast zu den knochigen Spinnenbeinen stand.

»I-ich glaube, es ist lieber bei dir, Elly.«

»Du willst, dass es lebt, du kümmerst dich.«

Es war klar, dass Lederhosen-Boy sich nicht mehr wehren konnte.

»Heilige Mutter Gottes, wo bin ich da nur reingeraten?«

Elly drehte sich zu ihm. »Das ist wahrscheinlich noch unser kleinstes Problem.« Sie warf einen letzten Blick auf die Spinnenkreatur. »An deinem Namen lässt sich nichts mehr ändern. Es bleibt bei *Mistvieh*. Und wenn du ein krummes Ding machst, dann …« Sie schnippte mit dem Finger in Luckis Richtung und er ließ die Flamme seines Feuerzeugs kurz hochschnappen, um zu verdeutlichen, was passieren könnte.

Elly drehte sich zu ihren Freunden, die alle gebannt ins Gewächshaus schauten. Dann stellte sie sich hin.

»Morgen …«, sie schaute ihre Freunde mit durchdringendem Blick an. »… morgen spielen wir, ich bin sicher, es werden neue Noten auftauchen.« Ein leises Raunen ging durch die Gruppe.

»Hinter allem muss ein Plan stecken. Und wenn wir üben und besser spielen, finden wir heraus, ob wir Hellborn zurückholen können. Er kann uns sagen, wo Schattens Stimme ist. Wir dürfen doch nicht einfach die Hände in den Schoß legen?«

Lederhosen-Boy schluckte, Nana und Schatten nickten langsam. Sie ließen sich von Ellys Entschlossenheit mitreißen. Lucki besiegelte die Entscheidung mit einem zischenden Streichholz, das sie gemeinsam auspusteten.

Es war Samstag und Elly war früh wach. Sie schaute durch das Dachfenster zum Himmel und sah ein paar Störche vorbeiziehen. Der Frühnebel lichtete sich langsam und der erste Bus des Tages fuhr schnaufend durch die verwinkelten Gassen, aber wer noch im Bett bleiben konnte, der tat es an diesem Morgen auch. Ellys Mutter hatte ganz früh das Haus zu ihrer Schicht im Krankenhaus verlassen.

Holger saß am Küchentisch und nippte an seinem Tee, neben ihm lag ein Stapel staubiger Bücher. Seit wann verbrachte ihr Vater eigentlich so viel Zeit in der Bibliothek? Gleich würden die Handwerker kommen, um das Schaufenster zu reparieren. Holger hatte Glück, dass er so beliebt war und sie sogar am Wochenende bereit waren zu arbeiten. Und Melody? Elly wollte nicht über sie nachdenken. Das schlechte Gewissen nagte an ihr, weil sie Melody einfach so sitzen gelassen hatte. Aber wie hätte sie ihr auch erklären können, welche seltsamen Dinge in ihr vorgingen?

Elly schwang sich aus dem Bett und machte sich mit einem Kissen und einer Tüte Chips auf den Weg zu Hellborns Wohnung. Wenn er zurückkommen würde, sollte er halbwegs bequem schlafen können und einen Snack im Regal haben.

Franziska schaute eine junge Krankenschwester ungläubig an.

»Entschuldigung, was wurde entschieden?« Die Krankenschwester verstand Franziskas Aufregung gar nicht. »Karl März wird nach Magdeburg verlegt. Die haben ein eigenes Koma-Zentrum dort.« Franziska biss die Zähne zusammen. Sie lief los und erwischte Doktor Bärenthal, als er gerade um die Ecke bog. Sie hielt ihn an seinem weißen Kittel fest. Dann wartete sie, bis zwei neugierige Besucher an ihnen vorbeigelaufen waren.

»Setzt du solche Lügen in die Welt? In Magdeburg gibt es kein Koma-Zentrum!« Sie ging näher an ihn heran. »Du hast veranlasst, dass Karl März auf Station 6 verlegt wird.«

»Es gibt bei ihm keine Fortschritte. Das sind die Regeln.« Er ging ins Zimmer von Melodys Vater und checkte ein letztes Mal seine Vitalzeichen. In Franziska stieg Wut hoch.

»Warum sprichst du nicht mit mir darüber? Er ist mein Patient!«

»Dann willst du sicher das Beste für ihn.«

Er schob das Bett aus dem Zimmer und über den Krankenhausflur. Die Gänge waren jetzt leer und keine neugierigen Blicke folgten ihnen. Dann stand er endlich vor dem abgesperrten Fahrstuhl, doch Franziska trat ihm in den Weg.

»Wir alle schweben in Gefahr! Wieso hast du dein Wissen die ganze Zeit für dich behalten? Wie konntest du das tun? Ich hab ein Kind, das nicht auf mich hört! Wer weiß, was sie − «

»Mach dir keine Sorgen! Die Wahrscheinlichkeit, dass ihr etwas passiert, ist gering.«

Franziska lachte kurz auf. »Komm mir nicht mit Wahrscheinlichkeit! Wie wahrscheinlich ist es, dass unter unseren Füßen Monster leben?!«

Doktor Bärenthal spürte Franziskas stechenden Blick, er streckte den Arm an ihr vorbei und drückte den Knopf, um den Fahrstuhl zu rufen. Franziska griff nach seiner Hand, doch der Fahrstuhl setzte sich schon ächzend in Bewegung.

»Warum hat niemand den Menschen in der Stadt die Wahrheit gesagt?«

Er fixierte sie mit seinem Blick. »Wenn du könntest, wärst du doch auch lieber wieder ahnungslos, wie alle anderen Schäfchen.«

Die Fahrstuhltür öffnete sich und Doktor Bärenthal schob das Bett mit Karl März in die schmale Kabine. Franziska stieg mit ein.

»Wir müssen was tun!«

Die Tür des Fahrstuhls schloss sich, doch im letzten Moment schob sich eine Hand dazwischen. Der Sensor des Fahrstuhls reagierte und die Tür öffnete sich wieder.

»Melody?« Franziska schaute in die Augen des tiefbesorgten Mädchens.

»Das ist mein Papa. Und wohin er geht, gehe ich mit.«

»Melody, das ist total lieb, aber ...«

Melody blockierte die Tür mit entschlossenem Blick.

»Bitte geh nach Hause. Du kannst nichts tun.«

Melody hob den Instrumentenkoffer hoch, den sie in der Hand trug. Mit ihrem Fuß hielt sie die Fahrstuhltür offen. Dann öffnete sie den Koffer und entpackte die gläserne Trompete.

»Wer mich nicht ernst nimmt, wird es bereuen.«

Franziska schaute ungläubig auf das Instrument.

»Was … ist das?«

Das fahle Licht des Fahrstuhls spiegelte sich in der durchsichtigen Trompete.

»Das hier wird dafür sorgen, dass Frieden in Quedlinburg einkehrt. Dass Menschen nicht mehr leiden und dass Freunde wieder Freunde werden. Pax in Aeternum.«

Um ihrer Aussage Nachdruck zu verleihen, setzte Melody die Trompete an ihre Lippen und spielte. Ein Vibrieren fuhr allen durch die Glieder.

Elly hielt den Schlüssel zu Hellborns Wohnung in der Hand, da erfasste sie ein Krampf. Ihre schwarzen Adern flammten bis weit über die Schultern und ein stechender Schmerz riss sie zu Boden.

Für einen Moment sah sie eine Gestalt vor sich. Eine lange Gestalt mit grauen Händen, die beinahe aussahen, als wären sie aus Holz.

»Wer bist'n du?« Elly hörte ihre eigene Stimme im Kopf, doch sie klang merkwürdig verzerrt, als ob sie die Stimme eines kleinen Kindes hätte.

Die Gestalt hielt ihr etwas entgegen, doch alles war unscharf und Elly konnte nicht erkennen, was es war.

»Was uns trennt, ist nicht so wichtig wie das, was uns verbindet.«

Jetzt reichte die Kreatur ihr auch die andere Hand. Aber was lag in ihr? Was war es? Elly versuchte sich trotz des Anfalls zu konzentrieren, aber sie sah nur zwei runde Kugeln in den grauen Händen. Elly spürte, wie sie die eigenen Finger nach der Kreatur ausstreckte …

»Ich soll aussuchen?« Die Kreatur summte und nickte unendlich langsam. Weil Elly nicht sofort zugriff, streckte sie ihr die Hände näher und näher. Dann verschwand das Bild in einem schmerzhaften Licht.

Elly taumelte die Straße entlang, stolpernd, rennend und beinahe blind. Mit einer Hand hielt sie sich an einer Hausfassade fest und hangelte sich dort entlang, bis sie zu einer großen Tür kam. Unscharf sah sie Lederhosen-Boy und Schatten auf sich zurennen, dann spürte sie eine kleine Hand auf der Schulter.

»Schatt…en …« Schatten und Lederhosen-Boy halfen ihr beim Gehen und Elly drängte sie, das dunkle Gebäude zu betreten. Nur weg, irgendwohin, wo sie sicher war.

Es handelte sich um die Stadtbibliothek. Viele Treppenstufen tiefer hatten sie ihre großen Räume erreicht. Hier war es leise, dunkel und einsam. Die hohen, dunkelbraunen Holzregale gingen bis zur Decke und waren zum Bersten mit Büchern gefüllt. In den Ecken standen Tische mit kleinen grünen Lampen, doch niemand war hier. Nur eine alte Dame sortierte ein paar Bücher in ein Regal.

Schatten eilte zum Wasserspender und holte einen Pappbecher voll mit kaltem Wasser. Elly griff den Becher mit zittrigen Händen und trank, als wäre sie drei Tage durch die Wüste gegangen. Es dauerte, bis sie wieder klar denken konnte. Schatten schrieb etwas auf einen Zettel:
Auf dich muss man ständig aufpassen!

Elly rang sich ein augenrollendes Lächeln ab.

Lederhosen-Boy verschränkte die Arme. »Sie hat ganz recht! Auf dich muss man wirklich ein Auge haben!« Aus seiner Hosentasche schauten zwei schwarze Beine vom Mistvieh heraus, Lederhosen-Boy schob die Beine zurück. Doch Elly hatte es gesehen.

»Hat es schon irgendwas angestellt?«

»Ich glaube nicht, aber im Wohnheim klagen gerade einige Leute über Mückenstiche. Meinst du, es kann stechen?«

Elly zuckte mit den Schultern.

»Solange es uns in Ruhe lässt.«

Ihr Blick wanderte jetzt über die Türme von Büchern. Auf einmal hörte sie etwas und folgte einer ihr vertrauten Stimme. Mit jedem Schritt wurde die Stimme etwas deutlicher.

»Hm … das ist interessant. Haben Sie denn noch ein Buch über Posaunen aus dem Frühbarock?«

Elly schaute um die Ecke und entdeckte ihren Vater. Sie dachte sofort an den Stapel mit staubigen Büchern auf dem Frühstückstisch. Der Bibliothekar führte Holger in Richtung der modernen Bücher.

»Wir haben da eine sehr schöne Publikation vom letzten Jahr.«

»Gut, aber mich interessieren eher ganz frühe Exemplare. Was sind denn so die ältesten Bücher, die Sie hier führen?«

Der Bibliothekar blickte kurz in Richtung einer unscheinbaren Tür, die in einen Extraraum führte, doch dann deutete er auf ein Regal mit wesentlich neueren Büchern. Holger überlegte, dann nickte er freundlich und ging mit dem Bibliothekar zum Regal, auf das er gewiesen hatte.

»Da schaue ich gerne mal durch. Können Sie mir noch was im Computer raussuchen? Hier ist die Nummer.«

Er schrieb eine Nummer auf einen Zettel und reicht ihn an den Bibliothekar weiter. Der nahm das Papier und tappte etwas lustlos in Richtung seines Büros.

Elly beobachtete aus ihrer Deckung heraus, wie ihr Vater darauf

wartete, dass der ältere Herr verschwunden war. Dann lief er schnurstracks auf die unscheinbare Tür zu. Dahinter mussten sich die älteren Bücher befinden. Doch die Tür war verschlossen. Frustriert rüttelte Holger an der Klinke und versuchte es noch mal mit Kraft, vielleicht ließ sie sich doch irgendwie öffnen. Plötzlich sah er eine Hand mit einem alten, zerkratzten Schlüssel neben sich auftauchen.

»Elly?!«

Die machte kurzen Prozess mit dem Schloss und klemmte den Schlüssel von Hellborn zwischen Tür und Rahmen. Mit einem leisen Knacken ging die Tür auf. Hinter Ellys Rücken schaute Schatten hervor.

»Elly ... Chantal ... und ... wie heißt du eigentlich?«

»P-Paul ... aber ich glaube, hier nennt mich keiner so.«

»Was macht ihr hier?« Holger schaute Elly fragend an, die konterte sofort.

»Ist heute nicht das Treffen vom Trachtenverein? Das hast du noch nie geschwänzt! Oder hast du plötzlich kapiert, wie Kacke der Club ist?«

Holger schüttelte beleidigt den Kopf und bemerkte, wie bepackt die drei waren.

»Wieso habt ihr eigentlich alle eure Instrumente dabei?«

»Ist es verboten, mit Instrumenten rumzulaufen?«

»Ist es verboten, dass ich frage, Schatz?«

»Nein, aber es ist ganz sicher verboten, Bibliothekare zu verarschen.« Elly deutete in Richtung des Büros des Bibliothekars. Holger machte ein zerknirschtes Gesicht und strich Elly eine schwarze Haarsträhne aus der Stirn.

»Du bist etwas blass … hast du überhaupt gefrühstückt?«

»Wollen wir jetzt wirklich übers Frühstück reden?« Elly fixierte ihren Vater streng. »Also los, wonach suchst du?«

Holger überlegte und dachte über Ausreden nach.

»Mal ehrlich, euer Lehrer ist verschwunden und niemanden interessiert es! Was ist los mit den Menschen? Wie kann jemand, der so liebenswürdig ist, einfach vom Erdboden verschwinden und niemand weint ihm eine Träne nach?«

Elly schaute ihrem Vater in die Augen.

»Du hast ihn kennengelernt?«

Holger schluckte und Elly lächelte.

»Du hast recht, irgendwas stimmt mit seinem Verschwinden nicht. Und alle halten dicht.«

Elly dachte nach. Sollte sie ihrem Vater erzählen, was sie wusste? Von dem Gemälde im Rathaus, das die Unterwelt zeigte? Ehe Elly ihren Gedanken beenden konnte, öffnete Holger vorsichtig die aufgebrochene Tür. Lederhosen-Boy schaute sich um, ob sie jemand betrachtete, während Schatten immer noch sorgenvoll Elly beobachtete, deren Gesicht immer noch so blass war. Holger hingegen war jetzt voller Tatendrang.

»Mir ist aufgefallen, dass alle Bücher zur Stadtgeschichte neue Bücher sind.« Die Tür öffnete sich leise knarzend. »Aber trichtert man euch in der Schule nicht ständig ein, wie alt und geschichtsträchtig unsere Stadt ist? Wie altehrwürdig die Häuser sind und wie lang unsere Traditionen schon existieren? ›Pax in Aeternum‹ ist Latein, das wird seit Hunderten von Jahren kaum mehr benutzt. Wo ist das, was die Menschen früher über ihre Stadt geschrieben haben?«

Elly hatte bereits die Hand an der aufgebrochenen Tür. »Wir werden es rausfinden.«

Holger warf einen kurzen Blick zurück und sah durch einen Winkel den Bibliothekar in seinem Büro sitzen. Er suchte nach dem Buch mit der Nummer, die Holger ihm gegeben hatte. Sie war natürlich falsch, aber Holger hoffte, dass sein Ehrgeiz, das Buch dennoch zu finden, ihn lange genug an den Computer fesseln würde.

Elly tippte auf einen altertümlichen Lichtschalter an der Wand und eine winzige Lampe, in deren Schirm Dutzende toter Insekten lagen, tauchte den Raum in schummeriges Licht.

Melody hielt die Hand ihres Vaters, als Franziska ihn auf dem Krankenbett aus dem Fahrstuhl schob. Mit großen Augen sah sie zum ersten Mal den Rosensaal, Station 6.

»Hast du davon gewusst, Melody?«

Sie nickte langsam.

»Ich war mir nur nicht sicher, was Legende ist und was Wahrheit.« Franziska schaute mit bösem Blick zu Doktor Bärenthal.

»Da bist du nicht die Einzige, meine Liebe.« Der junge Doktor lachte auf. »Ich glaube, in unserer Stadt sollte man auf der Hut sein, denn jedes Gerücht könnte näher an der Wahrheit sein, als einem lieb ist.«

Franziska rollte Karl März auf einen Platz neben einem anderen Patienten, der viele bunte Armbänder trug. Dann gab sie Doktor Bärenthal ein Zeichen. Er verstand es nicht und Franziska war genervt.

»Geh jetzt und lass uns alleine.« Er verschwand widerwillig ins La-

bor. Franziska schob Melody einen Stuhl hin und setzte sich ihr gegenüber. Obwohl sie allein waren, hatte sie das Gefühl, flüstern zu müssen.

»Hör zu. Ich hab vielleicht eine Möglichkeit gefunden.«

»E-eine Möglichkeit?«

»Wie ich deinen Vater wieder aufwecken kann.«

Melody griff vor Aufregung nach Franziskas Händen. Franziska schüttelte den Kopf, um ihr nicht zu viel Hoffnung zu machen.

»Weißt du, ich habe die exakte Mischung nicht testen können. Alfredo, der ebenfalls von einer Kreatur angegriffen wurde, hat es geschafft. Es geht ihm gut. Aber der Angriff war erst kurz zuvor passiert.«

Melody schaute Franziska erwartungsvoll an.

»Ich habe Angst, dass es dein Papa nicht überlebt …«

Melodys Gesicht verfinsterte sich. »Aber …«

»Dein Vater war ein gesunder und fitter Mann, als er angegriffen wurde. Seine Chancen, wieder zu erwachen, stehen nicht schlecht. Auch ohne das Medikament.«

»Warum ist er dann auf dieser Station?«

Franziska senkte den Kopf.

»Ich weiß … Es war nicht meine Entscheidung.« Sie fuhr sich mit der Hand durch die Haare.

»Es tut mir leid. Alles auf dieser Station wirkt so … final.«

Melody legte ihre Hand auf Franziskas Arm und unterbrach ihre trüben Gedanken.

»Wenn du der Meinung bist, dass es zu riskant für meinen Vater ist, dann gehen wir kein Risiko ein. Er wird es schaffen.«

Franziska drückte Melodys Hand.

»Ich werde alles dafür tun.«

Melody nahm ihren Trompetenkoffer. »Und ich werde dafür sorgen, dass niemand mehr so sehr leiden muss.«

Sie stieg in den Fahrstuhl. Franziska sah, wie sich die Tür schloss und sich der Fahrstuhl in Bewegung setzte. Für den Bruchteil einer Sekunde ertappte sich Franziska bei dem Gedanken, wie ein Leben mit Melody als Tochter wäre. Schnell wischte sie diesen grausamen Gedanken fort.

Da hörte Franziska Schritte hinter sich.

»So, so ... du hast also ein Mittel gefunden.«

Franziska drehte sich zu Doktor Bärenthal um und ballte ihre Hände zu Fäusten.

»Frau Doktor Wollmüller, das ist doch aber eine gute Nachricht.« Er kam mit einem beunruhigend neutralen Gesichtsausdruck auf sie zu.

Der schummrige Bibliotheksraum empfing die vier mit einem muffigen Geruch von alternden Büchern, uraltem Klebstoff und Leder. Alte Geschichten rochen also nicht immer nach prickelndem Abenteuer.

Elly ging ehrfürchtig an den dicken, bröckeligen Büchern vorbei. Je älter sie wurden, desto mehr waren sie im Begriff zu zerfallen. Manche hatten kaum mehr einen richtigen Einband, er hatte sich über die Zeit einfach aufgelöst.

Vorsichtig blätterten die drei durch einige der Bücher. Die Schrift

war in Fraktur und Sütterlin, alte, schwer lesbare Schriften, die lange nicht mehr benutzt wurden. Vor allem die Sütterlin-Schrift wirkte auf Elly wie eine obskure Geheimsprache, die teilweise vertraut wirkte und sich ihr dann doch wieder entzog. Holger konnte all das gerade noch entziffern, Elly gab sich da keine Mühe, auch wenn die Namen ihrer Lieblings-Metal-Bands oft in altertümlichen Fraktur-Schriften geschrieben waren.

In einer kleinen Nische stand ein deckenhohes Regal mit alten Pergamentrollen. Die großen Papiere zeigten Quedlinburg in seinen frühen Jahren. Immerhin war hier vieles auf Latein geschrieben. Schatten kramte durch die Rollen, aber nichts erschien ihr wichtig.

Holger wurde nervös. »Wir haben nicht viel Zeit, gleich wird der Bibliothekar zurückkommen.«

Lederhosen-Boy schluckte und durchsuchte die Regale.

»Bin ich nicht eigentlich zum Musizieren hergekommen?«

»Wenn der Bibliothekar sieht, dass das Schloss aufgebrochen wurde, werden sie den Raum besser sichern. Noch mal werden wir hier nicht so leicht reinkommen.« Lederhosen-Boy fühlte sich nach wie vor nicht wohl in seiner Haut als Einbrecher.

»Würden sie hier überhaupt etwas lagern, wenn es so wahnsinnig geheim wäre?«

Schatten hörte, wie sich Schritte näherten, und gab den anderen ein Zeichen.

Elly zeigte auf ein hinteres Regal, das Lücken aufwies, anders als die anderen Regale. Sie flüsterte: »Vielleicht haben sie hier Bücher rausgenommen?«

»Aber wo sind diese Bücher gelandet?«

Die Schritte waren nun ganz nah, der Bibliothekar kam auf das Regal zu, an dem er Holger vermutete. Schnell rannten die drei aus dem Raum. Im letzten Moment sah Schatten etwas aus den Augenwinkeln. Sie hielt Elly am Arm fest und deutete darauf. Tatsächlich! Hinter dem halbleeren Regal lag eine Rolle, die zwischen Wand und Regal eingequetscht war. Schatten griff mit ihrem Arm in den Spalt und zog das Pergament hervor. Im selben Moment riss Elly Schatten mit sich und sie entkamen dem Bibliothekar knapp. Holger stellte sich ihm in den Weg und ermöglichte den anderen die Flucht. Der Bibliothekar sah sofort, dass etwas an der Tür nicht stimmte, und wurde knallrot vor Zorn im Gesicht. Doch Schatten, Lederhosen-Boy und Elly stürmten die Treppe hoch, noch ehe sie sein Gebrüll hören konnten.

Nana ging durch die leere Küche ihres Hauses. Geschirr stapelte sich in allen Ecken und der Müll quoll fast über. Frustriert packte Nana den Geschirrspüler voll, sie hatte ihre ganz eigene Technik, die möglichst wenig Aufwand verlangte, ihre Mutter aber oft wahnsinnig machte. Dabei war Chaos doch nichts Schlechtes. Nana schaute zum Foto ihres Onkels an der Wand. Er hätte Nana sofort verstanden. Nanas Vater war schon früh am Morgen zum Treffen des Trachtenvereins gegangen und hatte keine Zeit gehabt, mit ihr zu frühstücken. Wann ihre Mutter aufgestanden war, wusste Nana nicht. Und obwohl die Mutter ihr eingetrichtert hatte, sie nicht in ihrer Werkstatt zu stören, öffnete Nana leise die Tür und fand ihre Mutter schlafend vor, umgeben von unfertigen Glasobjekten. Es waren jene Glasblumen und Vögel, die ihre Mutter doch so liebte. Wann hatte sie eigentlich zuletzt eines von ihren Stücken fertiggestellt? Wo war ihr Ehrgeiz hin und die Liebe zu ihrer Arbeit? Und würde die langersehnte Ausstellung überhaupt stattfinden?

Vor Tanisha, die erschöpft eingeschlafen war, stand eine große schwarze Holzkiste. Nana hatte kein gutes Gefühl dabei, dennoch hob sie behutsam den Deckel der Kiste. Darin befanden sich lauter gläserne Stücke, die offenbar zu einer Trompete gehörten. Und ein Konstruktionsplan, der mit »Karl März« unterschrieben war. Nana zog das Papier heraus und es dämmerte ihr langsam. Wenn es eine schwarze Trompete gab, die über das Schicksal von Quedlinburg entscheiden konnte, dann musste es auch eine weiße geben. Oder eine gläserne …

Lucki saß auf einer steinernen Bank vor der Kirche. Um ihn herum blühten die Rosen und er konnte weit über die Stadt blicken. Der Bürgermeister hatte Lucki hier abgesetzt und ihm gesagt, er solle warten. Doch das war nun über eine Stunde her. Unruhig sah er auf seine Uhr. Bald würden sie sich treffen und die Noten spielen. Ein Unbehagen stieg in ihm auf. Er lief ein paar Schritte und schob die schwere Kirchentür auf, in die das markante Logo der Stadt geprägt war. Dann stand er etwas ehrfürchtig in der Kirchenhalle. Kirchen waren echt nicht sein Ding, da hatte er etwas mit Elly gemeinsam. Lucki hörte am anderen Ende des Saals die Stimme seines Vaters, die Stimmen der Instrumentenbauer und noch einiger anderer Leute. Sie sprachen leise, aber mit großer Anspannung. Im Büro der Kirchenverwaltung, das nahe am Eingang lag, entdeckte Lucki eine Kiste mit Cola. Er schlich sich in den leeren Raum, stibitzte eine Flasche und trank sie halb leer. Dabei fiel sein Blick auf den Kopierer. Lucki legte eine Hand auf ihn und spürte, dass er noch ganz warm war.

Er hob die Abdeckung hoch und fischte ein Blatt heraus. Es zeigte eine Art Zeitlinie, schnell legte Lucki das Blatt wieder in den Kopierer zurück und drückte den großen grünen Knopf. Summend spuckte das Gerät eine Kopie aus. Lucki schnappte sich das Blatt und wollte aus der Kirche huschen, da entdeckte er eine merkwürdige schwarze Kiste, die auf dem Boden stand. In der Kiste lag ein weißes Gefäß. Es war aus Keramik und sehr schlicht. Keine Schnörkel, keine Verzierungen. Lucki schraubte den Deckel ab und sah, dass sich darin Asche befand. Er schluckte und ließ die Asche zwischen seinen Fingern durchrieseln. An dem weißen Gefäß hing ein Zettel mit einer Notiz: *Der erste Schritt ist getan.*

Als Herbert Zahl kurz darauf den Raum betrat, war er leer. Doch er sah, dass eine halb leer getrunkene Flasche Cola neben dem Getränkekasten stand. Er quetschte seinen Stressball knirschend in der gesunden Hand.

Elly und Schatten warteten auf Holger, der endlich aus der Bibliothek kam und ein bisschen blass um die Nase war. Er rieb sich mit einer Hand über den Nacken.

»Sie müssen klären, ob auch keins von den alten Büchern verschwunden ist oder beschädigt wurde. Sie wollen mich vielleicht verklagen …«

Elly knirschte mit den Zähnen. Das hatte ihr Vater nicht verdient.

»Du hast nichts mitgenommen.«

»Und was ist mit der Pergamentrolle?«

Elly schaute auf die Rolle, die Schatten wie einen Schatz in den Händen hielt.

»Wir werden sie zurückbringen. Heimlich.«

Elly führte die drei in eine der engsten Gassen der Stadt. Holger passte kaum hinein, so schmal war sie. Die Dächer der Häuser warfen finstere Schatten in die Gasse und Elly war sich sicher, dass sie zumindest für eine Weile von niemandem gestört werden würden. Lederhosen-Boy zog seine Weste enger.

»Wieso wird man hier immer von einem finsteren Ort zum nächsten geschleust? Bei Gott, wer baut so enge Gassen?« Elly ignorierte sein Jammern und konzentrierte sich auf ihren Fund.

»Wehe, auf der Rolle steht nur die Pferdemist-Verordnung von 1609.«

Holger schüttelte den Kopf. »Die Rolle sieht älter aus.«

Schatten entfaltete sie, aber es war zu dunkel, um alles zu erkennen. Elly sah, dass die Rolle voller Löcher war, aber es waren keine Löcher, die durch Beschädigung entstanden waren. Sie hielt das Pergament hoch und der Sonnenstrahl, der in die Gasse drang, beleuchtete es von hinten. Am Gemäuer vor ihnen erschien ein Bild wie ein Schattenspiel. Schatten drehte es ein wenig nach links und dann wurde das Bild klarer. Es zeigte eine Menschenmenge mit Fackeln und alten Instrumenten. Die Menschen richteten ihre Instrumente auf eine andere Gruppe von Menschen. Doch nein, Menschen konnten das nicht sein, manche hatten Hörner, andere Tentakel, einige waren riesig, andere winzig. Doch eins hatten sie gemeinsam: Sie schauten aus angsterfüllten Augen auf die Menschen. Das Bild flackerte ein wenig, denn Schatten konnte ihre Hände kaum stillhalten. Durch das Flackern sah es aus, als ob die Menschen die Fackeln drohend hin und her bewegten. Unten auf dem Bild war ein Eingang in den Boden zu sehen: der Weg in die Unterwelt mit ihren Höhlen.

Schatten krallte sich an Ellys Rock fest, die flüsterte gedankenverloren: »Es ... es sind so viele ...«

Lederhosen-Boy holte zittrig Luft. »Heilige Mutter Gottes, ich ... ich dachte, es wäre nur eine Handvoll. Aber das sind ja vielleicht Hunderte ...? Tausende ...?!«

Holger blickte auf das Bild und seine Gedanken rasten.

»Sie haben diese Wesen nach unten verbannt.« Seine Augen wanderten Richtung Boden. Dort, wo das Kopfsteinpflaster Quedlinburg wie eine harte Schale bedeckte. »Sind sie dort noch immer? Sind sie nicht gestorben?« Holgers Stimme war brüchig und durch Lederhosen-Boy fuhr ein Schaudern. Ellys Blick fiel auf zwei kleine Symbole am Ende der Rolle. Es waren zwei Wappen. Und der böse Verdacht, der Elly im Nacken gesessen hatte, sprang ihr nun mitten ins Gesicht. Denn das erste Symbol zeigte das Händeschütteln zwischen Menschenhand und Tentakel. Darunter endlich der lesbare Spruch: *Sol lucet omnibus*. Das zweite Symbol war das typische Q mit der Trompete darin, etwas krumm und schief war es und nicht so ausgereift doch mit dem gleichen Spruch, wie immer. Ellys Blick wanderte zum ersten Wappen und sie fragte ihren Vater: »Was heißt *Sol lucet omnibus?*« Holger runzelte die Stirn und kramte in seinem verstaubten Lateinwissen.

»... die Sonne ... scheint für ... alle.«

Ohne Vorankündigung wickelte Elly die Rolle wieder ein.

»Jetzt bin ich mir sicher: Sie haben damals einfach die Regeln geändert. Sie haben ihr Wort gebrochen! Die Menschen haben sich gegen die Wesen verschworen und sie aus unserer Welt vertrieben. Ehe die Kreaturen wussten, was passiert, war es zu spät.« Elly nahm Schatten an der Hand und rannte los. Lederhosen-Boy stolperte ihnen hinterher. Holger rief ihnen nach: »Elly! Wo willst du hin? Erklär mir, was los ist!« Doch in Holgers Kopf ratterte noch eine andere Frage: Hing dieses unfassbare Geheimnis mit Hellborns Verschwinden zusammen? Konnte er nicht zurück, weil der Weg nach oben versperrt war? Doch Elly hatte keine Zeit für irgendwelche Gedankengänge und Fragen ihres Vaters.

Atemlos kamen die drei bei den alten Gewächshäusern an. Fast im selben Moment trafen Nana und Lucki ein. Sie alle hatte es auf kürzestem Wege zum Geheimversteck geführt. Niemand hielt es aus, die unglaublichen Erkenntnisse für sich zu behalten.

Lucki streckte den anderen das Papier entgegen, das er aus der Kirche mitgenommen hatte. Es war der kopierte Zeitstrahl. Lucki rang nach Worten und bemühte sich, deutlich zu sprechen.

»… es begann vor tausend Jahren!« Er zeigte auf den ersten Punkt auf dem Zeitstrahl. Danach folgten viele, viele Jahre, in denen keinerlei Ereignisse eingetragen waren. Erst viel weiter hinten, vor etwa 30 Jahren, war ein schwarzer Kreis. Danach markierten lauter Punkte die Angriffe von Kreaturen. Jeder Angriff trug den Namen eines Einwohners von Quedlinburg. Einige kannte Elly, manche waren schon zu lange her. Nana starrte auf die Liste und erkannte einen Namen.

»O-Onkel Amos …« Sie hielt sich geschockt die Hand vor den Mund und ihre Gedanken rasten.

»Sind all diese Menschen von Kreaturen attackiert worden? Warum weiß niemand etwas davon?«

Lucki flüsterte atemlos: »Man nennt die Wesen *Schattenschläfer*.«

Ganz am Ende des Zeitstrahls waren die Angriffe auf Karl März und Alfredo eingezeichnet. Elly entrollte nun das Pergament und zeigte den anderen, wie die Kreaturen mit alten Blasinstrumenten in die Unterwelt getrieben wurden. Auch ihre Stimme war jetzt leise und dünn.

»Seht ihr das erste Wappen? *Sol lucet omnibus: Die Sonne scheint für alle.* Die Kreaturen waren einmal Teil unserer Welt. Sie durften die Sonne sehen und alle haben zusammengehalten.« Die Blicke waren auf das Wappen gerichtet, als Elly mit dem Finger über das Bild mit dem geheimnisvollen Handschlag strich. »Doch dann … war es aus irgendeinem Grund vorbei und die Schattenschläfer werden unter der Stadt gefangen gehalten. Und es wird dafür gesorgt, dass nichts an diese Zeit erinnert.«

Alle schauten sich an, nicht fähig, Worte zu finden. Lucki griff in seine Tasche und holte eine Handvoll Asche heraus. Er ließ sie vor den anderen auf den Boden rieseln. Der Wind blies das meiste sofort davon.

»… die Kreaturen sterben.«

Nana stand der Schock noch immer ins Gesicht geschrieben. »Die Waffe, die sie tötet, hat Melodys Vater erfunden. Meine Mutter hat sie aus Glas erschaffen.«

Die anderen schauten sie ungläubig an.

»Versteht ihr? Eine Trompete aus Glas.« Sie zog ein Glasstück aus ihrer Tasche. »Und irgendjemand kann sie spielen.«

Elly sah sofort vor ihrem geistigen Auge Melodys zweiten, merkwürdigen Trompetenkoffer.

»Melody. Melody hat die Trompete.«

Lederhosen-Boy schaute sie mit großen Augen an. »Bist du sicher?«
Elly biss sich auf die Unterlippe. »Ich habe mich gefragt, warum sie plötzlich zwei Trompeten besitzt ... Wo ihr die erste doch so heilig war.«

Nana ließ sich auf einen alten Gartenstuhl sinken und stützte ihren Kopf auf die Hände. Elly verstand sofort, was mit ihr los war, und holte trotz ihres trommelnden Herzens tief Luft, um ruhig zu fragen, was sie jetzt fragen musste: »Nana ... bist du noch dabei?«

Es herrschte Schweigen. »Ich ... ich verstehe, wenn du es nicht bist. Ich kann nicht sagen, was passieren wird, aber ich weiß, dass unter der Stadt abgrundtiefe Traurigkeit herrscht. Sie sehen den Tod näher kommen und sie wissen sich nicht anders zu helfen. Wer stirbt schon gern freiwillig?!«

Nanas Tränen tropften leise auf den Boden. Die kleine Spinnenkreatur kam aus ihrem Versteck und fing mit ihren schwarzen Beinen ein paar Tränen auf. Nana lächelte schwach und schnipste die Kreatur mit dem Finger an.

»Oh Mann, Elly ... wärst du doch mit dem Bus weggefahren, ganz weit weg. Irgendwohin, wo Heavy Metal und Kunstblut heilig sind. Dann wäre ...«

»Dann wäre dir der Stress erspart geblieben?«

Nana nickte. Dann wischte sie sich die Tränen am Shirt ab und stand auf.

»Aber für gemütlich in der Sonne chillen ist es zu spät, oder?«

Elly zog Hellborns Notenheft aus ihrer Tasche. »In der Nacht, als Hellborn verschwand, wollte er uns etwas sagen. Aber dazu kam es nicht. Hinterlassen hat er nur dieses Heft. Es sind *seine* Noten, er hat sich etwas dabei gedacht. Wenn er zurückkehren könnte, würden wir erfahren, was los ist. Ich bin sicher: Das hier ist der Schlüssel.« Elly und Nana schauten sich für einen Moment an, um herauszufinden, ob sie noch an einem Strang zogen. Ob es weitergehen konnte. Dann blätterte Elly das Heft auf, nahm die schwarze Trompete und setzte sie an die Lippen. Sie spielte die erste Note.

»Noch könnt ihr gehen.«

Schatten griff sich ihre Posaune und spielte die letzte Note im Heft mit Elly zusammen.

Dann griff Lucki nach seiner Tuba und spielte mit. Dann griff auch Paul endlich mit zittrigen Fingern nach seinem Flügelhorn. Er schaute ins Heft und spielte die Noten. Zusammen spielten sie sie immer wieder und wieder.

Doch es erschienen keine neuen Noten im Heft.

»Es passiert nichts …«

»Wir sind noch nicht komplett …«

Nana griff ihre Drumsticks und zerrte eine rostige Regentonne heran. Jetzt bekam die monotone Musik einen Beat. In dem Moment, als sie in absoluter Einheit spielten, erschienen wie von Geisterhand die nächsten Noten in der Komposition.

»Was, wenn nicht Hellborn kommt, sondern … etwas anderes?«

Lederhosen-Boys Stimme war leise und ängstlich.

Sie wiederholten die Komposition zweimal, so wie es das Wiederholungszeichen vorsah.

Dann fuhr ein leises Raunen durch die Bäume und Büsche. Die wilden Sonnenblumen, die sich aus den Rissen im Asphalt nach oben drängten, wiegten sich hin und her. Die Plastiktüten, mit denen Elly

Löcher im Gewächshaus bedeckt hatte, raschelten. Elly fühlte den Wind durch ihre schwarzen Haare wehen. Sie strich sich die weiße Strähne hinter das Ohr zurück.

»Spürt ihr das?«

Ein Vibrieren ging durch den Boden. Oder war es nur in ihren Körpern? Sie setzten ihre Instrumente ab und lauschten nach etwas, das vielleicht gar nicht zu hören war.

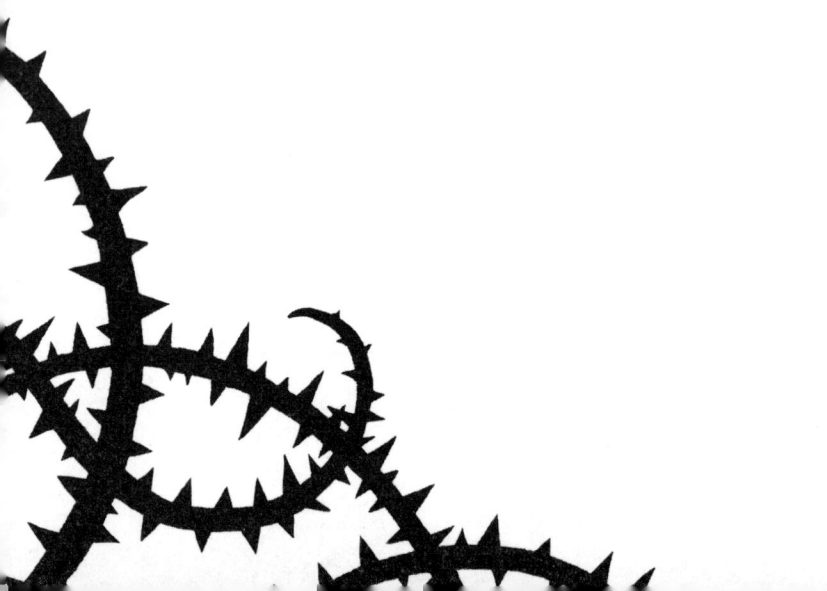

Ewig hatte Hellborn gebraucht, um mit seinen schwindenden Kräften die kurze Strecke zu Weißbeins Bett zurückzulegen. Auf allen vieren war er Zentimeter für Zentimeter vorwärtsgekommen. Immer wieder hatte die Musik der Menschen von oben ihn eingeschläfert. Es war Wochenende und viele Blasmusik-Kapellen trafen sich zu Extraproben. Auf dem kalten Boden hatte er in einem traumlosen Schlaf gelegen und doch immer einen Funken Hoffnung bewahrt, dass er den Rest des Wegs schaffen würde. Um sich herum hörte er ein leises Weinen und es berührte ihn, dass noch jemand die Kraft hatte, Tränen zu vergießen. Ein langer pelziger Arm griff nach Hellborn und legte sich ihm tröstend auf die Schultern.

»Eine echte Freundin war sie. Ein echter Freund bist du. Oh, Hellborn, geht es zu Ende?«

Hellborn griff mit einer Hand nach Weißbeins Bett. Unendlich vorsichtig strich er den Staub zusammen, der tausend Jahre lang seine Nachbarin gewesen war.

Eine wispernde Stimme fragte ihn: »Warum machsssst du dir die

Mühe?« Eine tiefe Stimme von weiter hinten aus der Höhle fragte: »Siehst du die kleinen Energiesammler, die in den Ritzen sitzen?« Hellborn drehte seinen Kopf und blickte zu den Kreaturen, die in den Lücken der dunklen Höhle saßen und leise vor sich hin zischten.

»Von wegen Energiesammler … alles Ungeziefer! Als Weißbein mit dem Leben rang, gaben sie ihr nichts. Behielten die Energie für sich, wie lästige Mücken!« Jede der kleinen Kreaturen hatte eine eigene Form und jede hatte einzigartige Beine, manche hatten zwei, andere zehn. Scheu verschwanden sie wieder und verbargen sich vor Hellborns Blicken.

Hellborn hielt seine Hand schützend über den kleinen Staubberg auf dem Laken.

»Mit etwas Glück entsteht aus dem Staub etwas Neues.«

In dem Moment spürte er ein Dröhnen, und zwar keines, das normale Musik auslöste. Nein, dieses Dröhnen gehörte zur schwarzen Trompete. Hellborn legte die Hand auf den feuchten Boden. Er konnte fühlen, wie plötzlich Schritte durch die Höhle gingen. Jemand war aufgewacht und verließ knackend die Höhle Richtung Ausgang.

Die Sonne stand hoch über den nackten Felsen, die aus dem Wald herausragten. Im tiefen Gestrüpp bahnte sich etwas den Weg durch die tiefhängenden Äste der Haselnusssträucher. Es stapfte durch das feuchte Moos und flüsterte vor sich hin: »Horch, was kommt von draußen rein …«

Ein seltsames, hölzernes Knacken begleitete seinen Weg. Sein Körper bestand aus Holz und Metall, seine Schultern waren breit, die Arme dick und die Beine kräftig. Zwei Schrauben umrahmten einen

Mund, hinter dem sich spitze hölzerne Zähne verbargen. Die Hände hatte es ineinander verschränkt und mit jedem Schritt, den es näher auf die Stadt zuging, knackte es.

Lucki bekam eine Gänsehaut, als er den Luftzug spürte. Er rieb sich mit den Händen seine fröstelnden Schultern. Diese Gänsehaut spürte er sonst nur nachts in seinen Albträumen.

»Ich … ich glaube nicht, dass das Herr Hellborn ist, den wir gerufen haben …«

Elly geriet in Panik. »Das kann nicht sein! Haben wir etwas falsch gemacht? Wir haben doch seine Noten gespielt!« In ihrem Kopf breitete sich ein Schwindelgefühl aus und sie spürte das Echo der schwarzen Adern auf ihrer Haut, obwohl sie nicht ausschlugen.

Nana biss sich auf der Unterlippe herum. »Und wenn es wieder eine Moorgestalt ist? Vielleicht eine viel mächtigere?«

Schatten schaute unruhig zwischen ihren Freunden hin und her. Sie kletterte eine der Birken hoch, die beim Gewächshaus standen. Oben angekommen, schaute sie zwischen den Ästen in Richtung des angrenzenden Parks. Der glich mit seinen hohen Bäumen beinahe einem Wald. Sie kniff ihre Augen zusammen, um besser in die Ferne zu spähen.

Tatsächlich! Im dichten Grün gab es Bewegung und Vögel flatterten aufgeregt aus den Baumkronen. Sie zog einen Zettel aus ihrer Tasche und kritzelte etwas in krakeligen Buchstaben. Dann ließ sie den Zettel zu den anderen runtersegeln: *Etwas kommt.*

Im lauen Wind saß Melody auf der Terrasse der Krankenhauskantine. Vor ihr stand ein Teller mit einem bunten Donut und ein Glas Zitronenlimonade. Ihren Trompetenkoffer hatte sie sicher zwischen ihre Füße geklemmt. Um sich herum saßen Patienten und Besucher verteilt, die meisten unterhielten sich, andere waren schweigsam und voller Sorge. Melody lauschte dem Klappern der Kuchengabeln und versuchte, ihren Blick in die Ferne zu richten. Sie dachte an ihren Vater und schaute auf den Trompetenkoffer zu ihren Füßen. Sie wusste, dass ihr Vater Pläne geschmiedet hatte, die Trompete zu verbessern. Ein neues Mundstück war der letzte Plan, von dem er gesprochen hatte, bevor … Doch seine Idee war so geheim, dass auch Melody nicht wusste, wo ihr Vater die Aufzeichnungen versteckt hielt. Vielleicht in einem geheimen Safe irgendwo in einer Bank? Melody dachte daran, dass ihr Vater so erfolgreich geworden war, weil er bessere Ideen hatte und sich niemals mit der einfachsten Lösung begnügte.

Vielleicht nahmen deshalb alle ein kompliziertes Versteck an und in Wahrheit war es das einfachste der Welt?

Melody trank die Limonade aus.

Lucki hob Schattens Zettel vom Boden auf. *Etwas kommt.* Der Wind frischte weiter auf und riss ihm den Zettel aus seinen Fingern.

Lederhosen-Boy strich sich durch seine vom stürmischen Wind

zerzausten Haare und schloss seinen Instrumentenkoffer mit sorgenvollem Gesicht.

»Das andere Monster hat sich im Wasser aufgelöst, vielleicht funktioniert es wieder so?«

Elly nickte und versuchte ihren Kopf frei zu bekommen.

»Wir sollten uns bewaffnen.«

Lucki zog Elly an der Hand.

»… ich weiß, wie!«

Er führte die Freunde zu den alten Abteigärten, die nicht weit entfernt lagen. Hinter moosbewachsenen Mauern waren hier Beete voller Blumen und Kräuter. Hinter einer unscheinbaren, grauen Abdeckung an einer Mauer befanden sich der Feuerwehranschluss und ein zehn Meter langer Schlauch in einem Kasten. Das Wasser, das hier herauskam, hatte einen unglaublichen Druck und konnte alles wegkatapultieren, was in den Weg kam.

»Woher weißt du, dass hier der Löschwasseranschluss ist?« Nana schnippte Lucki gegen die Schulter. Schuldbewusst zog der seine Kapuze enger und Nana wurde klar, warum.

»Oh no, du hast mal Praktikum bei der Feuerwehr gemacht, oder?«

Lucki nickte und Elly musste trotz all der Anspannung bei dem Gedanken losprusten.

»Unser kleiner Feuerteufel bei den Feuerwehr? Du hättest dafür gesorgt, dass sie mehr zu tun bekommen!«

»Hast du sonst noch Berufswünsche, von denen wir nichts wissen?« Lucki hustete und rollte den Schlauch aus, um den unangenehmen Fragen von Nana aus dem Weg zu gehen.

Schatten strich ihm tröstend auf die Schulter. Gemeinsam schlossen

sie den Schlauch an und Lucki hielt den Finger am Hahn. Schatten und Elly kletterten auf die Mauer und spähten in die Ferne. Schatten fixierte einen Punkt zwischen den Bäumen und Elly spürte, wie ein Zittern durch sie hindurchging. Elly nahm ihre Hand.

»Fragst du dich, ob ER kommen wird?« Sie deutete auf Schattens Mund. Schatten nickte zitternd.

»Wenn er kommt, dann holen wir uns zurück, was dir gehört. Und dann wird alles wieder gut.«

Schatten schaute zu Elly hoch.

In diesem Moment setzte das Wesen den ersten Fuß ins Freie. Obwohl es so schwer und klobig war, erzeugte es keine Vibration beim Laufen. Es war massig und hatte breite Schultern, sein Körper war wie von einer alten Ritterrüstung bedeckt, sie knirschte, wenn die Platten beim Gehen übereinanderrieben. Seine Augen waren weiß und standen eng beieinander und nun war auch klar, woher das Knacken kam: Es streckte seine Finger, formte sie dann zur Faust und knackte mit ihnen. Obwohl die Finger aus Metall waren, klang das Knacken wie Holz, das man brach.

Lederhosen-Boy hielt sich die Augen zu. Jetzt musste er das schreckliche Wesen zwar nicht mehr sehen, doch das hölzerne Knacken begleitete das Monster bei jedem Schritt. »Jesus, Maria und Josef, bitte dreh um!« Er spürte, wie selbst das Mistvieh aus seiner Tasche fliehen wollte. »Auf gar keinen Fall!« Er stopfte es zurück.

Gebannt starrten alle auf das Monster, das Schritt für Schritt näher kam und das sich vom Wind nicht stören ließ. Eine Weile herrschte angespanntes Schweigen und jeder von ihnen musste seine Angst im Zaum halten.

»Jetzt!« Elly sprang von der Mauer und rannte zu Lucki. Der drehte den Wasserhahn auf und Nana hielt den Schlauch wie eine Waffe auf das Monster gerichtet. Die Kreatur war jetzt nah genug und alle starrten in sein ausdrucksloses Metallgesicht und auf die hölzernen Zähne. Elly stellte sich hinter Nana und stemmte ihre Beine fest in den Boden. Mit einem Mal schoss das Wasser wie eine teuflische Kraft durch den Feuerwehrschlauch und die beiden hatten Mühe, sich auf den Füßen zu halten. Lederhosen-Boy löste sich aus seiner Schockstarre und kam den beiden zu Hilfe. Gemeinsam hielten sie den Schlauch und die Wasserfontäne rauschte aus dem Schlauch direkt dem Monster entgegen. Es machte keine Anstalten auszuweichen, denn Schnelligkeit war nicht seine Spezialität und sein schwerer Metallkörper verschwand hinter einer Wand aus schäumendem Wasser.

Elly schaute angespannt zu Nana. »Kannst du noch?!«

»Fuck yeah!« Sie gab alles, um den Schlauch gerade zu halten.

Quälende Sekunden vergingen.

»Es funktioniert, er kommt nicht weiter!!«

Da trat das Monster einfach einen weiteren Schritt nach vorne. Es streckte den Arm aus und lenkte den massiven Wasserstrahl von sich weg und zurück zu seinen Angreifern.

»Oh shit …«

Mit monotoner Stimme sagte die Kreatur: »Wasser wird den Fingerknacker nicht aufhalten.«

Ungerührt stapfte er tropfend nass weiter, die Metallplatten an seinem Körper glänzten jetzt und knirschten beim Gehen noch lauter.

Schatten stellte sich ihm todesmutig entgegen.

»Schatten!« Elly rannte zu ihr, doch das Monster schob sie einfach beiseite, hinein in ein großes Kräuterbeet. Dann wischte es Schatten von den Beinen wie einen Zahnstocher vom Tisch. Schatten rollte sich zusammen und federte ihren Sturz ab.

»Kleine Mädchen können es nicht aufhalten«, sagte der Fingerknacker und ging ungerührt weiter.

Elly half Schatten auf und zog sie weg.

»Bleib stehen, du Arsch!«

Der Fingerknacker drehte sich zu Elly und musterte sie für einen Moment. Er ging auf sie zu und beugte sich zu ihr runter. Seine Stimme war jetzt viel weicher und er legte sich eine Hand auf die linke Seite seiner Brust.

»Hätte das Mädchen dieses Herz, so verstünde es den Schmerz.«

»Wie ... wie meinst du das?« Er beugte sich ein Stück näher zu ihr.

»Das Mädchen würde genauso handeln, wenn es der Fingerknacker wäre.« Gegen jede Vernunft streckte Elly ihre Hand aus und berührte das Gesicht des Fingerknackers, dort, wo sein unheimlicher Mund von massiven Schrauben umrahmt war. Und wieder kroch eine abgrundtiefe Traurigkeit in sie hinein. Wer war dieses Wesen unter seiner schweren Rüstung? War es darunter weich und schwach? Hatte er früher in dieser Stadt gelebt? Dann drehte der Fingerknacker den schweren Kopf mit den kleinen weißen Augen wieder Richtung Stadt und ging vorwärts.

Nana und Lucki waren klatschnass vom Wasser, das der Fingerknacker auf sie zurückgelenkt hatte. Lederhosen-Boy drehte ächzend den Hahn ab und Stille kehrte ein. Nur das beständige Fingerknacken war zu hören.

»Stopp!« Elly fixierte das Monster von hinten. »Suchst du die gläserne Trompete?«

Das Monster blieb stehen. Unendlich langsam drehte es seinen schweren Kopf zu Elly. »Es sucht die gläserne Trompete.«

»Willst du die gläserne Trompete haben?«

»Es will die gläserne Trompete haben.«

»Wirst du danach wieder gehen?«

»Es wird gehen.«

»Ich kann sie dir holen! Aber du musst hier warten!«

Das Monster verharrte einen Moment und schien nachzudenken.

»Es wird hier nicht warten.« Es setzte einen weiteren knarzenden Schritt vorwärts.

Elly streckte ihm beide Arme entgegen und machte klar, dass es nicht weitergehen konnte.

Das Monster fixierte Elly mit seinen metallumrahmten weißen Augen, die keine Pupillen hatten und doch so eindringlich schauen konnten.

»Streck ihm nicht die Hände entgegen. Du wirst es bereuen.«

Elly starrte auf ihre Hände. Doch das Monster hatte kein Interesse mehr, mit ihr zu reden, es ging an ihr vorbei.

Elly biss sich auf die Unterlippe. Sie konnte die Trompete sowieso nicht herbringen, wie hätte sie sie anfassen sollen, ohne das Bewusstsein zu verlieren? Aber Nana oder Lucki konnten sie holen.

»Meine Freunde können die Trompete –«

»Es wird nicht warten. Es wird allein suchen. Und es wird finden.«

Elly biss die Zähne zusammen. Das hier lief gerade alles aus dem Ruder. Elly musste eine Entscheidung treffen.

»Dann folg uns.«

Obwohl das Herz in ihrer Brust wie ein wildes Pferd galoppierte, ging Elly zielstrebig los und die anderen folgten ihr.

Auf verschlungenen Pfaden durch einsame Gassen lenkten sie den Fingerknacker ins Stadtzentrum. Es war ein ruhiger Samstag und viele Leute saßen beim Abendessen zu Hause, im Fernsehen lief eine Wiederholung des Sieger-Auftritts vom Blasmusik-Festival aus dem Jahr zuvor und so waren viele Blicke verzaubert auf die Bildschirme gerichtet. Auf den Straßen waren nur wenige Menschen. Schatten spähte umher und suchte die einsamsten Wege. Sie kreuzten knapp das Morgenrot-Viertel mit seinen verbrannten Häusern. Das Monster stapfte immer nur wenige Schritte hinter ihnen. Leises Knarzen und unheimliches Knacken begleitete ihren Weg.

Als sie den Fluss kreuzten, tappten ein paar Posaunenspielerinnen aus der Grundschule gut gelaunt an ihnen vorbei, sie trugen ihre Instrumente wie wertvolle Schätze. Für den Bruchteil einer Sekunde sah eine von ihnen etwas um die Ecke biegen. Der Schreck fuhr ihr in die Glieder und sie streckte den Finger aus. Doch das Monster war verschwunden, ehe die anderen Mädchen fragend ihre Köpfe hoben.

»Das war knapp!« Lederhosen-Boy bekreuzigte sich. Schatten lief voraus und überprüfte jede kleine Gasse, ehe sie weitergingen.

Alfredo saß draußen im Café und genoss die Sonne am Abend. Einen Arm hatte er noch in Gips. Vor ihm auf dem Tisch stand ein großes Stück Käsekuchen auf einem mit Blumen verziertem Teller. Andere hatten schon die Bestellungen für ein frühes Abendessen aufgegeben. Alfredo streckte seine Glieder und nippte an seinem Cappuccino. Er schaute auf seinen Arm. Die blauen Flecken wurden nur langsam blasser. Klar, nach so einem Unfall. Aber was für ein Unfall überhaupt? Doktor Wollmüller wurde immer etwas blass, wenn er Genaueres wissen wollte. Er fragte sich, ob sie alle Patienten so behandelte und ob es nicht zu seinem Besten war, dass er die Details nicht kannte. Aber es ging auf jeden Fall bergauf. Als er die Gabel zum Mund führte, sah er Schatten um die Ecke biegen.

»Chantal!« Er lächelte sie freundlich an.

»Warum bist du denn nicht beim Essen mit den anderen? Heute ist doch Nudel-Samstag! Sag nicht, dass du immer noch dem geheimen Glitzerpony nachjagst? Gib dein Geld mal für was anderes aus.«

Schatten öffnete ihren Mund und wollte wie aus Reflex etwas sagen, doch kein Ton entkam ihren Lippen. Alfredos Gesicht wurde kreideweiß, als er einen langen, dunklen Schatten sah, der aus einer Gasse kam. Der dunkle Schatten war größer, als je ein Mensch ihn werfen könnte. Er hielt die Luft an und verschwommene Erinnerungen drängten sich in seinen Kopf. War das …? War es …? Er ließ die Gabel auf den Teller fallen.

Schnell schnappte Elly sich eine Teekanne vom verlassenen Nachbartisch und schmiss sie mit voller Wucht gegen die Hauswand. Es klirrte laut und alle rissen den Kopf nach dem Lärm herum.

»Elly Wollmüller, da wundert mich gar nichts mehr.« Der glatzköpfige Mitarbeiter aus dem Rathaus saß mit einem Teller Suppe an einem Tisch und blickte sie wütend an.

Doch für so einen Mist hatte Elly keine Zeit, sie griff nach seiner Kanne und schmetterte sie auf den Boden. Die Blicke waren auf sie gerichtet und alle sahen sich in ihren Vorurteilen gegenüber Elly bestätigt. Haarscharf lenkten Nana und Lucki das Monster in eine Seitengasse um, ehe es gesehen werden konnte. Schatten blickte Alfredo noch einmal in die Augen, ehe sie ihren Freunden hinterhereilte.

»Chantal …« Doch schon war sie fort.

Schweißnass und außer Puste erreichte Elly endlich ihr gelbes Wohnhaus. Ihre Mutter war gerade nach Hause gekommen und zog sich im Eingang um. Elly hastete an ihr vorbei und die Treppe hinauf. Angespannt näherte sie sich Melodys Zimmer. Sie flehte, dass die Trompete da sein würde. Melodys Zimmer war klein, Elly würde die Trompete finden, selbst wenn Melody sie versteckt hatte. Nur, würde sie die Nähe zum Instrument wieder in die Knie zwingen? Mit einem Hauch von Übelkeit öffnete Elly das Zimmer. Hektisch durchwühlte Elly Melodys Kisten, das Bett mit der Blümchenbettwäsche und öffnete den Instrumentenkoffer, den sie unter dem Bett fand.

»Scheiße …«

Darin lag nur eine goldglänzende Trompete. In diesem Moment hörte Elly ein Knacken von draußen. Elly stürmte die Treppe runter.

Draußen stand das Monster vor dem Trachtenladen, der immer noch ein Loch im Schaufenster hatte. Ellys Haus lag direkt neben dem Geschäft, doch irgendwas hatte die Kreatur zum Stehen gebracht.

Nana und Lucki schauten sich besorgt an, hier konnte es doch nicht einfach anhalten!

»Wir müssen weiter, hörst du?«

»Es hört.«

Dennoch ging es keinen Schritt weiter, sondern starrte in das kaputte Schaufenster. Dort stand eine Schaufensterpuppe und die Kreatur streckte ihren Arm aus, um nach ihr zu greifen. Es bekam die Hand der Puppe zu fassen, und ohne Mühe zerknackte es das harte Plastik in seiner Faust.

Melody stand vor der Villa ihres Vaters. Das zart-rosa gestrichene Gebäude mit den goldenen Verzierungen in Form von Instrumenten an der Mauer lag am Fluss und besaß, verborgen hinter mächtigen Hecken, den schönsten Garten der Stadt.

Melody hatte die Villa nicht mehr betreten, seit sie zu Elly in das kleine, enge Fachwerkhaus gezogen war. Jetzt steckte sie ihren Schlüssel ins Schloss und öffnete die massive goldverzierte Tür. Das Haus atmete eine traurige Einsamkeit, jetzt, da seine beiden Bewohner fort waren. Melody ging durch die Eingangshalle und blickte sich um. Dann stieg sie die massive Treppe zum ersten Stock hinauf, ihre Hand glitt über das Holz des sanft geschwungenen Geländers.

Oben angekommen, blieb sie vor einer alten farbig verzierten Kommode stehen, die auf dem Flur stand. Sie öffnete eine Tür und legte den Koffer mit der gläsernen Trompete vorsichtig hinein. Die Kommode war innen mit rotem Samt ausgelegt. Obwohl erst wenige Wochen vergangen waren, seit sie mit ihrem Vater hier nicht mehr wohnte, hatte sich eine feine Staubschicht über viele Möbel ausgebreitet.

Melody schloss die Kommodentür und schaute nach vorne. Sie war zum Suchen hergekommen und brauchte beide Hände dafür. Hier oben lag das Arbeitszimmer ihres Vaters, es war groß, sonnig und hatte einen eigenen Balkon, von dem aus er über die Stadt schauen konnte. Sein Reich.

An den Wänden hingen Urkunden, die er für die Konstruktion seiner Instrumente gewonnen hatte. Mit Golddruck und schnörkeliger Schrift.

In übereinandergestapelten Kisten waren Bauteile für Trompeten, Posaunen und Hörner, die ihr Vater oft erst in Holz oder Gips anfertigte. Auf seinem Schreibtisch war alles unordentlich und durchwühlt. Hier hatten Iris und Herbert schon nach den Plänen gesucht. Auch in den Schränken und Regalen. Selbst im großen Bücherregal war alles durchwühlt worden.

Melody ließ das Zimmer hinter sich und schloss die Tür leise. Dann ging sie die Treppe nach unten ins Erdgeschoss. Am Ende des langen Flurs lag ihr eigenes Zimmer. Melody hatte einen Verdacht, und sie würde gleich herausfinden, ob etwas dran war.

Elly hechtete die Treppe runter und hob beide Hände in die Luft, um die Aufmerksamkeit ihrer Mutter zu erregen, die gerade Anstalten machte, nachzusehen, was draußen vor sich ging.

»R-riechst du das auch?«

Franziska schaute Elly skeptisch an, dann schnupperte sie. Tatsächlich, irgendetwas roch seltsam.

»Als wären wir in einer Gruft. Das kommt aber von draußen, oder?« Elly schüttelte den Kopf.

»Nein, ganz sicher nicht!«

Elly stand mit dem Rücken gegen die Flurwand gepresst, der Schweiß lief ihr von der Stirn. Jetzt zog Franziska ihre Schlüsse und verschränkte die Arme vor der Brust.

»Kannst du nicht einmal an den Müll denken? Lass das nicht immer Melody machen. Du wohnst schließlich auch hier.«

Elly versuchte, ihren hektischen Atem zu kontrollieren.

»W-wo ist Melody eigentlich?«

Franziska musterte Elly. Sie wälzte alle möglichen Gedanken in ihrem Kopf und langsam stieg Angst in ihr auf.

»Elly … ist alles okay? Ist etwas passiert?«

»I-ich hab was geklaut. Geld.«

»Was bekommst du denn nicht von uns, dass du – ?«

»I-ich hab es von Melody geklaut. Ich will es ihr zurückgeben. Weißt du, wo sie ist?« Von draußen erklang ein leises Knacken. »Wenn du oder deine Freunde irgendwo eine Ratte eingeschleppt habt, dann werde ich euch allen eine Tetanus-Impfung verpassen, die sich gewaschen hat!«

Elly versuchte ein normales Gesicht aufzusetzen, was nicht einfach war, weil draußen ein Monster aus der Hölle stand.

»Bitte, ich muss wissen, wo Melody ist. Ich muss das wiedergutmachen!« Tatsächlich klang Elly so überzeugend, dass Franziska jetzt endlich alle möglichen Optionen im Kopf durchging, wo Melody sein könnte. Aber nichts davon leuchtete ihr ein, sie sagte immer Bescheid, wo sie hinging. Oder konnte es einen Ort geben, über den Melody nicht gerne sprach? Franziskas Blick wanderte zum Schlüsselbrett am Eingang.

»Also, der Schlüssel der Villa ihres Papas fehlt, wenn Melody nicht hier ist und keine Probe hat, ist sie vielleicht dort, das arme Ding …« Franziska deutete auf einen leeren Platz am Schlüsselbrett, wo sonst Melodys Schlüssel hingen. Elly nickte, da drang wieder ein seltsames Geräusch zu ihnen. Elly konnte das geschockte Japsen ihrer Freunde hören. Franziska riss ohne Vorwarnung die Tür auf. Da lag plötzlich Lederhosen-Boy auf dem Weg und krümmte sich und jammerte und wimmerte.

»Ich … ich hab furchtbaren Ausschlag. Frau Doktor, können Sie mir helfen? Lieber Gott, ich kann so nicht weiterleben!« Er deutete auf sein Gesicht und Franziska ging vor ihm in die Hocke.

»Das sind Sommersprossen, mein Lieber.« Franziska ließ den Blick über Nana, Lucki und Schatten wandern, die wie eine Mauer jeden Blick auf den Laden blockierten.

Die Wände von Melodys Zimmer waren mit hellrosa Stofftapeten bedeckt. Das Bett aus weiß lackiertem Holz stand mit seinen geschwungenen Beinen unter dem Fenster. Auf ihrem schneeweißen Schreibtisch stand ein vertrockneter Rosenstrauß. Melody berührte die trockenen Rosenblätter mit traurigem Gesicht und sah ihnen zu, wie sie zwischen ihren Fingern zerbröselten. Dann ging ihr Blick zur Zimmerwand. Dort hingen Zeichnungen. Manche waren ihr ein bisschen peinlich, denn sie waren schon alt und ziemlich krakelig. Dennoch liebte sie all die Bilder, denn sie hatte sie gemalt, als sie glücklich war.

Melody ließ den Blick konzentriert über die Bilder schweifen. Sie schaute sich ihre Kinderzeichnungen genauer an. Als kleines Kind hatte sie rosa Prinzessinnen mit spitzen Hüten gezeichnet und Häuser mit Blumenkästen daran. Später waren Pferde und Reiterinnen dazugekommen. Ihr Vater hatte die Bilder mit kleinen Nadeln an die Wand gepinnt. Auf einem Bild, ganz hinten an der Wand, oben in der Ecke, waren zwei Mädchen zu sehen. Melody hatte sich selbst und Elly gezeichnet. Sie stellte sich auf die Zehenspitzen, um es besser sehen zu können. Das Bild zeigte sie beide mit goldglänzenden Trompeten in der Hand. Es war mit vier bunten Stecknadeln befestigt. Melody zog eine vorsichtig raus, dann eine zweite. Und plötzlich fiel ihr etwas entgegen, das sich hinter dem Bild befunden hatte. Es waren mehrere gefaltete Papiere. Melody wusste, *sie* hatte die dort nicht versteckt.

Nach einer quälenden Tour durch die Stadt, hatte das Monster die Villa von Melodys Vater endlich erreicht. Lederhosen-Boy stützte sich schwitzend an der Hauswand ab.

»Großer Gott, ich bin stressbedingt fünf Jahre gealtert.« Dann schaute er hoch. »I-ist das Melodys Villa?« Er ließ seinen Blick über das imposante Gebäude wandern. »Sie ist eine echte Prinzessin …«

Elly schnaubte genervt und stellte sich vor die Tür, um dem Monster den Weg zu blockieren.

»Du kannst da nicht rein. Ich verbiete es.«

Es drehte seinen Kopf zu Elly. »Du kannst ihm nichts verbieten.«

»Du wirst bekommen, was du willst, aber du gehst da nicht rein!«

»Es wird hineingehen. Zögere das Unvermeidliche nicht hinaus, Menschenkind.« Elly blockierte den Eingang tapfer. Sie durfte nicht zulassen, dass Melody auf das Monster traf. Wenn sie das gleiche Schicksal ereilen würde wie ihr Vater, könnte sich Elly das niemals verzeihen. Lederhosen-Boy stellte sich jetzt neben sie, auch er wollte Melodys Leben nicht riskieren.

»Wage es nicht, dort reinzugehen! Melody steht unter meinem Schutz!«

Melody legte die Stecknadeln auf den Tisch und sank mit den geheimen Aufzeichnungen in der Hand auf ihr weißes Bett. Feiner Staub wurde unter ihrem Gewicht in die Luft geblasen. Sie blätterte durch die Papiere und sah die Zeichnungen der Glastrompete. Ihr Vater hatte die Pläne wirklich an einem sehr merkwürdigen Ort aufbewahrt. So geheim waren seine Ideen. Melody fragte sich, warum er sein Wissen nicht mit den anderen geteilt hatte, ehe es zu spät war?

Da drang ein seltsames Knacken aus der Eingangshalle zu ihr herauf. War das die Tür? Sofort schoss Melody vom Bett hoch. Sie ging aus ihrem Zimmer und den langen Flur entlang. Aus den Augenwinkeln heraus schaute sie auf all die vielen Fotos in goldenen Bilderrahmen, die sie und ihren Vater zeigten. Der Flur war eine einzige lange Erinnerung an bessere Zeiten.

Mit jedem Schritt, den Melody den Flur weiterging, beschlich sie ein merkwürdiges Gefühl. Und wieder hörte sie ein Knacken.

»Wer ist da?« In ihrem Kopf fing es an zu arbeiten. Es war ein seltsames hölzernes Knacken und Melody versuchte, in ihrer Erinnerung durchzugehen, was so ein Geräusch erzeugen konnte. Aber ihr
fiel nichts sein. Und da wurde ihr klar, dass es etwas oder jemand sein
musste, der nicht Teil ihrer Welt war. Hektisch schaute sie zur Treppe
ins obere Stockwerk hoch. Wieso war sie so blöd gewesen, die Trompete nicht bei sich zu behalten? Die Kommode war ein guter Ort für ein
sensibles Instrument, aber jetzt war es der absolut falsche. Da ertönte
wieder ein Knacken, es klang jetzt ganz nahe.

Melody rannte den Flur zurück und öffnete leise die nächstgelegene
Tür. Sie versteckte sich im Teezimmer. Hier hatte ihr Vater gerne über
neuen Entwürfen gebrütet. Miniatur-Instrumente standen auf den Tischen. Das Zimmer war dunkel und voller schwerer Vorhänge. In den
schwarz-braunen Vitrinen waren Teekannen aus aller Welt und oben
in den Schränken Dosen voller Tee. Der Geruch von schwarzem Tee
überdeckte alles. Hektisch suchte Melody nach dem Schlüssel für die
Tür, um sie abzuschließen, aber sie fand keinen. Sie griff nach einem
Stuhl und wollte ihn vor die Tür stemmen, doch der Lärm hätte sie sicher nur verraten.

Melody ging hinter einem dunkelroten Vorhang in Deckung. Nur
durch einen winzigen Spalt wagte sie es, in Richtung der Zimmertür
zu schauen. Sie hörte Schritte näher kommen, schnelle Schritte. Das
Klopfen ihres Herzens war so laut, dass sie fürchtete, wer immer da
draußen herumtappte, könnte es hören.

Plötzlich wurde die Tür zum Teezimmer aufgerissen und Melody
hielt die Luft an.

»Elly!«

Elly rannte zu Melody und legte ihr eine Hand über den Mund. Mit flüsternder Stimme sprach sie zu ihr: »Keinen Mucks!«

Neben der Tür des Teezimmers befanden sich zwei kleine runde Fenster mit milchig grünem Glas, die zusätzliches Licht aus dem Flur ins Zimmer warfen, aber keinen direkten Blick nach außen zuließen. Beide hörten, wie sich Schritte näherten. Nach einigen unerträglichen Momenten sahen sie, wie das erste grüne Fenster sich verdunkelte. Kein Mensch war so groß und breit, dass er das komplette Fenster abdunkeln konnte. Melodys Hände hielten sich an Elly fest.

Mit der leisesten Stimme, die sie zur Verfügung hatte, flüsterte Melody Elly ins Ohr: »Wir müssen ins obere Stockwerk!«

Die Kreatur ging weiter und verdunkelte das zweite Fenster. Beide starrten auf das kleine grüne Fenster. Dann ging die Kreatur den Flur weiter nach hinten.

Mit leichtem Zittern holte Melody Luft.

»Elly, mein Vater hat eine Waffe erfunden! Und ich habe sie! Wir müssen schnell sein!«

Melody nahm Ellys Hand und sie schlichen zur Tür. Sie lauschten

beide, dann legte Melody ihre Hand auf die Klinke und drückte sie unendlich sacht nach unten. Da sah Elly die Papiere in Melodys Hand.

»Was hast du da?«

Melody schaute Elly fest an und wisperte ihr ins Ohr: »Wenn die Trompete verbessert wird, werden wir sie nicht mehr einzeln töten müssen. Alle Monster werden ausgelöscht. Der Frieden wird zu uns zurückkehren.«

Elly biss sich auf die Unterlippe. Melody zog sie an ihrer Hand weiter mit sich. Die beiden wagten einen winzigen Blick auf die Kreatur, die weiter hinten im Flur stand. Als sie losrannten, verschluckte der Teppichboden unter ihren Füßen das Geräusch ihrer Schritte. Doch als sie die Eingangshalle erreicht hatten, knarzte das Holz verräterisch bei jeder Bewegung. Sofort drehte das Monster seinen Kopf.

Elly und Melody rannten die Treppe hoch. Noch nie waren Melody die Stufen so groß und die Schritte nach oben so lang vorgekommen. Endlich erreichten sie die verzierte Kommode. Atemlos schloss Melody die Tür auf und griff nach dem Trompetenkoffer. Mit zittrigen Fingern öffnete sie den Verschluss und holte das Instrument heraus. Es funkelte und reflektierte das einfallende Licht der großen Fenster in der Eingangshalle. Noch nie hatte die Trompete so sehr wie ein echter Schatz ausgesehen. Melody sah sich zu Elly um und bemerkte, wie Elly mit einem blassen Gesicht rückwärts ging.

»Elly … was ist los?«

Melody starrte in Richtung Treppe und sah, wie das Monster die erste Stufe nach oben nahm. Seine Metallplatten knarzten und seine Finger knackten. Elly hatte sich mit dem Rücken gegen die Wand gestellt, sie war kreideweiß im Gesicht.

Der unheimliche Eindringling ging währenddessen ungerührt die nächsten Stufen nach oben, als hätte er alle Zeit der Welt. Ein Geruch erfüllte die Eingangshalle. Durch Melodys Gedanken blitzten Erinnerungen an den Tag, an dem ihr Vater angegriffen wurde. Das Monster war ein anderes gewesen und doch war es die gleiche Energie, der gleiche Geruch nach Gruft. Auch die Angst war die gleiche, doch diesmal hatte sich etwas geändert. Etwas sehr Entscheidendes.

Melody hielt die gläserne Trompete fest in den Händen und führte sie zum Mund. Das Instrument war stark genug, ihr Leben und das von Elly zu retten. Melody drückte ihren Rücken durch, um eine bessere Haltung einzunehmen. Sie holte Luft. Da sah Melody, wie Elly mit den Fingern schnippte. Was … warum …? In dem Moment sprang Schatten aus der Deckung und entriss Melody die Trompete.

Melody griff nach Schattens Kleid, doch die konnte sich sofort losreißen. Melody stolperte nach hinten und fiel zu Boden. Sie drehte sich hektisch zu Elly.

»Elly, halt sie auf! Sie muss die Trompete zurück–«

Doch Schatten und Elly rannten gemeinsam Richtung Treppe. Der Fingerknacker hatte die letzte Stufe fast erreicht und kam auf sie zu, seine Finger knackten jetzt lauter und schneller. Elly gab Schatten ein Zeichen weiterzulaufen.

»Lock ihn mit der Trompete zurück an den Waldrand! Er darf sie erst dort haben!« Jetzt kam auch Nana zu ihnen gelaufen. »Willst du dem Monster wirklich die Trompete geben?!«

Elly zog Nana zu sich und flüsterte in ihr Ohr. »Nein! Aber er muss das glauben! Wir müssen ihn wegbringen, und zwar schnell! Nichts anderes als die Trompete wird ihn fortlocken!«

»Warum treiben wir ihn nicht mit unserer Musik zurück in den Wald? Wie bei der anderen Kreatur?«

Elly schüttelte den Kopf. »Nana, ich bin echt keine Expertin, aber ich weiß, dass wir nicht ansatzweise die Ausdauer haben, so lange zu spielen!« Lucki und Lederhosen-Boy kamen aus der Deckung und halfen Schatten, sich einen Weg zu bahnen, ohne dem Monster zu nahe zu kommen. Lucki reichte ihr die Hand, damit sie die Stufen schneller erklimmen konnte, während Nana den Weg so abschnitt, dass Melody ihr nicht hinterherkam. Der Plan war aufgegangen! Elly drehte sich zu Melody um und die Blicke der beiden trafen sich. Für Melody war es, als würde ihr Herz in tausend Stücke zerspringen. Elly hatte sie verraten.

Schatten rannte am Fingerknacker vorbei, die Trompete fest unter ihrem Arm geklemmt. Nana schirmte Schatten ab, während Lederhosen-Boy die Haustür offen hielt. Er schaute hoch zu Melody, voller Reue und mit feuchten Augen.

»Melody! Es tut mir so leid! Ich wollte das nicht! Ich wollte so gerne bei dir – «

Plötzlich holte das Monster mit seiner großen metallischen Hand aus und schleuderte einen Schrank in Richtung Tür. Schatten musste sich ducken. Es gelang ihr in allerletzter Sekunde auszuweichen. Melody hielt den Atem an. Das Monster lief Schatten nach, schneller diesmal, denn es hatte ein klares Ziel vor Augen.

Schatten suchte nach einem sicheren Weg aus dem Haus ins Freie, Lederhosen-Boy wollte sie zur Tür hinausschleusen, doch der Weg war nun blockiert. Schatten bog ab in Richtung Küche.

Das Monster kam hinter ihr her und seine kleinen weißen Augen schienen zu leuchten. »Du kannst es nicht aufhalten!«

Hektisch kletterte Schatten über den Herd, die Spülmaschine und es schepperte gewaltig. Das Monster folgte ihr und es flogen Töpfe und Pfannen, die hart auf dem Boden aufschlugen.

Schatten sprang durch die Hintertür der Küche ins Esszimmer. In diesem Raum waren die Vorhänge zugezogen und Schatten musste sich erst im dunklen Zimmer orientieren. Der Raum war voller Marmorstatuen. Sie zeigten Frauen und Männer, die altertümliche Instrumente in der Hand hielten. Schatten schlüpfte hinter eine der Statuen. Das Monster kam herein, sein Knacken war jetzt besonders laut.

»Es will die Trompete. Es wird nicht warten.«

Schatten schluckte und entdeckte Nana an der Tür. Die beiden schauten sich an und sahen, wie das Monster plötzlich in seiner letzten Bewegung verharrte. Es schaute wie gebannt auf die Skulpturen und streckte seine Hände nach ihnen aus. Was hatte es vor? Es griff nach der ausgestreckten Hand einer Musikerin und umschloss sie mit seinen Fingern. Knack. Knirschend bröselte der Marmor auf den Boden. Dann ging es zur nächsten Figur und wiederholte den Vorgang, bis keine der Skulpturen mehr Finger hatte. Schatten nutzte den Moment und rauschte mit Nana aus dem Esszimmer zurück in den Flur. Gleich hatten sie es geschafft!

Doch auf einmal krachte es. Plötzlich war ein riesiges Loch in der Wand. Es staubte und roch nach altem Gemäuer. Das Monster trat ungerührt durch das Loch in der Wand in den Flur, die kleinen weißen Augen hatten sich nicht verändert und doch strahlten sie jetzt eines aus: Zorn. Schatten wollte durch einen Spalt in der blockierten Haustür schlüpfen, doch der Fingerknacker griff nach einem massiven Bücherregal und zerrte es mit spielerischer Leichtigkeit vor die Haustür. Jetzt war sie komplett blockiert. Schatten schaute unsicher in alle Richtungen und hoch zu Elly, die genauso ratlos war. Lederhosen-Boy versuchte, das schwere Regal mit aller Kraft wegzuschieben, doch es bewegte sich nicht. Dafür stürzte ein großes Buch vom obersten Regelbrett auf ihn herab und traf seine Hand. Er biss die Zähne zusammen.

Schatten sah das Monster auf sich zukommen. Nana schmiss mit Porzellan, um es abzulenken.

»Hey-yo! Lass das Mädchen in Ruhe!«

Doch es ließ sich nicht beirren. Schatten war in die Enge getrieben und führte mit zitternden Händen die Glastrompete zum Mund. Elly sah das und presste sich mit aufgerissenen Augen die Hände auf die Ohren. Auch der Fingerknacker erbebte und es war klar, wie groß sein Schock war, dass gleich jemand das verhängnisvolle Instrument spielen würde.

Schatten blies in die Trompete. Aber … es kam kein Ton. Erschrocken blickte Schatten zu Elly hoch.

Elly wusste, was das zu bedeuten hatte. »Sie haben das Instrument so gemacht, dass nur Melody es spielen kann!«

Nana hechtete sofort unter den kräftigen Armen des Fingerknackers hindurch und zog Schatten samt der Glastrompete heraus.

»Vielleicht ist es besser, wenn wir sie zerstören?«

Melody schrie: »Neiiiin!!!!« Sie wollte die Treppe runterrennen, doch Elly hielt sie fest. Beide schauten in Nanas wütendes Gesicht.

»Dieses Scheißding hat nur für Ärger in meiner Familie gesorgt!«

Melody schrie: »Nana, es hätte deinen Onkel retten können!!«

Nana erstarrte. Melody hatte recht. Auf wessen Seite wollte sie eigentlich stehen? In dem Moment ergriff Lederhosen-Boy das Wort: »Wir brauchen die Trompete, um ihn hier wegzulocken!«

Schatten nutzte den Moment und rannte die Treppe hoch zu Elly. Melody streckte die Hände nach ihrem Instrument aus.

»Bitte, gebt sie mir! Ihr wisst nicht, was diese Kreaturen anrichten können!« Sie schaute zu Elly und irgendetwas sagte ihr, dass auch Elly sehr genau wusste, dass diese Kreaturen nicht zum Spielen gekommen waren. Elly schnippte mit ihren Fingern und wie ein Blitz hechtete Lucki, der sich bisher rausgehalten hatte, die Treppe hinauf, schnappte die Glastrompete und verschwand mit ihr im dunklen Flur. Er war so schnell, dass weder der Fingerknacker noch Melody mitbekommen hatten, was passiert war.

»Es … es … es will die Trompete! Wo ist sie …?«

Die Kreatur stand in der Eingangshalle und schien wie eingefroren. Sie ließ den Kopf hängen, als hätte ihr jemand den Stecker gezogen.

Nana und Lederhosen-Boy liefen die Treppe hoch zu Elly und das Team war bis auf Lucki wieder vereint.

Melody stand beinahe genauso gelähmt wie der Fingerknacker da und schaute auf die Gruppe von Freunden, die sich gegen sie stellten, genauso wie das Monster, das unten an der Treppe stand. Mit großen Schuldgefühlen schaute Elly zu Melody. Aber es gab Wichtigeres zu tun.

»Wir müssen Lucki finden.«

Gemeinsam rannten sie den dunklen Flur entlang und Melody blieb allein oben auf dem Treppenabsatz stehen. Sie schaute auf das stumme Monster herab.

Elly ging den finsteren Flur entlang. Sie war früher oft in der

Villa zu Besuch gewesen, aber es war lange her, vieles hatte sich seitdem verändert. Sie schaute in alle Räume und rief nach Lucki. Sie mussten ihn und die Trompete finden. Doch alle Zimmer waren menschenleer.

Nana hielt Elly an der Schulter fest. »Wir müssen ihn hier irgendwie wegbringen! Vielleicht reicht unsere Kraft nicht bis zum Wald, aber er muss weg!« Elly nickte.

»Wahrscheinlich führt kein Weg daran vorbei, dass Melody erfährt, welche Macht unsere Musik hat …«

Nana schaute sich um und öffnete die Tür zu einem der Zimmer. Darin war ein gigantisches Bad mit Whirlpool, Sauna und eigener Indoor-Liegewiese. Daneben ein riesiger Snack-Kühlschrank und eine goldene Musikanlage. Nana japste.

»Wieso noch mal bist du nicht mehr mit Melody befreundet? Kann man da noch was machen?«

Elly legte einen Finger auf die Lippen und lauschte in die Stille. Doch es war nichts zu hören.

Lederhosen-Boy schaute währenddessen fieberhaft unter das Bett im Gästezimmer und in den Kleiderschrank. Aber auch dort war Lucki nicht.

Da hörten sie einen Schrei. Sie schauten sich an und riefen wie aus einem Mund: »Melody!!«

Elly schaute sich hektisch um und sah das Monster von hinten, es war die Treppe in den ersten Stock hochgekommen und bewegte sich nun knarzend auf die Tür zu, die zur Dachterrasse führte.

»Shit!«

Elly rannte hinterher und hasste sich dafür, dass sie Melody allein gelassen hatte, egal wie harmlos das Monster in diesem Moment auch gewirkt hatte.

Elly erreichte die Dachterrasse, die mit vielen Palmen und Blumentöpfen dekoriert war. Und endlich sah sie Melody, diese ging rückwärts immer weiter auf das Geländer zu. Von dort ging es acht Meter in die Tiefe. Mit ihrer rechten Hand hielt Melody krampfhaft ihre linke fest. Was war passiert? Hatte das Monster sie angegriffen? Der Fingerknacker schritt weiter auf sie zu.

Ellys Gedanken rasten in ihrem Kopf, was ging hier vor sich? Ihr huschte eine Erinnerung in den Sinn, wie das Monster ihre Hände angesehen und sie gewarnt hatte. Wovor gewarnt? Elly dämmerte es. Da trat Nana atemlos hinter sie.

»Das … das Monster … es bricht gerne …« Im gleichen Moment sprachen sie dasselbe Wort aus: »… FINGER!«

Elly spürte Panik in ihre Glieder fahren. »Als Lucki weggerannt ist, hat das Monster aufgehört, die Trompete zu suchen! Es hat seine Taktik geändert! Jetzt will es die Finger der Person brechen, die …«

»… die gläserne Trompete spielen kann.« Die beiden schauten sich erschrocken an.

Lederhosen-Boy starrte mit vor Angst aufgerissenen Augen auf Melody, die immer weiter rückwärts ging.

»Wir müssen ihn aufhalten!! Er darf ihr nicht wehtun!!« Er rannte los, doch Elly hielt ihn fest.

»Nein! Wir machen das zusammen! Lasst uns spielen!«

»Egal, ob Melody davon erfährt?« Elly nickte und zog seinen Instrumentenkoffer vom Rücken. Sie machte ihm klar, was zu tun war.

Schatten hatte im dunklen Flur das letzte Zimmer mit der goldenen Tür erreicht. Sie drückte die glänzende Klinke und schaute in den kleinen Raum. Er war vollgestopft mit Instrumenten. Karl März hatte jedes einzelne aufgehoben, alle Instrumente, die er jemals konstruiert hatte. Manche waren krumm und schief, andere viel größer als üblich, andere kleiner. Manche waren aus seltsamen Materialien. Trompeten aus Papier hingen in Glaskästen an der Wand. Schatten tappte vorsichtig in den Raum und schaute sich um. Sie kroch auf allen vieren zwischen zwei riesigen Posaunen hindurch. Der aufgewirbelte Staub stieg ihr in die Nase und sie musste niesen. Die rauskatapultierte Luft aus ihrem Mund wirbelte weiteren Staub hoch.

»… Gesundheit …« Schatten zuckte zusammen. Die Stimme kam aus der hintersten Ecke des Raums. Schatten kroch weiter, und endlich fand sie Lucki. Der hielt die Glastrompete fest in seinem Arm. Schatten schrieb etwas auf einen Zettel und reichte ihn Lucki: *Wir brauchen dich, wir müssen spielen.*

Elly befreite ihre schwarze Trompete aus dem Koffer und stellte sich in Position. Für einen Moment hielt das Monster inne und drehte seinen schweren Kopf zu Elly. Melody sah zum ersten Mal die seltsame Trompete, die Elly in ihrer Hand hielt und die so anders aussah als alles, was sie bisher gesehen hatte. Sie war so rabenschwarz, dass sie jedes Licht verschluckte.

Dann begann Elly zu spielen, Lederhosen-Boy fiel mit ein, seine Hand schmerzte von dem herabgestürzten Buch, doch er gab sich Mühe. Nana griff sich eine der großen Gießkannen auf der Terrasse und schlug mit zwei Hölzern darauf. Sie gab der Musik den Beat. Das Monster ließ sich nicht beeindrucken und ging weiter auf Melody zu. Elly drehte sich nervös nach hinten um. Wo blieben die anderen?

Da näherten sich schnelle Schritte. Endlich kamen Schatten und Lucki angerannt. Lucki legte die gläserne Trompete in einen der großen Palmentöpfe, wo sie vor aller Augen verborgen war. Er trat neben Nana, und als er und Schatten mitspielten, waren sie endlich komplett. Und nur zwei Takte später wurde das Monster tatsächlich langsamer. Bis es stoppte. Die Musik, die sie spielten, folgte zuerst den bekannten

Noten aus Hellborns Heft, doch dann begannen sie eigene Wege zu gehen, eine eigene Melodie zu erschaffen. Erst wackelig und unsicher, dann immer besser und sicherer. Diese neue Musik, die so anders war als alles, was sonst üblich war, hielt es im Bann wie in einem festen Griff. Wieder trafen sich Ellys und Melodys Blicke. Und Melody verstand, dass sie nicht der einzige Mensch in Quedlinburg war, der durch die Musik Schicksale verändern konnte. Elly fixierte Melody und rief: »Los! Jetzt!«

Schnell duckte sich Melody, um dem Monster, das wie gelähmt vor ihr stand, unter den Armen durchzutauchen. Doch mit unvorhergesehener Schnelligkeit breitete es seine Arme aus und schnappte Melodys Hand.

Elly setzte die schwarze Trompete ab und schrie: »Melody!! Es will dir die Finger brechen!« Melody wurde kreideweiß, doch sie konnte ihre Hand nicht aus dem Griff des Monsters ziehen.

»Elly!! Hilf mir!!« Elly und die anderen spielten weiter. Elly fixierte ihre Freunde mit aufgerissenen Augen. Sie gaben alles und der Fingerknacker ließ Melodys Hand endlich los. Melody taumelte in die hinterste Ecke des Geländers und schaute in die Tiefe. Unter dem Arm hielt sie immer noch die Aufzeichnungen ihres Vaters, nach denen so fieberhaft gesucht wurde.

»Das Monster muss umgelenkt werden!« Wieder presste Elly ihre Lippen gegen die schwarze Trompete.

Und es gelang. Das Monster setzte einen Schritt rückwärts. Es kämpfte gegen die Macht der Musik an. Lederhosen-Boy wischte sich mit dem Ellenbogen den Schweiß aus seinen nassen roten Haaren. Seine Hand schmerzte noch immer. Er versuchte, es zu ignorieren, doch sein Handgelenk pulsierte schmerzhaft. Im nächsten Moment entzog sich die Hand seiner Kontrolle. Er zuckte zusammen. Sein Spiel war nicht mehr perfekt und die Band verlor ihre absolute Harmonie. Elly schaute verängstigt zur Seite und es kam, wie es kommen musste. Das Monster schüttelte den Bann ab, den die Musik ihm zuvor auferlegt hatte. Es war immer noch langsam und schwerfällig, aber es ging einen Schritt vorwärts. Es war ihm egal, dass große Pflanzentöpfe seine letzten Meter zu Melody blockierten, es riss die Töpfe um und die Erde quoll aus ihnen heraus. Melody kletterte vor Schreck auf das Geländer und spürte sofort den Wind, der ihr durch die Haare fuhr.

Nana konzentrierte sich darauf, die Musik wieder auf Spur zu bringen, mit all ihrem Geschick legte sie einen Takt vor, der ihre Band wieder zusammenbrachte. Und für einen Moment wirkte es. Es fehlte nur noch etwas mehr Energie, ein kleines bisschen! Lederhosen-Boy biss die Zähne zusammen. Doch sie waren einfach nicht stark genug und Melody war über das Geländer geklettert und presste jetzt ihren Rücken dagegen. Panisch warf sie einen Blick nach unten. Direkt unter der Dachterrasse war ein gepflasterter Weg. Ein Sturz aus dieser Höhe wäre vermutlich …

Melody wollte das Wort nicht denken. Sie schluckte und wusste nicht, was sie tun sollte. Das Monster hingegen wusste dies sehr genau. Es stand nun direkt vor ihr. Es hob beide Arme und fixierte Melodys Hände.

Nana geriet in Panik. »Wir schaffen es nicht! Es gehorcht uns nicht!«

Lederhosen-Boy zitterte. »Es ist mein Fehler! Ich bin –«

Elly schüttelte den Kopf.

»Wir können jetzt nicht aufhören, wir müssen weitermachen! Los!«
Sie spielten, doch es verlangsamte das Monster nur.

Melody hatte nur noch einen Zentimeter, den sie mit ihren weißen Schuhen auf dem Geländer nach hinten ausweichen konnte. Danach gab es kein Geländer mehr, nur den Abgrund. Der Wind zerrte an den Aufzeichnungen ihres Vaters. Die Todesangst schoss wie ein sprudelnder Bach durch alle Fasern ihres Körpers. Gab es noch einen Ausweg oder war das heute das Ende ihrer Geschichte?

Melody ging den letzten Zentimeter nach hinten. Ihr Rock flatterte und die blonden Haare fielen ihr ins Gesicht. Sie war bereit zu springen.

Doch Elly schrie: »Melody! Lass die Aufzeichnungen los! Dann rettest du dein Leben!«

Melody schaute Elly entsetzt an und ließ die Papiere aus der Hand gleiten. Der Wind pustete sie in die Höhe.

Was dann passierte, erlebte Elly wie in Zeitlupe. Sie griff die Glastrompete, die Lucki in einen Topf gelegt hatte. Ihr wurde schwarz vor Augen, dennoch mobilisierte sie all ihre Energie und drückte Schatten das Instrument in die Hand.

»Lauf!« Schatten rannte los. Sie war die geschickteste und bahnte sich ihren Weg durch die umgestoßenen Töpfe. Doch egal wie schnell sie war, in diesem Moment wirkte jeder ihrer Schritte unendlich langsam. Zur selben Zeit flogen die Papiere von Melodys Vater durch die Luft. Lederhosen-Boy spürte, wie das Mistvieh plötzlich aus seiner Tasche sprang. Es schoss Spinnenfäden und angelte die fliegenden Blätter aus der Luft. Lucki hielt sich die Augen zu, genauso fühlten sich seine Albträume an, doch er erinnerte sich daran, wie scharf die

Instrumentenbauer auf diese Aufzeichnungen gewesen waren, und reflexhaft griff er nach seinem Feuerzeug und ließ die Flamme hoch aufzischen. Er warf es in Richtung der Papiere, die an Mistviehs Spinnenfäden klebten. Sofort gingen sie in Flammen auf.

Schatten hatte Melody fast erreicht, da blockierte ihr der Fingerknacker den Weg. Schatten warf Elly einen verunsicherten Blick zu und Elly nickte ganz langsam.

»Wirf! Du kannst das.«

Schatten holte aus und warf die Trompete.

Das schillernde Instrument flog durch die Luft, über die Schulter des Fingerknackers hinweg. Melody folgte der Flugbahn des Instruments mit den Augen und ihr Herz stand still. Die Welt stand still. Nur das Flackern der Flammen war zu hören, die langsam die geheimen Aufzeichnungen ihres Vaters vertilgten. Doch Melodys Blick war auf die gläserne Trompete gerichtet, die durch die Luft auf sie zuflog. Ihre Schuhe hatten auf dem Geländer keinen Halt und der Wind zerrte an ihrem Rock. Da fasste das Monster nach einem ihrer Beine. Wie sollte sie jetzt nach der Trompete greifen können? Alles ging unglaublich schnell, Melody löste ihren Fuß vom Geländer, um weiter nach oben zu reichen. Sie streckte die Finger aus und berührte das Instrument in der Luft. Das Monster hielt sie zurück. Nein, so durfte ihre Geschichte nicht enden!

Sie berührte mit den Fingerspitzen das glänzende Glas. Im letzten Moment gelang es ihr, die Finger darum zu schließen. Mit einem Bein in der Luft, dem anderen Bein im festen Griff des Monsters und der gläsernen Trompete in ihrem Arm strich sie sich mit der freien Hand die Haare aus dem Gesicht. Elly schaute zu ihr und sie wusste, was passieren würde. Die Furcht prickelte ihr auf der ganzen Haut. Elly lief rückwärts, so schnell sie konnte, und doch viel zu langsam.

In dem Moment presste Melody die Lippen an ihr Instrument und es erklang der erste Ton der Glastrompete. Das Monster krümmte sich und seine Pranke, die eben noch Melodys Bein festgehalten hatte, sank wie ein nasser Sack zu Boden. Der schwere Kopf des Fingerknackers rauschte nach unten, bis er auf den glatten Fliesen der Terrasse aufschlug. Er war schwer genug, dort Risse hervorzurufen.

Elly presste die Hände auf ihre Ohren, doch es war völlig sinnlos, ein unbeschreiblicher Schmerz riss sie fort. Hinein in eine ungekannte Dunkelheit. In ein tiefes Schwarz ohne jedes Gefühl, ohne jeden Gedanken, ohne jede Hoffnung. Die schwarzen Adern auf ihrer Haut blühten auf wie Unkraut nach einem Sommerregen.

Und dann.

War da nichts mehr.

Nicht mehr die leise Musik in der Ferne; das Plaudern der Leute in der Stadt; das Klappern der Teller aus der Küche.

Nichts. Sehr lange nichts.

Fröhliches Gelächter drang durch die hellgrünen Blätter und die blühenden Fliederbüsche. Das muntere Plätschern des Baches in der Nähe passte zum fröhlichen Zusammentreffen der Menschen.

Der Winter war endlich vorbei und Quedlinburg feierte sein erstes Sommerpicknick am Waldrand. Auf der großen sattgrünen Wiese hatten Dutzende Familien ihre bunten Decken ausgebreitet. Es gab Tee, Saft, Kekse und akkurat geschnittene Gurken. Irgendwo übten ein paar Kinder die ersten Töne auf ihren kleinen Trompeten. Stolzes Klatschen und Lachen der Eltern und aufgeregtes Bellen der Hunde war zu hören.

Eine kleine Nana tappte über eine gelbe Picknickdecke und ließ sich auf den Schoß ihres Vaters sinken. Der unterhielt sich mit Holger und reichte ihm die Dose mit dem Kuchen.

»Nächstes Jahr kommt Nana schon in die erste Klasse. Kaum zu glauben. Gerade noch die Windeln voll und schon sollen die Schulhefte rausgeholt werden!«

Holger lachte, ein paar winzige Falten umspielten seine Augen. Dann drehte er sich zu seiner eigenen Tochter, die Grashalme aus der Wiese rupfte.

»Elly hat noch etwas Zeit.«

Da kam Franziska gestresst angelaufen.

»Bin ich zu spät? Sorry!!« Sie drückte allen ein paar Becher Joghurt und Wackelpudding aus der Krankenhaus-Mensa in die Hände.

»Ich hatte keine Zeit, was zu besorgen.« Der Bürgermeister nickte Franziska verständnisvoll zu.

»Solange du Zeit für die armen Seelen unserer Gemeinde hast, ist alles in bester Ordnung.« Sie lächelte ihn und seinen kleinen, etwas schüchternen Sohn kurz an und setzte sich zu ihrem Mann auf die Decke. Sie kramte in Holgers Tasche und ließ Löffel für die Kinder herumreichen.

Als Luckis Gesicht endlich vollständig mit Joghurt beschmiert war, stand er auf und ging zu Elly. Er wollte mit ihr gemeinsam Gras rausreißen. Arnold sah seinem Sohn voller Liebe zu. Schon immer sah er ihm bei allem voller Liebe zu, als wäre es völlig egal, was der kleine Junge tat. Lächelnd betrachtete er die beiden Kinder in ihren lustigen Latzhosen, die ganz in ihre Arbeit vertieft waren.

Nicht weit von ihnen saß Karl März mit der kleinen Melody. Sie wollte gerade zu Elly gehen, doch ihr Vater tippte ihr auf die Schulter.

»Warte, warte! Willst du den nicht?« Er gab ihr einen rot leuchtenden Wackelpudding und Melody vergaß, was sie vorhatte.

Die Erwachsenen waren bald in ihre Gespräche vertieft und die Wärme der frühen Sommersonne machte alle ganz betrunken vor Glück.

Elly war zufrieden mit dem Berg an Gras, den sie ausgerissen hatte, und begann sich zu langweilen. Lucki rupfte jedoch munter weiter. Elly erkundete lieber die Umgebung und tappte den Bach entlang. Solange ihre Eltern noch in Hörweite waren, war ja alles gut.

Zielstrebig ging Elly am Wasser entlang und suchte eine Stelle, an der man gut hinunterklettern konnte. Der Bach war flach und Elly war sich *mit ihren fast drei Jahren sicher, dass er keine Gefahr darstellen würde. Ihr Weg führte sie zu den ersten gelben Löwenzahnblüten. Hier war eine gute Stelle und Elly kletterte hinunter zum Bach.*

Direkt am Wasser wucherten Brennnesseln empor, aber das kleine Mädchen mit dem schwarzen Haarschopf war längst geschickt genug, sie zu umgehen.

Im grünen Dickicht erspähte sie Holzstücke und Reste von Möbeln im Wasser. Ein Tischbein klemmte zwischen den Steinen im Bach. Weiter vorne lag sogar eine alte Tür. Irgendjemand hatte sie so über den Bach gelegt, dass sie als Brücke diente. Ellys Herz schlug höher und eine süße Vorfreude pulsierte in ihren Fingerspitzen: Das war ein Abenteuerspielplatz! Sie warf ihre Schuhe von sich und stieg quietschend ins eiskalte Wasser. Mit beiden Händen sammelte sie eine Ladung Steine und warf sie, bis sie wieder platschend ins Wasser fielen. Perfekt! Elly lief über die alte Tür, sie war wirklich eine ausgezeichnete Brücke. Sie sammelte mehr Steine am Rand, um einen Damm zu bauen. Elly schaute den kleinen zuckenden Wasserflöhen zu, die von der Unruhe wenig begeistert waren.

Auf einmal hörte Elly ein Knarzen hinter sich. Das laute Rauschen des Bachs übertönte es beinahe, aber Ellys Ohren waren sofort gespitzt. Kam jemand zu ihr?

Da spürte sie eine Kälte, die nicht vom eisigen Wasser kam. Und als sie sich umdrehte, sah sie, dass die alte Tür einen Spalt offen stand. Wie war das möglich? Die Tür öffnete sich langsam ein Stückchen weiter und knarzte. Schauten da ein paar Augen heraus? Dann wand sich ein langer grauer Arm aus dem Dunkel des Türspalts. Wie gelähmt beobachtete Elly, wie sich die Tür über dem Bach öffnete und aus dem Nichts eine schlaksige Kreatur herausstieg. Sie hatte vier Arme, zwei lange, die immer in Richtung des

Himmels gereckt waren, und zwei kurze, die kräftiger wirkten. Die Haut war holzig wie eine alte Baumrinde.

Elly wusste, wie sich Albträume anfühlten und dass die finsteren Gestalten, die sie nachts manchmal sah, am Tage keine Macht über sie hatten.

»Wer bist'n du?«

Die Kreatur antwortete mit einer weichen, musikalischen Stimme. Alles, was sie sagte, klang wie ein altes Lied.

»Ich bin der Apfelpflücker.«

»Oh …« Elly verstand nicht und wollte gehen, da holte die Kreatur einen Korb mit Äpfeln hinter ihrem Rücken hervor. Sie hielt Elly den Korb mit den kurzen Armen entgegen. Elly schüttelte vorsichtig den Kopf.

»Ich brauch nicht.«

»Oh. Vielleicht doch. Gewöhnliche Äpfel sind das keinesfalls.« Elly schaute ihn fragend an.

»Es sind Äpfel, die etwas wissen.« Er streckte ihr den Korb etwas näher entgegen. »Ich glaube, du musst dir einen nehmen. Sonst werden sie schlecht.« Der merkwürdige Singsang der Kreatur war schön und schaurig zugleich. Elly schluckte und wollte nach einem der Äpfel greifen.

»Bah, bah, bah! Nicht so schnell!« Er zog den Korb ein Stück weg.

»Lausche in dich und entscheide richtig.« Nun senkte er den Korb nach unten, damit das kleine Mädchen einen Blick auf die Äpfel werfen konnte. Sie waren tiefrot, manche hatten kleine grüne Streifen oder gelbe Bäckchen, aber insgesamt waren sie alle perfekt wie aus einem Bilderbuch. Nur einer war anders und Elly hatte ihn sofort unter den leuchtenden Äpfeln erspäht. Ein Apfel so schwarz wie Tinte, so dunkel wie eine sternenlose Nacht.

»Mag das wohl deiner sein?«

Elly antworte ihm nicht.

»Oder ist das deiner?« Er griff nach einem saftig roten Apfel und hielt ihn in der anderen Hand.

»Weißt du, auch wenn wir verschieden sind, so gehören wir doch alle zusammen. Was uns trennt, ist nicht so wichtig wie das, was uns verbindet.«

Elly schaute ihm in seine kleinen milchigen Augen. Ihre Angst pochte wie eine ferne Trommel in der Brust. Es war, als wäre diese Entscheidung hier wichtig.

Die Kreatur legte den Kopf schief. »Es gibt Regeln. Regeln, an die alle von uns gebunden sind. Wir sind wie Marionetten, die an Stricken tanzen. Weißt du, was Marionetten sind?«

Er sah Elly intensiv an und kniff dann die Augen zusammen.

»Aber du bist anders. Du bist keine Marionette.«

Ellys Blick hastete zwischen den beiden Äpfeln hin und her, die das Wesen in seiner Hand hielt. Sie wusste längst, welcher ihrer war. Sie streckte die Hand aus. Da hörte sie ein Rascheln hinter sich. Lucki war ihr gefolgt. Er hatte mit bibbernden Knien das Monster erspäht, aber seine Neugier war größer als seine Furcht. Mit schnellen Schritten kam er auf sie zu und streckte seine Hand ebenfalls nach dem Apfel aus.

»Is'n das?!« Elly griff Luckis Hand und hielt ihn ab, den Apfel zu berühren. Sein Zeigefinger war nur eine Haaresbreite von der glatten schwarzen Oberfläche entfernt.

Die Blicke der beiden trafen sich und Elly schüttelte den Kopf.

»Ist nicht deiner!« Sie hielt Luckis Finger in ihrer Hand, doch er wollte sich befreien. Elly blieb standhaft, Lucki sah das gar nicht gern und wand sich in ihrem Griff.

»Lass mich!« Und er streckte seine Finger weiter nach vorne, immer weiter …

»Nein!!« In dem Moment packte Luckis Vater ihn an den Schultern und riss ihn zur Seite.

Arnolds Augen waren vor Schreck aufgerissen, er wusste, dass er seinen Sohn in letzter Sekunde vor einem dunklen Schicksal bewahrt hatte. Da sah er: Elly hielt nun den schwarzen Apfel in der Hand. Für einen Moment war alles still und sie betrachtete die merkwürdige Frucht, die so viel schwerer war als jeder Apfel, den sie bisher gehalten hatte. Dann schaute sie zum Bürgermeister, der seinen Sohn in einer festen Umklammerung hielt.

Arnold schüttelte atemlos den Kopf, unfähig, Worte herauszubringen. Dann schnappte er nach Luft.

»Elly, wirf ihn weg!« Er löste einen Arm, mit dem er Lucki festhielt und wedelte panisch mit der Hand, aber Elly verstand nicht, was er wollte. Der Apfelpflücker hatte plötzlich ein Lächeln auf den schmalen Lippen, und Elly fragte sich, warum. War er froh oder erleichtert? Oder war es Zufriedenheit über die getroffene Wahl? In Ellys Kopf rumorte es. Das Gefühl, einen Fehler gemacht zu haben, pochte in ihr. Würden Mama und Papa sehr schimpfen?

Arnold fasste endlich Mut und sprang auf, um Elly wegzuholen. Er griff nach ihren Schultern und der Apfel rollte ihr aus der Hand. Er fiel mit einem dumpfen Platschen in den Bach. Elly blickte ihm mit klopfendem Herzen nach, dann schaute sie wieder in das lächelnde Gesicht des Apfelpflückers. Der verbarg den Korb mit den Äpfeln wieder hinter seinem Rücken. Er griff sich den schwarzen Apfel aus dem Wasser und kletterte mit erstaunlicher Geschwindigkeit in die noch offen stehende Tür hinein, zurück in die Dunkelheit. Dann schloss sich die Tür krachend hinter ihm.

Arnold griff nach Ellys Händen.

»Oh nein …« Ellys Finger waren schwarz. Auch die Handfläche, tiefschwarz. Schnell tauchte er ihre Hand ins eiskalte Wasser und wusch hektisch

die schwarze Farbe ab. Endlich kam Elly wieder richtig zu sich und begann ebenfalls, ihre Hand zu schrubben.

»Hab ich was Schlimmes gemacht?«

»Warum hast du den schwarzen Apfel gewählt? Niemand wählt den schwarzen Apfel!«

Elly schaute ihn mit großen angstvollen Augen an. Da drückte Arnold Elly kurz an sich, sie war noch so klein, wie konnte er mit ihr schimpfen? Dann schrubbte er weiter die Farbe von ihrer Hand. Und langsam löste sich die merkwürdige schwarze Schicht.

»Alles wird gut. Mach dir keine Sorgen, mein Herz. Denk nicht mehr an heute. Denk an das Picknick, an den Kuchen, an die Blumen, an die Sonne.«

Elly nickte und Arnolds Worte verdrängten ihre Erinnerung. Es war wie Watte, die eine schwarze Gewitterwolke fortdrückte. Sie würde sich an den roten Wackelpudding erinnern und an den Geruch von frisch gerupftem Gras.

Lucki stand hilflos am Rand des Bachs und schaute zur alten Tür. Was war nur geschehen? Er spürte noch Ellys festen Griff, der ihn vom Apfel ferngehalten hatte. Tränen stiegen ihm in die Augen, als ihm klar wurde, dass er einer Gefahr entkommen war.

Elly rieb sich müde die Augen und kletterte endlich aus dem kalten Wasser. Sie griff nach den Schuhen, die sie von sich geworfen hatte, als sie zum Spielen hergekommen war.

Endlich kamen Holger und Franziska angelaufen, die den weinenden Lucki gehört hatten.

»War das eine Biene? Hat dich was gestochen?« Franziska überprüfte schnell Luckis Beine und Arme, ehe sie nach Elly schaute, die müde am Ufer hockte. Dann ging ihr Blick zu Arnold, der immer noch im Bach stand. Das Wasser war schon in seine Hosenbeine gesickert.

»Ist alles in Ordnung?« Franziska klang besorgt, war aber froh, die beiden Kinder gesund und munter vorzufinden.

Holger nahm Elly auf den Arm, ihre Füße waren eiskalt. Dann ging er auf Arnold zu, der gar nicht auf Franziskas Frage reagierte. Arnold nickte schließlich. »Ich ... ich komme gleich. G-geht schon einmal vor.«

Holger schaute ihn fragend an.

»Ich ... ich bin in den Bach gefallen ... Lucki hat sich Sorgen gemacht. Und Elly ...«

»Hat dich Elly ausgelacht?« Holger klang streng und schaute seine Tochter kritisch an.

Franziska strich Lucki über den Kopf und er hörte langsam auf zu weinen. Sie nahm den kleinen Jungen an die Hand und lief mit ihm zurück in Richtung Picknickwiese.

Holger blieb mit der müden Elly auf dem Arm stehen und wartete auf Arnold. Er beobachtete den Bürgermeister, der nicht aus dem Wasser kam.

»Ist wirklich alles gut, Arnold? Hast du dir wehgetan?«

Arnold hob seinen Blick und schaute in Ellys Gesicht. Ihre schwarzen Haare waren vom Wind zerzaust und lagen unordentlich auf ihrem Kopf. Unter ihren Augen waren dunkle Schatten. Sie schmiegte ihr müdes Gesicht an die Schulter ihres Vaters. Arnold huschte ein Lächeln über das ansonsten sorgenvolle Gesicht.

»Ich habe mir nicht wehgetan.« Er kletterte etwas wackelig aus dem Wasser. »Sag mal, findest du nicht auch, dass die Sonne zu Beginn des Sommers die schönste ist?«

Holger nickte und ein warmes Lächeln breitete sich aus. Er strich Elly über die unordentlichen Haare.

»Ja, sie macht einen ganz vorfreudig auf alles, was noch kommt!«

29

Dumpfes Grau.

Elly sah alles wie durch einen dunklen Schleier, der kaum Licht hereinließ. Aber sie erkannte Lucki, der besorgt auf sie herabschaute. Es roch nach frischer Asche. Aus den Augenwinkeln heraus sah Elly das Mistvieh wegkrabbeln. Machte es sich aus dem Staub?

»Ey, wir hängen hier zusammen drin, du kleine Kröte!« Oje, das Sprechen tat furchtbar weh. Elly verstand, dass sie auf dem Boden liegen musste. Neben Lucki hockte Schatten. Und Nana. Und Lederhosen-Boy. Mann, hatte der ihretwegen geweint?

Der Schleier vor ihren Augen ließ alles in einer groben Unschärfe verschwimmen. Elly fixierte Lucki und sprach jetzt vorsichtiger, um ihren Kopf zu schonen.

»E-erinnerst du dich an die Tür über dem Fluss, Lucki? Damals waren wir ganz klein …«

Lucki schaute sie fragend an, doch seine Augen wurden langsam größer, als Elly weitersprach.

»Weißt du noch … da war dieses Monster … es kam aus der Tür. Dabei wollte ich nur einen Damm im Bach bauen. Bin weggelaufen,

hab nicht auf meine Eltern gehört … wie immer …« Elly versuchte, ihre Freunde durch den dunklen Schleier zu erkennen, aber es wurde immer schwerer.

»Ich habe so lange nicht mehr daran gedacht … aber du, Lucki … du schon. Und du dachtest, es wären Albträume … Träume, wie alle sie haben. Die keinen Sinn ergeben.« In Luckis Stimme stieg Panik auf, als er nach Worten suchte.

»Elly! Du warst da! Du hast den schwarzen Apfel genommen! Das Wesen … das Monster, es wollte, dass du zu ihnen gehörst!«

Schatten lauschte Ellys Worten, mit ihren Lippen formte sie Worte. *Tür … Brücke … Portal …*

Elly nickte.

»Tja, dumm gelaufen …«

Dann schloss sich der Schleier und Ellys Augen fielen zu. Das Bewusstsein zu verlieren, war gar nicht so schlimm, gestand sich Elly ein. Es war, wie in einem weichen Bett zu liegen. Nur war niemand da, der einem Tee brachte oder ein freundliches Wort an einen richtete und einem den Fernseher mit irgendeinem Kram anmachte.

Es war nur ein langes … Nichts.

Ein mechanisches Rauschen übertönte alles und die Lichter tanzten aufgeregt an einer dunkelblauen Decke. Es roch nach Benzin.

Als Elly langsam wieder zu sich kam, fühlte sie sich krank und schwach. Aber vielleicht war das ein Fortschritt, immerhin konnte sie wieder etwas fühlen. Alles um sie herum schaukelte und rumpelte, ihr Magen rebellierte, aber er war so leer, dass sie nicht das Gefühl hatte, sich übergeben zu müssen. Als sie mit ihren Augen ihre Umgebung absuchte, fiel ihr auf, dass sie auf einem weichen Untergrund lag. Aber bequem war es nicht. Sie blinzelte und sah, dass sie auf der Rückbank eines Autos lag. Es fuhr. Aber wohin? Elly dachte nach. Es würde sicher ins Krankenhaus fahren. Immerhin hatte sie ihr Bewusstsein verloren, das war doch ein Fall für die Ärzte, oder?

Für einen Moment dachte sie an Melodys Villa, an den Fingerknacker, an den Geruch von Asche und an die Musik. Die Musik … Sie biss die Zähne zusammen beim Gedanken an die Musik. Elly versuchte, sich aufzusetzen, aber sie war zu schlapp. Vor dem Fenster rauschten die Häuser an ihr vorbei. Elly sah alles kopfüber. Da erkannte sie das Krankenhaus. Es stimmte also. Elly war erleichtert und sie sehnte sich nach der strengen, aber liebevollen Umarmung ihrer Mutter.

Doch das Auto hielt nicht. Elly wollte etwas sagen, doch ihr Mund war zu trocken. Sie schaute auf ihren Arm und sah, dass die schwarzen Adern sich weiter ausgebreitet hatten. Oh Mist …

»Kö-können wir bitte ins Krankenhaus fahren, damit sich mal jemand um mein Aua kümmert?« Ellys Stimme war unklar und genauso verwirrt wie ihre Gedanken.

Sie hob ihren Kopf vorsichtig und sah, wer am Steuer saß. Iris Zahl! Der Schreck fuhr ihr durch die Glieder. Wieso lag sie hinten in Iris Zahls Auto? Hatte Iris sie in der Villa gefunden? Wo waren ihre Freunde?

Elly hörte eine Stimme: »Elly muss nicht mitkommen. Es geht ihr nicht gut. Bitte!«

Sie hob den Kopf ein Stückchen höher und erkannte blonde Locken auf dem Beifahrersitz. Melody …

Dann hörte sie Iris' unnachgiebige Stimme: »Deine Freundin setzt die Zukunft der Stadt aufs Spiel und ich soll sie mit Keksen ins Bett schicken? Ist es das, was du willst, Melody? Ist es das, was dein Vater wollen würde?«

Melody schwieg.

Nach wenigen Minuten hielt das Auto und Iris stieg aus. Elly fand es seltsam, dass das Auto aufgehört hatte zu schaukeln, während in ihrem Kopf noch das Chaos schwappte. Sie kniff die Augen zusammen, als Iris die Tür laut zuschlug.

»Alter, mach mal leiser, Frau Zahl!« Elly hatte sich bei dem Knall die Hände über die Ohren gelegt.

Iris öffnete die hintere Tür und begutachtete Elly, die auf der Rückbank lag.

»Wer an den Grundfesten unserer Welt rütteln will, kann auch auf eigenen Beinen laufen.« Sie griff unsanft Ellys Arm und zog sie aus dem Auto. Mit einem finsteren Blick schlug Elly Iris' Arm zur Seite.

»Griffel weg, okay?« Dann schob sie ihre schwachen Füße aus dem Auto und zog sich langsam hoch. Auf wackeligen Beinen und mit noch blasserem Gesicht als sonst kam sie zum Stehen. Melody schaute Elly besorgt und unsicher an.

»Geht es?« Dann beugte sich Melody dichter zu Elly heran. »Ist dir eigentlich klar, was dein kleiner Freund da auf der Dachterrasse verbrannt hat? Wolltest du auch, dass die Aufzeichnungen meines Vaters vernichtet werden?«

Elly hatte keine Zeit zu antworten, sie musterte die schwarzverkohlten Häuser um sich herum. Iris Zahl hatte sie ins Morgenrot-Viertel gebracht. Die Häuser waren Zeugen des verheerenden Brandes vor dreißig Jahren. Iris ging einige Schritte auf die alte Buchhandlung zu, in der damals Notenbücher verkauft worden waren. Hinter den trüben, gesplitterten Schaufenstern lagen klägliche Überreste von Notenheften. Über dem Eingang hing eine goldene Note, die Feuer und Rauch grau gefärbt hatten.

»Fast tausend Jahre herrschte Frieden.« Iris strich mit den Fingern über den Ruß, der auch noch nach all den Jahren an der Hauswand klebte. »Tausend Jahre Frieden.« Sie drehte sich zu Elly. »Kannst du begreifen, was unsere Vorfahren für uns geleistet haben? Wahrscheinlich kannst du es nicht verstehen, meine kleine Rebellin mit der hohlen Birne. Wer nur eine Welt in Frieden kennt, der verliert die Fähigkeit, dankbar zu sein.« Sie strich über das kaputte Schaufenster. »Dabei lauert auch in Friedenszeiten die Finsternis und wartet auf ihre Chance.« Sie ging näher an Elly heran. »Du warst für keinen Tag dankbar, den du in dieser Stadt leben durftest. Ein Leben, ohne dass die Flammen dir dein Heim und deine Lieben nahmen.«

»... die ... die Sonne scheint für alle ...«

Iris' Blick verfinsterte sich, als sie Ellys Worte hörte. »So, du hast etwas Interessantes herausgefunden, was?«

»Sie waren Teil unserer Welt. Doch die Menschen haben sie vertrieben, obwohl es einen Friedenspakt gab ...«

»Mach dir keine falschen Vorstellungen. Diese Monster waren nie wie wir. Sie sind Ungeheuer, primitiv und widerlich. Sie glaubten, sie wären uns ebenbürtig gewesen. Was für Narren sie doch waren! Sie haben kein Recht darauf, in unserer Welt zu leben. Und jedes Mal, wenn eins von ihnen entkommt, zeigt es uns das wahre Gesicht der Schattenschläfer.«

Iris griff nach Ellys Gesicht und drehte ihren Kopf so, dass sie auf die verbrannten Häuser schaute. Vor Ellys flimmernden Augen erschienen sie plötzlich, die Flammen, die damals wüteten. Was Iris ihr mit Worten erzählte, war für ihre Augen plötzlich bittere Realität.

Eine Gestalt, die kein Mensch war, rannte durch die nächtlichen Straßen und was immer sie berührte, ging in Flammen auf. Elly spürte die Hitze der Flammen in ihr Gesicht schlagen. Sie roch den Rauch, der aus den bunten Häusern quoll, und wie die Kapuzinerkresse in den Blumenkästen in der Hitze zusammenschrumpfte. Sie sah, wie die Menschen in ihren Häusern aus dem Schlaf gerissen wurden, wie Iris und Herbert Zahl, damals noch jung, um ihr Leben rannten. Damals strahlte Herbert keine Finsternis aus und einen Stressball besaß er auch nicht. Sie halfen den Nachbarn mit den zwei kleinen Kindern und dem großen, zotteligen Hund. Sie trugen eine Katze hektisch auf die Straße. Als alle in Sicherheit waren, retteten sie die Instrumente aus ihrem eigenen Haus. Herbert ging noch einmal zurück, doch er kam nicht wieder. Iris rannte zu ihm in das brennende Gebäude und brachte ihn ins Freie. Schmerzverzerrt hielt er seinen Arm. Er würde nie wieder richtig arbeiten können. Sofort griff ein Junge mutig nach einer Trompete, die auf dem Boden lag. Es war Karl März und Elly drehte sich zur Seite. Konnte Melody sehen, was sie sah? Melody lauschte Iris' Worten und ihr Blick war starr geradeaus gerichtet. Auch vor ihrem inneren Auge spielten sich Bilder ab.

Mit der Musik zwang der mutige Karl die Kreatur auf die Knie. Vernichten konnte er sie nicht und als die Löschfahrzeuge endlich eintrafen, entkam das Wesen. Die Flammen loderten noch die ganze Nacht. Viele Häuser brannten komplett nieder, andere blieben als Mahnmal stehen. Ein Mahnmal für alle in der Stadt, die wussten, was unter ihren Füßen vor sich ging. Damit sie sich immer bewusst machten, welches Unheil sie von Quedlinburg abwendeten.

Jetzt war alles still und Elly lauschte dem Wind, der durch die Ruinen ging. Iris hielt Ellys Kopf immer noch in ihrer Hand.

»Wie hast du das Monster gerufen? Und das Wesen davor?«

Elly antwortete nicht. Iris drehte Ellys Kopf so, dass sie sich beide anschauen mussten. Iris' Blick war drohend.

»Woher wusstet ihr, welche Musik ihr zu spielen habt?«

Ellys Augen wanderten zu Melody, die immer noch in Richtung der schwarzen Häuser schaute. Ihre blonden Haare und ihr Kleid wehten sanft im Wind.

Elly schlug endlich Iris' Hand weg, da stand Herbert Zahl vor ihr und blockierte den Weg. Zum ersten Mal sah Elly bewusst seine Verbrennungen am Arm. Vielleicht hatte sie vorher mit Absicht nie hingeschaut. Er sah sie ruhig und bestimmt an.

»Wenn du zwischen dem Glück und dem Schmerz der Menschen entscheiden könntest, würdest du dann nicht auch das Glück wählen?«

Der Geruch der Asche und des verbrannten Holzes krochen in Ellys Nase und viele Fragen krachten in ihrem Kopf zusammen. Herbert legte beschwichtigend eine Hand auf Ellys Schulter.

»Schau dich doch an. Ganz in Schwarz und stolz darauf. Da hast du dich so sehr nach der Finsternis gesehnt und dennoch wird dir bange?«

Ellys Herz raste.

»Und jetzt mach den Mund auf.«

Plötzlich zischte ein Stein an ihnen vorbei und krachte klirrend in eine alte Fensterscheibe. Elly nutzte die Gelegenheit und riss sich los.

Draußen standen Nana, Lucki, Lederhosen-Boy und Schatten. Elly stiegen Tränen in die Augen. Lucki hatte noch mehr Steine in der Hand und Iris und Herbert Zahl wichen zurück. Die Freunde waren wie gelähmt gewesen, als Iris Zahl in der Villa aufgetaucht war. Unter den Augen der geschockten Freunde hatte sie die besinnungslose Elly einfach mitgenommen. Dann war Melody wortlos mit ihr ins Auto gestiegen.

Jetzt wischte Nana erst einmal Ellys Tränen mit ihrem Ärmel ab. »Wer bringt dich zum Weinen? Wen muss ich töten?«

Alle umarmten sich, dann liefen sie zusammen los. Doch Iris' Stimme stoppte sie.

»Vielleicht schaut ihr euch noch eine Sache an.«

Fragend drehten sie sich zu ihr. Iris stand vor dem Transporter und hielt die Tür auf. Neben ihr wartete Herbert, der seine Hand wie eine Einladung auf das Auto gerichtet hielt. Melody trat neben ihn, sie strich sich ihre blonden Haare aus dem nachdenklichen Gesicht und ergriff das Wort: »Eine Sache nur.« Sie schaute Elly und ihre Freunde eindringlich an. »Damit ihr euch frei entscheiden könnt, wer ihr sein wollt.«

Elly sah die Fassade des Krankenhauses langsam näher kommen. Auf der Rückbank war es eng und Schatten hielt die ganze Zeit Ellys kalte Hand. Jetzt kam auch eine andere Hand voller Sommersprossen dazu. Elly drehte sich zu Lederhosen-Boy und drückte seine warme Hand. Sie flüsterte ihm ins Ohr: »Tut mir leid. Das ist alles ziemlich beschissen. Eigentlich sollten die Leute dir und deiner Musik zujubeln und dich nicht wie einen Verbrecher behandeln. Das hast du nicht verdient.«

Er lächelte schwach und Elly spürte, dass all sein Mut aufgebraucht war und er an sein Zuhause dachte.

Nana zog sich ihre Jacke aus und schob sie zu Elly. Die verstand sofort und zog sich die Jacke über, so waren die schwarzen Adern auf ihrer Haut versteckt. Dann hielt das Auto auf dem Krankenhausparkplatz.

Iris Zahl drückte den Knopf des geheimen Fahrstuhls. Doch noch bevor sich der antike Fahrstuhl in Bewegung setzte, hörten sie schnelle Schritte näher kommen.

»Auf gar keinen Fall!«

Franziska ließ ihren Kaffeebecher auf den Boden fallen und eilte zu der Gruppe, die vor dem Fahrstuhl stand. Sie baute sich vor der Fahrstuhltür auf und blockierte sie.

»Ihr habt dort nichts verloren!« Sie schaute böse zu Iris und Herbert. »Was fällt euch ein, sie hierher zu bringen?!«

Iris und Herbert verzogen keine Miene.

»Ich glaube nicht, dass du die Gründe in allen Details wissen möchtest.«

Schatten stellte sich hinter Elly, die Stimmung hier war ihr zu unheimlich und Iris zu unberechenbar. Unter ihrem weißen Kleid trug sie Hellborns Heft und sie fürchtete, dass es dort bald nicht mehr sicher sein würde.

Franziska schaute Iris zornig an. »Elly und ihre Freunde gehen jetzt. Sofort.« Sie gab ihrer Tochter ein Zeichen abzuhauen.

Iris und Herbert schauten sich für einen Moment an und Iris suchte etwas in ihrer Tasche. Da kam plötzlich Doktor Bärenthal angerannt und steuerte hektisch auf Franziska zu.

»Wir haben ein akutes Abdomen auf Zimmer 16.«

Franziska sah ihn erschrocken an und sie musste im Bruchteil einer Sekunde entscheiden, wo sie dringender gebraucht wurde. Ihr Herz wusste, dass sie bei Elly bleiben musste, um sie zu beschützen. Doch ihr Kopf wusste, dass in Zimmer 16 ein Leben in Gefahr war, und es lag in ihrer Hand, diesen Tod abzuwenden.

»Keiner bewegt sich, bis ich wieder zurück bin.«

Iris sah Franziska nach, wie sie mit Doktor Bärenthal losrannte. Dann drückte sie den Knopf des Fahrstuhls.

Erst als Franziska mit Schweißperlen auf der Stirn Zimmer 16 betrat und Frau Paschke in ihre rosa Klatschzeitung vertieft auf dem Bett

sitzen sah, wurde Franziska klar, dass Iris sie ausgetrickst hatte. Böse schaute sie Doktor Bärenthal an, der sich abwandte und das Zimmer verließ. Sie eilte zurück, doch niemand war mehr da. Schnell versuchte sie den Fahrstuhl zu rufen, doch als sie den Knopf des Fahrstuhls mehrfach drückte, reagierte dieser nicht. Einen anderen Weg in die Station 6 gab es ihres Wissens nicht ... Franziska biss vor Ärger die Zähne zusammen.

Im Fahrstuhl zog Elly ihre Jacke enger. Das mechanische Surren und der Geruch von altem Gummi begleitete sie Stockwerk für Stockwerk nach oben. Es war unglaublich eng, denn alle hielten ihre Instrumente im Arm. Melody schaute geradeaus, obwohl es nichts zu sehen gab.

Dann öffnete sich die alte Fahrstuhltür schwerfällig und gab den Blick auf Station 6 preis. Der Geruch von Desinfektionsmittel kam ihnen wie eine Wolke entgegen.

Lederhosen-Boy kniff seine Augen zusammen, er wollte gar nicht wissen, was vor ihm lag. Schatten stand zur Hälfte hinter Ellys Rücken und starrte nur mit einem Auge nach vorne. Lucki schaute mehr zu Boden, aber aus den Augenwinkeln heraus konnte er die vielen Krankenhausbetten sehen. Nana und Elly waren die Einzigen, die nach vorne blickten.

Melody löste sich von der Gruppe und ging zum Bett ihres Vaters. Sie setzte sich auf den Hocker neben seinem Bett und nahm seine Hand in ihre. Elly wurde klar, dass auch sein Unfall mit der Unterwelt zusammenhing. Melody schaute Elly jetzt direkt an.

»Verstehst du? Das alles ist kein Spiel. Es geht um unsere Zukunft. Unser Leben!«

Elly ging langsam auf das Bett von Karl März zu und sah in sein friedlich schlafendes Gesicht. Doch was ihn hierhergebracht hatte, war nicht friedlich gewesen. Sie sah, dass Melody den Koffer mit der schwarzen Trompete auf einen Tisch gelegt hatte. Der Koffer stand nun offen. Krabbelte da gerade etwas hinein …? War es das Mist–

Melody stand vom Hocker auf und Elly riss ihren Kopf schnell herum, damit niemand in die Richtung der schwarzen Trompete schaute. Melody stellte sich vor Elly.

»Du bist doch auf unserer Seite?«

Ellys Atem ging schneller und sie schaute hektisch zu den anderen Patienten. Sie sah, wie Nana langsam auf eines der hinteren Betten zusteuerte. Sie hatte eine Hand über ihren Mund gelegt und ihre Augen waren weit aufgerissen.

»Onkel Amos …« Sie drehte sich zu Iris. »Aber … aber … wie kann …?«

Iris nickte. »So ist es. Nicht alle, die wir für tot hielten, sind es auch. Seit dreißig Jahren häufen sich die Angriffe der Schattenschläfer. Als ob sich ihre Boshaftigkeit nach all der Zeit Bahn bricht.«

Sie trat neben Nana, der dicke Tränen über die Wangen liefen.

»Er war ein Idol für dich, oder?«

»Die Ärzte haben uns gesagt, er ist tot!«

»Wir vom Kreis der Wissenden haben eine Verantwortung gegenüber euch allen, die ihr in unserer Stadt lebt. Euer Leben soll so schön und unbeschwert wie möglich sein. Und solange wir keinen Weg wissen, diese Menschen aus dem Koma zurückzuholen, ist es besser, ihr glaubt, sie wären gestorben.« Sie legte Nana eine Hand auf den Rücken. »Wärst du nicht gerne wieder ahnungslos?«

Die Fahrstuhltür öffnete sich und Doktor Bärenthal kam auf die Station. Er desinfizierte sich die Hände am automatischen Spender. Dann griff er sich ein frisches Hemd aus dem Schließfach an der Wand und zog sich um. Ellys Blick fiel sofort auf eine alte Brandverletzung an der Schulter. Die Verletzung verschwand unter dem frischen Hemd und Doktor Bärenthal kam auf Herbert und Iris zu. Herbert legte ihm liebevoll eine Hand auf die Wange.

»John war eines dieser Kinder, die wir aus dem Feuer gerettet haben.« Doktor Bärenthal lächelte.

»Herbert und Iris sind wie zweite Eltern für mich. Welches Kind hat solches Glück?«

Elly schaute zu Nana, die leise schluchzte, als sie ihren Onkel Amos da liegen sah. Im Gesicht hatte er einen gut verheilten Kratzer, ein unmissverständlicher Hinweis darauf, dass ihm etwas oder jemand begegnet war. All die wunderbaren Erinnerungen an ihn stiegen in Nana hoch. Seine Wärme, sein Humor und das Verständnis, das er für sie hatte. Der *King of Chill* hätte immer ein Teil ihres Lebens sein können. Doch das dunkle Geheimnis ihrer Heimatstadt hatte dem Glück ein Ende gesetzt.

Doktor Bärenthal kam zu Nana. »Wir wissen auch nach all der Zeit wenig über diese Patienten. Im Gegensatz zu normalen Koma-Patienten geht es ihnen gut, sie verlieren ihre Muskelkraft nicht, sie brauchen keine Nahrung und erscheinen manchmal so, als wären sie nur eingefroren, bereit für neue Abenteuer, sobald wir eine Lösung finden. Doch ich will ehrlich sein, die meisten überleben hier dennoch nur wenige Jahre. Ich habe in meiner Zeit einige verloren und ich kann nicht sagen, warum. Auch ihre Uhr scheint zu ticken.«

Herbert trat neben das Bett seines Freundes Karl März.

»Auch fallen nicht alle ins Koma, die von Schattenschläfern angegriffen wurden. Manche überleben den Angriff gar nicht. Es ist möglich, dass es verschiedene Sorten von Kreaturen gibt. Alle scheinen ihre eigenen Regeln zu haben.«

Lucki, Schatten und Lederhosen-Boy lösten sich aus ihrer ängstlichen Starre und kamen zu Nana. Sie vergrub ihr nasses Gesicht in Luckis schmutzigem Pullover.

Elly fixierte Iris. »Wir haben genug gesehen!«

Iris lächelte knapp. »Das ist gut.«

Lucki nahm Nana an der Hand und führte sie zum Fahrstuhl, Lederhosen-Boy trug zusätzlich zu seinem Koffer nun auch Luckis Instrument. Schatten hob ihren Koffer ebenfalls auf und zusammen warteten sie auf den Fahrstuhl, der sich schwerfällig näherte.

»Einen Moment.« Iris und Herbert kamen zu ihnen und Iris streckte ohne weitere Worte die Hand nach ihnen aus. Die vier schauten Iris an und verstanden nicht, was sie wollte.

Herbert deutete auf die Instrumentenkoffer. Es vergingen einige quälende Momente, in denen jeder auf seine Weise mit sich rang.

Nana war die Erste, die ihre Drumsticks aushändigte, danach gab Lucki den Koffer mit seiner Tuba her. Lederhosen-Boy hielt seinen Koffer fest.

»E-es gehört mir!« Doch die Stille auf der Station und die Angst, die ihm tief in den Knochen saß, ließen seine Arme locker werden. Dann streckte er den Koffer mit seinem Flügelhorn nach vorne und Iris nahm ihm das Instrument ab.

Schatten hielt den Koffer mit ihrer Posaune hinter ihrem Rücken.

Mit einer Hand fasste sie an ihren Hals. Waren sie gerade dabei, alles aufzugeben? Hellborn? Und ... ihre Stimme? Schatten wurde schwindelig bei dem Gedanken. Sie waren doch schon so weit gekommen! Iris griff hinter Schattens Rücken und entriss ihr das Instrument.

Da trat Melody zu ihnen mit dem Koffer mit der schwarzen Trompete in der Hand. Elly wollte sie aufhalten. Doch Melody streckte ihr die Hand entgegen und stoppte Elly. Sie flüsterte ihr zu: »Sie wird eingeschmolzen, wie die anderen auch.«

»Aber, da ist noch ...« Elly biss sich auf die Zunge. Wenn sie wüssten, was in die Trompete hineingeklettert war, würden sie es sofort töten.

Melody übergab den Koffer an Herbert. »Es ist das einzig Richtige.«

Nun waren alle Instrumente in den Händen der Instrumentenbauer. Schatten drehte sich heimlich zu Elly und zog Hellborns Notenheft aus ihrem Kleid, sie schob es Elly zu, ehe sie zu Nana und den anderen in den Fahrstuhl stieg.

Elly rollte das Heft in ihrer Hand zusammen und wollte es in ihrer Rocktasche verschwinden lassen. In dem Moment griff Iris unerwartet schnell dazwischen und erwischte das Heft. Elly hielt es mit aller Kraft fest, doch Iris war in diesem Moment stärker als sie. Nun war also ihre letzte Hoffnung, Hellborn zu finden, verloren.

Die anderen warteten darauf, dass Elly in den Fahrstuhl einstieg. »Kommst du?«

Währenddessen legte Iris ihre Hände auf Ellys Schultern, doch es kam ihr so vor, als würde sie sie eigentlich um ihren Hals legen wollen. Sie kam ganz nah an sie heran.

»Tief in der Erde stehen unzählige Betten. Es gibt große Betten, kleine Betten, bequeme Betten und manchmal auch einfach nur eine schmutzige Matratze auf dem Boden. Vielleicht spiegelt jedes Bett die Kreatur, die darin liegt. Aber eines steht fest ...« Sie flüsterte in Ellys Ohr. »... für dich ist noch ein Bett frei.«

Elly musste an Hellborn denken und an all die anderen Geschöpfe unter der Erde.

»Wie dein Bett wohl aussieht, kleine Rebellin mit dem hohlen Kopf?« Iris tippte mit dem Zeigefinger auf Ellys Jackenärmel, unter dem sich die schwarzen Adern verbargen.

Jetzt stand auch Herbert dicht neben ihr. »Vielleicht kannst du die Stadt noch verlassen und woanders eine neues Leben beginnen. Aber dein Schicksal wird dich überall einholen.«

Elly dachte an ihren Traum, die Stadt zu verlassen, sie dachte an ihre Eltern und an ihre Freunde und an die kaputten Gewächshäuser und an den Brunnen, in den sie die Moormutter getrieben hatten ...

»Du stehst nun vor der Wahl: Kämpfe aufseiten der Schattenschläfer und beschleunige den Prozess ...« Sie schob mit der freien Hand Ellys Ärmel hoch und legte die schwarzen Adern frei. »... oder genieß die Zeit, die dir noch bleibt, und halte dich an die Regeln. Die Regeln, die seit tausend Jahren darüber wachen, dass uns das Wichtigste erhalten bleibt: Frieden.«

Franziska stopfte ihre OP-Klamotten in die Wäscheluke. Sie hatte mehrfach verzweifelt versucht, den Fahrstuhl zu rufen, aber nichts hatte sich getan. Also blieb ihr nichts anderes übrig, als abzuwarten und ihren Pflichten nachzugehen.

Sie eilte auf den Krankenhausflur. Sie sah vom Panoramafenster im ersten Stock, wie Elly und ihre Freunde das Krankenhaus verließen, und ein Stein fiel ihr vom Herzen. Wo die Instrumente geblieben waren, die sie zuvor bei sich getragen hatten, interessierte Franziska nicht. Sie war so erleichtert, ihre Tochter wohlauf zu sehen. Obwohl sie wusste, dass sie dort unten niemand hören könnte, klopfte sie gegen das Glas. Einige Patienten, die auf dem Flur standen, drehten sich irritiert zu ihr um. Franziska kümmerte das wenig und klopfte noch mal. Vielleicht hatte sie ja doch eine Chance. Und tatsächlich drehte sich Elly zu ihr um. Franziska schaute ihr in die müden Augen mit den markanten dunklen Augenringen. Elly zog ihre Ärmel unwillkürlich weiter nach unten, damit ihre Mutter nichts bemerkte. Dann formte sie mit ihren Fingern ein Herz und schickte es mit etwas Schwung in Franziskas Richtung.

Franziska lächelte erleichtert. Sie musste nur noch antworten. Zuerst zeigte sie mit ihrem Zeigefinger auf sich selbst, dann legte sie beide Hände über ihr Herz und streckte zuletzt beide Hände in Ellys Richtung.

Ich. Liebe. Dich.

Die Straßenlaternen waren gerade angegangen und tauchten das beschauliche Quedlinburg in honiggelbes Licht.

Holger trug in seiner Tasche die Pergamentrolle, die sie aus der Bibliothek mitgenommen hatten. Das schlechte Gewissen trieb Holger zurück an den Tatort. Er würde sie einfach hinter ein anderes Regal stecken und er würde von nun an immer wissen, wo sie war.

Vor der Bibliothek kam ihm Franziska mit tiefhängenden Schultern entgegen. Holger schaute besorgt zu ihr.

»Was ist passiert?«

Franziska bemerkte ihn und zuckte zusammen.

»Nichts. Alles ist …« Sie gestikulierte mit den Händen und versuchte, ihre Körperhaltung auf glücklich zu trimmen.

Holgers Gesicht verfinsterte sich im Gegenzug.

»Gut? Alles ist gut?«

Franziska nickte mit einem falschen Lächeln.

Er schaute sie mitfühlend, aber streng an. Endlich zerbrach etwas in Franziska und über das Gesicht der Ärztin, bei der immer alles funktionieren musste und die keine Schwäche zuließ, liefen jetzt dicke Tränen.

Holger nahm seine Frau in den Arm, die nach Worten rang.

»Alles … alles hat mit diesem neuen Lehrer angefangen … wie ein Korken, den jemand aus der Flasche gezogen hat! Und jetzt schwappt die Dunkelheit auf uns alle über!« Franziskas Stimme war brüchig und sie wischte ihre Tränen notdürftig trocken. Er strich mit der Hand über ihren Rücken.

»Es ist nicht Hellborns Schuld …«

»Ich weiß! Ich weiß, du magst ihn! Er war gut zu dir! Elly mag ihn auch! Und jetzt steckt sie in diesem ganzen Mist drin! Holger! Sie weiß alles, und du weißt es auch!«

»Ich …« Holger wollte es leugnen, fand aber keine Worte. Verzweiflung färbte Franziskas Stimme und sie deutete auf die Pergamentrolle in Holgers Tasche. »Du hast doch immer nur im Hier und Jetzt gelebt! Und jetzt läufst du mit Papieren herum, die Hunderte Jahre auf dem Buckel haben! Was ist plötzlich so spannend an der Vergangenheit? Mir fällt da nur eine Sache ein!« Dann liefen ihr die nächsten Tränen übers Gesicht. »Niemand außer mir sollte diese Last tragen müssen!«

Holger lächelte. »Noch ist nichts verloren.«

»Jetzt versuchst du, die heile Welt heraufzubeschwören …«

»Stimmt, das ist sonst dein Job.« Er strich Franziska durch die Haare und brachte sie dazu, ihn anzuschauen.

»Uns geht es gut. Elly geht es gut. Wir haben uns.«

Franziska nickte widerwillig und wischte sich über ihre nassen Wangen. Sie ließ Holgers Worte auf sich wirken und versuchte, einen klaren Kopf zu bewahren.

»Vielleicht hast du recht.«

Holger musste schmunzeln. »Immerhin hat sie jetzt eine ganze Handvoll Freunde!«

Franziska legte die Stirn in Falten. »Allerdings solche, die ich nicht am Esstisch haben muss.«

Holger prustete und gab Franziska einen Klaps auf die Schulter.

»Also wirklich! Schraub deine Ansprüche runter! Unsere finstere Prinzessin ist auch nicht auf Platz 1 der Lieblings-Gäste!«

Franziska sammelte sich und holte tief Luft.

»Sie braucht uns jetzt.«

Holger nickte. Er ging in die leere Bibliothek und schob die alte Pergamentrolle ungesehen hinter das Regal mit den Büchern über antike Philosophie. Und er spürte in diesem Moment, dass er Hellborn wahrscheinlich nie wiedersehen würde. Es gab jetzt Wichtigeres, egal wie groß die Trauer war.

Elly, Nana, Schatten, Lucki und Lederhosen-Boy lagen sich im Licht einer Laterne in den Armen. Es hatte zu regnen begonnen und die Tropfen prasselten sanft auf das Kopfsteinpflaster. In der Luft hing der Geruch von gebratenen Zwiebeln aus dem Hamburger-Restaurant um die Ecke. In der Ferne spielten ein paar Frauen in einem Haus mit offenem Fenster Blasmusik. Sie war leise und wurde immer wieder vom prasselnden Regen überdeckt, und doch biss Elly unwillkürlich die Zähne zusammen. Dann schaute sie Lederhosen-Boy an.

»Paul …«

Er stutzte, als Elly seinen richtigen Namen verwendete. Irgendwie fühlte es sich plötzlich falsch an.

»Paul, es tut mir leid, dass sie dir dein Flügelhorn weggenommen haben. Dabei hast du es von zu Hause mitgebracht und nicht gestohlen wie wir unsere Instrumente. Oder gefunden …« Sie dachte an ihre schwarze Trompete und an das Mistvieh, das jetzt hilflos im Instrument saß und nicht wusste, was geschehen würde.

Lederhosen-Boy schüttelte den Kopf. »Es ist okay. Wirkliche Verluste sind Menschen, die wir lieben.« Er schaute zu Nana, deren Blick immer noch glasig war. Nana nickte.

»So schlimm es ist ... ich lebe lieber mit der Wahrheit als mit einer Lüge.«

Lucki lächelte kurz, als Nana das sagte.

»Ich glaube, ich hätte lieber weiter mit der Lüge gelebt.«

Elly sah ihn an und verstand, was er meinte.

»Weil es besser ist, als herauszufinden, dass all die schlimmen Albträume in Wirklichkeit Erinnerungen sind?«

Lucki nickte und nahm Ellys Hand.

»Du hast mich damals davor bewahrt, den schwarzen Apfel zu berühren.«

»Werd mal nicht sentimental, *King of Grill*. Ich war drei Jahre alt und ganz sicher keine Heldin. Wenn ich könnte, würde ich den bescheuerten Fluch sofort an dich rübergeben!« Ellys Augen funkelten böse und Lucki umarmte sie etwas fester. Er liebte es, wenn sie Lügen erzählte.

Lederhosen-Boy fühlte mit der Hand in seiner Tasche. So unheimlich er das Mistvieh auch fand, so seltsam war es jetzt, dass es fort war. Elly sah, wie er mit der Hand in der Tasche kramte, und wollte ihn trösten. Aber wie?

Über den fünf Freunden flatterten an diesem Abend bunte Motten. Sie tanzten orientierungslos um das Licht der Straßenlaterne.

Am Morgen erwachte Elly mit bohrenden Kopfschmerzen. Ihre Hände und Füße fühlten sich taub an und sie begann, sie vorsichtig zu strecken. Langsam kam das Gefühl zurück. Sie dachte an das, was Iris zu ihr gesagt hatte.

»Dort unten ist ein Bett frei für dich.« Ihre Finger glitten über ihre schwarze Bettwäsche, die noch schlafwarm war. War es unter der Erde auch warm? Oder herrschte dort immer Kälte, weil die Sonne nie schien?

Elly kämpfte sich hoch und griff nach einem Stück Stoff aus dem Kleiderschrank. Was es war, war Elly egal. Hauptsache, es hatte lange Ärmel. Dann streckte sie ihre Hand nach ihrem Gitarrenkoffer aus. Vorsichtig holte sie das Instrument aus dem Koffer und betrachtete es mit Wehmut. Ihre Fingerspitzen glitten über die stummen Saiten. Diese Gitarre war immer ihre Freundin gewesen, durch all die grauen Tage ihres jungen Lebens. Und doch hatte sie sie in letzter Zeit kaum beachtet. Denn es hatte ein anderes Instrument gegeben, das gespielt werden musste. Und so merkwürdig es war, die Trompete fehlte ihr.

Elly nahm ihr Notizbuch und schrieb:

Wenn jemand fortgeht, muss man nicht weinen,
denn es geht doch immer weiter.
Vielleicht nicht besser, nicht schöner
oder heiter.
Aber weiter.

Am Frühstückstisch schauten alle hoch, als Elly sich dazusetzte.

»Wann hast du denn zuletzt … so was getragen?« Franziska musterte sie in ihrem weißen Kleid von unten bis oben. Elly ließ den Blick an sich herunterwandern. Tatsächlich … ein etwas vergilbtes weißes

Kleid, das zu oft gewaschen worden war und jahrelang einsam im Schrank gehangen hatte. Elly zuckte müde mit den Schultern.

Melody löffelte ihren Joghurt aus und stand auf.

»Ich geh zur Probe.«

Die Blicke der beiden trafen sich. Melody ging Richtung Tür, ohne ein Instrument in der Hand zu haben. Holger schob ihr schnell noch eine Packung mit Keksen und Broten unter den Arm, während Franziska ihr heißen Tee in eine Thermosflasche füllte. Bevor Melody die Tür öffnete, schob Franziska alle Bewohner des kleinen gelben Hauses zusammen, sodass jeder sich anschaute.

»Eine wichtige Sache noch.«

Sie legte ihre Hände auf die Schultern von Holger und Melody und zog auch Elly enger in den Kreis.

»Wir sind eine Gemeinschaft, wir halten zusammen. Wir sitzen alle im selben Boot.« Sie blickte die Mädchen an und erwartete, dass sie ihr nachsprachen.

Melody nickte.

»Wir sitzen alle im selben Boot.«

Elly zögerte, dann blickte sie Melody direkt in die Augen.

»Wir lösen alle Probleme.«

Die nächsten Tage schwänzte Elly die Schule. Darin hatte sie mittlerweile eine gewisse Professionalität entwickelt. Und vielleicht würde Frau Kettler heute mal nicht bei ihren Eltern anrufen. Denn ganz ehrlich, ein bisschen froh war sie doch über jeden Tag, an dem sie das finstere Mädchen in Sitzreihe fünf nicht sehen musste. Der Gedanke an drei Stunden Musikunterricht ließ Elly erschaudern und sie bog mit ihrer Alibi-Schultasche vom Weg ab und machte sich auf zum Markt. In der letzten Zeit hatte sie sich immer überall in der Stadt rumgetrieben und den Tag an sich vorbeiziehen lassen. Manchmal war sie Schatten begegnet, die nach der Schule durch die Straßen schlenderte, in den Wald war sie aber nicht mehr gegangen. Manchmal hatten sie ihre Pausenbrote zusammen gegessen, meistens hatte Elly geschwiegen und Schatten hatte nichts auf ihren Zettel geschrieben. Denn es gab nichts mehr zu sagen. Jedes Wort hätte sie nur traurig gemacht. Einmal waren sie gemeinsam über den Friedhof spaziert. Dort hatten sie mit gestohlener Kreide ein Kreuz und ein H auf die Rückseite eines dunklen, verwitterten Grabsteins gezeichnet. Niemand konnte entziffern, wer hier mal begraben worden war, deswegen gaben die beiden dem Stein einen neuen Sinn, wenn auch nur heimlich. Sie wussten jetzt, dass sich auf der Rückseite ein Kreuz befand. Ein Kreuz für Herrn Hellborn. Es gab nicht gerade viele Menschen in der Stadt, die um ihn trauerten. Schatten hatte ein paar Löwenzahnblüten auf den Stein gelegt und Elly hatte ein weiteres, winziges Kreuz danebengezeichnet. Eine kleine Erinnerung hatte das Mistvieh schließlich auch verdient, das mit der schwarzen Trompete eingeschmolzen worden war. Beim Anblick der beiden Kreuze wurde ihr das Herz schwer.

Elly näherte sich dem trubeligen Marktplatz. Am Gemüsestand erspähte sie ein großes Holzfass, das auf dem Boden lag und dekorativ von Kisten mit frischen Gurken umgeben war. So gab der Gemüsestand den Stadtbewohnern ein Gefühl von Dorf und Bauernhof. Elly hockte sich unbemerkt in das Fass und nahm ihre Schultasche als Kissen. Sie dachte an das Buch von Huckleberry Finn, der den ganzen Sommer in einem Fass gelebt hatte und zufrieden damit war. Elly lauschte auf das Geplapper der Marktbesucher, die morgens von Stand zu Stand liefen und ihre Besorgungen machten. Blumenkohl zum Mittag, Salat zum Abendessen und zwischendurch etwas vom Grillstand. Von irgendwoher kam Blasmusik, aber sie war fern und leise. Wahrscheinlich kam sie aus der Schule und Elly war froh, hier im Fass zu liegen.

So schritt der Tag langsam voran und Ellys Kopf wurde immer leerer. Was für ein gutes Gefühl, fast wie ohnmächtig zu sein.

Nach einer Weile war leises Klappern neben dem Fass zu hören und Elly schaute müde heraus. Bürgermeister Hildebrand baute einen Infostand auf, um für sich zu werben. Elly fiel auf, wie groß er eigentlich war und wie breit seine Schultern hervorragten. Trotz seiner

Größe wirkte er aber selten einschüchternd. Er entfaltete mit gemächlicher Routine ein Stoffbanner, auf das ein Foto von ihm gedruckt war. An einem Stehtisch, der etwas wackelig aussah, verteilte er Broschüren und Kugelschreiber. Dann wartete er geduldig und lächelte die Bürger freundlich an. Ein paar ältere Damen kamen zu ihm und nahmen vergnügt ein paar Kugelschreiber mit.

»In wenigen Wochen ist die Wahl, machen Sie Ihr Kreuzchen gerne mit meinem Kugelschreiber.« Die Damen nickten freundlich lächelnd. Der Bürgermeister rief ihnen nach: »Natürlich das Kreuzchen an der richtigen Stelle setzen!« Er lachte etwas verlegen, dann bemerkte er Elly neben sich im Fass und zuckte zusammen.

»Grundgütiger, erschreck einen alten Mann doch nicht so!«

Elly rollte mit den Augen.

»Jetzt machen Sie mal nicht einen auf Rentner. Mein Vater ist älter als sie.«

Er lächelte knapp.

»Ist das so?«

Der Tag verging in Schweigen. Elly glitt mit ihren Fingern über ihr weißes Kleid, das sie jetzt immer trug, und schaute in die wenigen Sonnenstrahlen, die sich in das Fass verirrten. Nach langer Zeit breitete sich eine Wärme in ihr aus, die sie schon vermisst hatte. Sie hielt ihre Hand vor die Augen und ließ die Sonne durch die Spalten ihrer Finger tanzen.

»Morgen gehe ich wieder zur Schule.«

Der Bürgermeister drehte sich fragend zu ihr um.

»Hm?«

»Ich hab gesagt, morgen gehe ich wieder zur Schule.«

»Das ist sehr löblich.« Er lächelte liebevoll zu Elly, die sich alle Mühe gab, ein ansatzweise gleichwertiges Lächeln zurückzuschicken.

»Sieht aus, als ob du gleich jemanden auffressen willst. Das musst du noch üben.« Er lachte in sich hinein, bis ihm das Lachen verging.

»Also ist das heute dein letzter freier Tag, Elly? Genieß ihn ruhig und mach dir keine Sorgen. Hier, brauchst du noch etwas Lesestoff? Oder Aufkleber?«

Er reichte ihr einen Schwung Aufkleber und ein paar seiner Broschüren. Elly nahm sie an und blätterte gelangweilt durch die Seiten. Vorne war das große Logo der Stadt mit dem typischen Q und dem immer gleichen Spruch darauf. Wie Quedlinburg wohl aussehen würde, hätte es die Verbannung der Schattenschläfer nicht gegeben? Wären die Menschen in Gefahr? *Die Sonne scheint für alle.* Elly wollte die Broschüre zuschlagen, doch irgendwas ließ sie nicht los …

Am Nachmittag tauchte Lucki auf. Er setzte sich oben auf das Fass und die beiden schauten dem Markttreiben nun gemeinsam zu. Sie verstanden sich auch ohne große Worte. Hin und wieder drückte Lucki einem potenziellen Wähler einen Kugelschreiber oder einen Aufkleber mit dem Bild seines Vaters in die Hand. Aber den Bonus des niedlichen Kindes hatte Lucki längst nicht mehr. Nur für seinen Vater war er immer noch das bezauberndste Geschöpf der Welt. Etwas später tauchten Nana und Lederhosen-Boy auf und spähten in Ellys Fass.

»Hey, lasst uns doch die Woche mal das neue Eiscafé ausprobieren.«

Elly nickte mit halber Überzeugung. Lederhosen-Boy schaute Nana besorgt an und überlegte, womit er Elly ködern konnte.

»Eine Kellnerin dort hat nur einen Arm und findet Blasmusik nur so mittelmäßig gut. Na?« Er schaute sie vorfreudig an.

»Ja, geht klar.« Elly dachte noch mal nach und legte bei ihrem nächsten Satz ehrliche Freude in ihre Stimme. Schließlich war morgen ein neuer Tag und sie würde sich endlich Mühe geben. »Ja! Wir gehen morgen hin!«

Nana lächelte erleichtert, gab Elly aber einen Klaps auf den Kopf.

»Alter, du wirst ja endlich normal. Widerlich!«

Lederhosen-Boy schüttelte entsetzt den Kopf.

»Lass sie!«

Nana pikste ihn mit ihrem Ellenbogen in die Rippen.

»Du willst dich doch nur bei ihr einschleimen, weil du ein schlechtes Gewissen hast. Er hat Melody um ein neues Vorspielen gebeten!«

Elly schaute ihn überrascht an.

»Lässt sie dich wirklich vorspielen? Nach allem, was gewesen ist? Und woher bekommst du ein neues Instrument?«

»D-das weiß ich noch nicht … aber es wird schon werden.«

Elly nickte und lächelte.

»Da bin ich mir sicher, das wird auf jeden Fall! Und du bist eh der beste Musiker, den ich kenne.«

Lederhosen-Boy schluckte und geriet ins Stottern. Freundschaftliches Augenrollen ging durch die Reihen, dann packten Nana, Lucki und Lederhosen-Boy ihre Schultaschen, um weiterzuziehen. Elly runzelte die Stirn.

»Wo ist eigentlich Schatten?«

Nana zuckte mit den Schultern. »Sie wollte mitkommen, aber vielleicht stromert sie wieder rum. Fürs Eiscafé-Date kommt sie bestimmt.«

Elly nickte und seufzte. Vielleicht sollte sie Schatten zur Aufmunterung ein paar extra Überraschungstüten mit Glitzerponys kaufen. Vielleicht konnten die Dinger ihre Trauer vertreiben.

Dann war Elly wieder allein in ihrem Fass und der Bürgermeister begann, seinen Stand abzubauen.

»Ich muss jetzt weiter. Gleich ist eine wichtige Veranstaltung im Rathaus. Ich muss meine Gegner ausstechen.« Er lachte über einen Witz, den nur er verstand. Mit dem eingerollten Banner und dem zusammengeklappten Tisch unter dem Arm drehte er sich zu Elly.

»Danke dir. Für alles. Vor allem für deine Freundschaft. Und für deine Ehrlichkeit.«

Elly schnaubte und rollte die Broschüre in ihrer Hand zusammen, die sie noch die ganze Zeit beschäftigt hatte. Eine Vermutung war in ihr gekeimt und sie musste ihr auf den Grund gehen. Sie fuhr sich mit einer Hand durch die schwarzen Haare.

»Und jetzt wird es Zeit, dass Sie mal ehrlich zu mir sind.«

Er schaute sie irritiert an, da sah er Frau Kettler näher kommen. Sie hatte die Liste mit den Tagesordnungspunkten für den Bürgermeister in der Hand. Elly zuckte sofort zusammen. Mit einer guten Portion Wut schaute die Direktorin zu Elly.

»Du wagst es, nach einem geschwänzten Schultag noch unter Menschen zu gehen?« Sie tippte auf ihre Uhr und signalisierte dem Bürgermeister, dass er spät dran war. Der drehte sich zu Elly, um sich zu verabschieden.

»Ich muss los, Elly. Bis b–«

Elly zog ihn an seiner Krawatte zu sich ran und klappte die Broschüre auf.

»Herr Bürgermeister, mein Geheimnis kennen Sie. Vielleicht tut es gut, wenn Sie mal über Ihres sprechen?«

»Wir müssen los, Herr Bürgermeister.« Frau Kettler gab ihm ein Handzeichen, sich zu beeilen.

Elly hielt dem Bürgermeister die Broschüre über die Stadtgeschichte entgegen. Es waren die Broschüren, die überall in der Stadt auslagen, im Rathaus, in der Schule, jeder hatte schon mal hineingeblättert. Aber eine Sache hatten alle bisher übersehen.

Elly fuhr mit dem Finger über die Bilder, die den Verlauf der Stadtgeschichte illustrierten. Große Feste, besondere Anlässe, Fotos von den letzten Blasmusik-Festivals, vergilbte Fotos aus den 70er-Jahren, Schwarz-Weiß-Fotos aus den 50ern, frühe Fotografien von 1890. Gemälde und Radierungen aus der Zeit vor der Erfindung der Fotografie.

Meist zeigten die Bilder den jeweiligen Bürgermeister bei der Arbeit.

»Ist es nicht eine Schande, dass wir noch nie eine Frau als Bürgermeisterin hatten?«

Arnold Hildebrand wischte sich mit einem Stofftaschentuch über die Stirn.

»Sicher, meine Liebe. Irgendwann wird es –«

»Wir hatten auch nie einen kleinen Bürgermeister oder einen mit schmalen Schultern. Immer kräftige, große Männer. Aber das hat nichts mit Ungerechtigkeit zu tun. Nein. Es gibt einen anderen Grund. Oder?«

Arnold schien die Luft anzuhalten und zu beten, dass Elly nicht weitersprechen würde.

»Das sind alles Sie!«

»D-das ist doch lachhaft, Kind.« Frau Kettler wurde zornig und kam nun zu ihnen. Elly ging näher an den Bürgermeister heran, damit Frau Kettler nicht hören konnte, was sie sagte.

»Sie machen diesen Job von Anfang an! Die Namen haben gewechselt, das schon. Doch der Mensch ist immer derselbe. Es sind immer Sie gewesen! Habe ich nicht recht?«

»Herr Bürgermeister, die Presse ist längst da. Unsere Gesprächsrunde fängt JETZT an!!«

Elly sah, wie sein Gesicht fahl und grau wurde.

»Oh Elly … als es geschah, glaubte ich, man hätte mir ein Geschenk gemacht. Doch es ist ein Fluch.« Er flüsterte nun. »Und wenn ich nicht wiedergewählt werde, dann … muss ich sterben. Aber das darf nicht passieren. Nicht jetzt.«

Elly starrte ihn entsetzt an. »Was?!«

Da kam ihr das Bild von der Papyrus-Rolle in den Sinn. Das Bild, auf dem die Monster von den Menschen in die Unterwelt getrieben wurden. Wie die Kreaturen ihre Arme in die Höhe streckten und gegen ihre Verbannung ankämpften. Ohne Erfolg. Doch am Rand des Loches, in das sie die Monster trieben, stand ein Mann, er war groß und kräftig, ein klassischer Anführer. Und eine Kreatur griff nach dem Arm dieses Menschen. War es die Kreatur, die sich als Letztes gegen die Verbannung auflehnte?

Arnolds Blick wirkte fern und er flüsterte die Worte: »*Tausend Jahre sollst du diese Stadt regieren. Verlierst du dein Amt, so ist dein Leben auf der Stelle verwirkt. Von nun an hast du Gelegenheit, die Menschenwelt in all ihren Farben zu sehen, zu spüren und zu erleiden, so wie wir es mussten. Und leiden wirst du, genauso wie wir.*«

Arnold Hildebrand zog seinen Ärmel ein Stück zurück und da sah Elly es. Den dunklen Abdruck einer monströsen Hand. Auch nach all der Zeit noch sichtbar. Sie schluckte.

»Wie zum Teufel …?«

»Elly, ich muss gehen, jede verpasste Veranstaltung kann mich mein Amt kosten.« Er ging los, Frau Kettler schob ihn vor sich her. Elly blieb wie gelähmt stehen. Es machte sie unfassbar wütend, dass er so ein Geheimnis für sich behalten musste. Elly wusste, wie einsam es war, Heimlichkeiten mit sich rumzutragen. Dann lief sie neben dem Bürgermeister her. Frau Kettler schob sie mit einer Hand barsch zur Seite.

»Elly, geh nach Hause!« Doch Elly blieb standhaft und Frau Kettlers Gesicht wurde ernster. »Und wage es nicht, noch einen Tag zu fehlen!«

Elly ignorierte sie und griff nach Arnolds Hand.

»*Sie* waren es, der mich in dieser Stadt beschützt hat!«

Er rang sich ein Lächeln ab und flüsterte ihr im Gehen etwas ins Ohr: »Weißt du … 994 Jahre sind genug für einen Menschen, egal wie groß er ist und wie breit seine Schultern sind. Ich war schon lange bereit für den Tod, schon vor über hundert Jahren. Wenn es vorbeigewesen wäre, ich hätte keine Träne geweint. Glaub mir. Doch dann … kam Lucki auf die Welt. Und du. Verglichen mit der Zeit, die ich gelebt habe, seid ihr nur einen kurzen Wimpernschlag am Leben, und doch …«

Sein Gesicht wurde weicher und ernster zugleich.

»Ich kann nicht gehen, solange Lucki einen Papa braucht. Und ich will nicht gehen, solange ihr nicht sicher seid.«

Sie waren vor dem Rathaus angekommen und die Presse knipste mit Blitzlicht die ersten Fotos. Arnold hatte zwei Kontrahenten, eine Frau und einen Mann in schicken Anzügen und aufgenähten Logos der Stadt. Sie schauten beide überheblich zu Arnold herüber. Längst hatten sie die ersten Fragen der Presse souverän beantwortet, während der Amtsinhaber trödelte. Der Kontrahent im dunkelblauen Anzug lächelte siegessicher in die Kamera.

»Es wird Zeit für frischen Wind in Quedlinburg! Weg mit den alten, verstaubten Figuren! Macht die Tore auf für mehr Musik und für mehr Gäste in unserer Stadt!«

Arnold beugte sich zu Elly herunter, während ihm der zusammengeklappte Tisch hektisch abgenommen und sein Anzug vom Staub frei geklopft wurde.

»Ich war der erste Mann im ›Kreis der Wissenden‹. Wir haben den Plan geschmiedet.«

Er drückte Ellys Hand sanft, dann wurde seine Stimme flüsternd und ernst. »Aber … ich bin mir nicht mehr sicher, ob wir vor tausend Jahren …«, er schluckte und verzog das Gesicht, »… wirklich die richtige Entscheidung getroffen haben.« Er drückte Ellys Hand jetzt fester. »Je länger man jemanden zu Boden drückt, desto verzweifelter wird er. Wir haben aus ihnen schlimmere Monster gemacht, als sie je gewesen sind. Wir haben sie zu Schattenschläfern gemacht …«

Dann trieben Frau Kettler und die Presse ihn zusammen mit den anderen Kandidaten ins Rathaus, hin zum großen Saal. Elly hörte nur noch undeutlich, was er sagte: »… Bald ist diese Frage hinfällig, denn es wird niemanden mehr dort unten geben, der sie beantworten kann.«

Im Bürgersaal saßen Dutzende neugieriger Bürgerinnen und Bürger, die ihre Hälse reckten und ungeduldig auf ihre Uhren schauten. Sie waren wenig erfreut über die Verspätung.

Elly blieb am Eingang zurück. Die Saaltür wurde geschlossen und das Gemurmel der Menschen war nur gedämpft zu hören. Langsam setzte die Dämmerung ein. Die Kälte war in Ellys Körper zurückgekrochen und sie spürte den aufkommenden Wind auf ihrer Haut wie Frost.

Als Elly nach Hause kam, war das Haus leer. Ihre Mutter hatte Spätschicht und ihr Vater räumte das Lager im Laden nebenan auf. So gewissenhaft, wie er war, würde er noch Stunden dort hocken und alle Kleider und Hosen und Jacken zählen.

Elly lehnte ihren Kopf gegen die kalte Küchenwand. Sie biss in eine Brotscheibe, aber sie schmeckte nach nichts. Dann ging sie die Treppe zu ihrem Zimmer hoch und sah, dass Melodys Zimmertür halb offen stand. Melody lag auf ihrem Bett und hatte die Augen geschlossen. Als sie Ellys Schritte hörte, schnellte sie hoch.

»Elly, warte.«

Unsicher, ob sie wirklich warten sollte, schaute Elly die Treppe hoch. Sie wollte sich nur unter ihrer Bettdecke verkriechen. Doch dann trat sie einen Schritt in Melodys Zimmer. Die senkte den Blick und fuhr sich durch ihre goldenen Locken.

»Ich habe verstanden, dass nichts mehr so wird, wie es einmal war ...«

Sie schaute Elly zögerlich an. Dann deutete sie mit dem Finger auf etwas, das mit einem weißen Laken bedeckt war. Elly verstand nicht.

Melody zog das Tuch weg und gab den Blick preis auf zwei Trompetenkoffer. Elly schnappte nach Luft. Es war der schwarze Trompetenkoffer! Daneben der Koffer mit der gläsernen Trompete.

Melody schaute zu Elly hoch.

»Du hast mir mein Instrument zurückgegeben. Jetzt gebe ich dir deines.«

Sie strich mit der Hand über die Oberfläche der beiden ungleichen Koffer.

»Iris glaubt, sie hat deine Trompete vernichtet. Aber es war eine andere.«

Elly suchte nach Worten, aber Melody kam ihr zuvor. »Lass unsere Freundschaft wenigstens fair enden.« Sie öffnete den Koffer mit Ellys Trompete und gab den Blick auf das unversehrte Instrument preis.

»Sind wir jetzt quitt?«

Sie klappte als Nächstes den Koffer mit der gläsernen Trompete auf und Elly zuckte vor Angst zusammen, doch …

»Was …?«

Beide starrten in Melodys Koffer. Im Koffer lag eine stinknormale Trompete. Melody schnellte vom Bett hoch.

»Wo ist sie?!«

Elly kniff die Augen eng zusammen. Wer hatte die Trompete gestohlen? Und wozu? Sie war doch nur wichtig für die Schattenschläfer! Elly spürte die Zimmerwand im Rücken und ihr Atem ging schneller. Mit gespenstischer Klarheit fielen die Puzzleteile in ihrem Kopf an den richtigen Platz. Dann kam ihr nur ein Wort über die Lippen:
»Schatten …«

Elly schnappte sich die schwarze Trompete und griff vorne in den Schallbecher. Tatsächlich! Das Mistvieh krabbelte ihr entgegen und

stieg mit seinen schwarzen Beinchen auf ihre Hand. Noch wirkte es etwas wackelig, zu lange hatte es zusammengekauert in der Trompete gelegen. Doch schnell streckte es seine Beine und plusterte sein Fell auf. Elly drückte die Kreatur Melody in die Hände.

»Pass auf es auf, bis ich wieder zurück bin!«

Elly schnappte sich den Trompetenkoffer und griff noch schnell eine Taschenlampe, die im Flur auf der Kommode lag.

Melody bekam Gänsehaut am ganzen Körper, als sie den weißen Pelz der Kreatur berührte.

Dann rannte Elly aus dem Haus.

Das Gras war nass, als Elly hindurchrannte. Der Boden war weich und gab unter ihren Füßen nach. Mit der Trompete auf dem Rücken rannte Elly über die große Wiese, der Mond war an diesem Abend hell genug, ihr den Weg zu leuchten. Die Angst rannte mit, denn Elly wusste nicht, wo ihr Weg heute enden würde.

In der Ferne hörte sie das Plätschern des Bachs und sie wusste, dass es nicht mehr weit sein konnte. Es war lange her und Elly fragte sich, ob sie überhaupt jemals wieder hierhergekommen war seit jenem Tag. Wahrscheinlich war sie oft auf dieser Wiese gewesen, aber der Tür über dem Bach hatte sie sich nie wieder genähert. Jetzt, da die Erinnerungen an den Apfelpflücker wieder klar in ihrem Kopf waren, fiel es ihr nicht schwer, die Stelle zu finden.

Und dann sah Elly sie: die Tür. Sie war älter und verwittert. Doch noch immer diente sie allen Kindern der Stadt als Brücke, wann immer jemand von einer auf die andere Seite kommen wollte. Waren andere Kinder dem Apfelpflücker in diesen Jahren begegnet? Welche Wahl hatten sie getroffen?

Als Elly sich der Tür näherte, entdeckte sie einen Zettel, der mit einem Stein am Ufer befestigt war. Mit klopfendem Herzen zog Elly den Zettel hervor.

Elly, es ist nicht deine Schuld. Aber ich muss das machen. Wehe, du folgst mir.

Ich kann das alleine.

Elly zerknüllte den Zettel und warf ihn in den Bach. Dann kletterte sie auf die Tür und balancierte auf dem Türrahmen. Mit eiskalten Händen ruckelte sie an der Klinke, sie war wackelig und rostig.

Und tatsächlich, ohne dass sie große Kraft brauchte, hob sie die Tür an. Mit beiden Händen schwang Elly sie auf und dann schaute sie in ein tiefes, finsteres Loch.

»Oh Mann …« Elly war ehrlich, sie hatte eine Scheißangst. Vielleicht hatte Iris recht. Wie sehr hatte sie sich nach allem gesehnt, was finster und abgründig war, doch jetzt, da der Abgrund vor ihr lag, wurden ihre Knie weich. Sie schaute aufs Wasser und sah, wie Schattens Zettel bachabwärts trieb. Bald würde das Papier in der Ferne verschwinden.

Elly holte Luft und sprang in das Loch.

Mehrmals krachte sie mit der Schulter gegen die dreckige Wand der Höhle, aber so wurde ihr Fall gebremst. Dann kam sie unten auf und ihre Beine gaben unter dem Aufprall nach. Sie war tief gefallen. Sorgenvoll schaute sie nach oben, wo die Tür noch offen stand und den Blick auf den wolkenverhangenen Mond preisgab. Warum war sie nicht so clever gewesen, ein Seil mitzunehmen? Wie sollte sie da jemals wieder hochkommen? Elly rieb sich mit den schmutzigen Händen die Stirn.

Sie knipste die Taschenlampe an und leuchtete in den Gang hinein.

Aus der weichen Erde schauten überall Wurzeln heraus. Das ferne Rauschen des Baches und einzelne Wassertropfen, die von der Decke fielen, untermalten den gespenstischen Ort. Die Luft war kalt, feucht und roch nach Kompost.

Elly griff in ihre Tasche und holte den Stapel mit Aufklebern heraus, die sie zuvor vom Bürgermeister bekommen hatte. Sie löste den ersten Aufkleber ab und drückte ihn gegen einen glatten Stein an der Wand. Er würde hier nicht ewig halten, aber hoffentlich so lange, bis sie den Weg zurück finden würde. Elly kniff das Gesicht zusammen und lachte kurz auf.

»Ein roter Faden hat schon antike Helden aus einem Labyrinth gerettet ... und ich? Ich hab Aufkleber von Bürgermeister Hildebrand.«

Elly ging gebückt durch den niedrigen Gang, der Trompetenkoffer auf ihrem Rücken nervte und Elly schob ihn ein Stück zur Seite, um nicht ständig anzustoßen. In regelmäßigen Abständen klebte sie einen ihrer Aufkleber an die Wand, wo immer Steine herausschauten. Nach einigen Metern öffnete sich der Höhlengang und wurde höher und breiter. Die weiche Erde wurde nun von grauem Felsen abgelöst. Von hier gingen mehrere Wege ab. Einer nach vorne, einer zur Seite und einer nach unten. Elly sah, dass uralte, verwitterte Treppen in den Felsen geschlagen waren, die vielleicht Hunderte von Jahren niemand mehr benutzt hatte. Sie lagen voller herabgestürzter Steine und Erde. Für wen waren die Treppen überhaupt gewesen? Wenige Meter weiter bemerkte Elly uralte Lampen aus rostigem Metall, die an die Wände montiert waren. Sie tauchten die Höhle in ein schwaches, fahles Licht. Das Licht in den Lampen ging von den seltsamen Steinen aus, die in den Glaskörpern lagen.

Elly schaute sich um und leuchtete mit ihrer Taschenlampe überallhin.

»Schatten?« Ihre Stimme hallte von den Wänden zurück. »Schatten!«

Sie ging geradeaus und immer tiefer in den Berg hinein. Doch außer Einsamkeit war hier nichts zu finden. Als ihr Blick Richtung Decke wanderte, bemerkte sie ein steinernes Relief. Es zeigte drei Motive, ein Viereck mit einem Riss, einen Kreis mit Riss, und ein Herz mit Riss. Ratlos schüttelte Elly den Kopf. Das Relief war alt und schmutzig. Sie hangelte sich über rutschige Wege weiter und sah die ersten Tropfsteine, einige wuchsen von der Höhlendecke, andere wuchsen vom Boden aus in die Höhe. Elly fasste einen von ihnen an und fragte sich, wie viele Tropfen es wohl für so einen großen Stein brauchte? Waren die Schattenschläfer schon hier unten, als es die Tropfsteine noch nicht gab? Waren die Steine gewachsen, während sie in der Dunkelheit schlafen mussten?

Da hörte sie in der Ferne ein Geräusch. Es klang wie Papier, das jemand aus einem Block riss. Elly folgte dem Geräusch und hoffte, dass der Ton, der immer wieder von den Wänden widerhallte, sie nicht in die Irre führte. Als sie eine Stimme hörte, schaltete sie ihre Taschenlampe aus, um nicht bemerkt zu werden. Mit einer Hand hielt sie den Trompetenkoffer auf ihrem Rücken fest, damit er nicht bei einer unbedachten Bewegung ein Geräusch von sich gab.

Vorsichtig hielt sie sich hinter einem Felsvorsprung verborgen und schob den Kopf nur wenige Zentimeter nach vorne, um etwas erkennen zu können. Da sah sie – Schatten!

Elly biss die Zähne zusammen, um sich davon abzuhalten, dass sie ihren Namen rief. Denn im Halbdunkel vor ihr stand eine Kreatur. Elly erkannte ihn von Schattens Zeichnung. Es war der Tonholer. Schatten hatte einen großen Rucksack auf dem Rücken und Elly war sich sicher, dass die gläserne Trompete darin war. Elly ließ ihren Blick über den Tonholer gleiten, über seine riesigen Fledermausohren, von denen er fünf Paar besaß, über das dunkle Fell, das sein Gesicht bedeckte, über seine altertümliche Kleidung mit den eleganten Schuhen und über die merkwürdigen Tongefäße, die er auf dem Rücken trug. Mit beiden Händen hielt Schatten der Kreatur einen Zettel entgegen. Die beugte sich auf eine merkwürdige Art nach vorne und las mit einer sanften Mädchenstimme: »Gib mir meine Stimme zurück.«

Elly schluckte, war das Schattens Stimme? Sie wirkte merkwürdig verzerrt, unheimlich. Ganz sicher nicht so, wie Schatten wirklich sprach. Elly gestand sich ein, dass sie Schattens Stimme nie zuvor gehört hatte. Sie war ja nur ein Glitzerponys sammelndes Schulkind gewesen, niemand, den Elly ernst nehmen musste.

Das Monster legte den Kopf schief. Schatten schrieb einen neuen Zettel und hielt ihn hoch. Das Monster las: »Sofort!!«

Schatten ging mutig einen Schritt vorwärts und der Tonholer spottete in ihrer verzerrten Stimme.

»Sofort … sofort … sofort, sofort!«

Ellys Blick glitt über die kleinen Gefäße, die an seinem Körper klimperten. Wozu sie wohl dienten? Elly dämmerte es … Und ein Blick zu Schatten genügte ihr, um in ihrem Gesicht zu erkennen, dass auch Schatten es wusste: In diesen Gefäßen waren die Töne, die er gestohlen hatte!

Gelangweilt wandte sich der Tonholer von Schatten ab, um sich zurückzuziehen. Sie hatte ihm nichts mehr zu bieten.

Schattens Hände wanderten langsam zu den Trägern ihres Rucksacks und vorsichtig setzte sie ihn ab. Der Tonholer drehte sich zu ihr um, als er das Öffnen des Reißverschlusses hörte. Schatten griff in mehrere Schichten von Papier hinein. Auch aus der Ferne erkannte Elly, dass Schatten ihre Glitzerpony-Hefte auseinandergerissen und zerknüllt hatte. In ihnen war die gläserne Trompete eingewickelt. Vorsichtig hob Schatten das Instrument heraus und streckte es dem Monster entgegen. Das wich zurück, als hätte es ein Schlag ins Gesicht getroffen.

Mit festen Händen hielt Schatten das Instrument, dann löste sie eine Hand und zog einen bereits beschriebenen Zettel aus ihrer Tasche und entfaltete ihn.

Der Tonholer las mit seiner verzerrten Stimme, was darauf stand: »Du kannst sie haben. Du kannst sie zerstören. Mach, was du willst. Aber. Gib. Mir. Meine. Stimme!«

Geduckt stand der Tonholer vor Schatten, die Nähe zur Trompete ließ ihn vor Angst beben und das Fell in seinem Gesicht stellte sich auf wie bei einer wütenden Katze. Doch Elly sah, wie es in seinem Kopf ratterte. Ihm wurde klar, welche Macht er haben könnte, wenn er das Instrument besäße. Welche Anerkennung auf ihn wartete, wenn er es war, der die ultimative Waffe vor den Augen der anderen Schattenschläfer zerschmettern würde. Er streckte seine Hand nach der Trompete aus.

»Nein!« Elly schoss aus der Deckung. »Pack sie ein!« Schatten drehte sich erschrocken um und auch der Tonholer zischte überrascht und hocherfreut über ein neues Opfer. Schatten schüttelte hektisch den Kopf, als sie Elly auf sich zurennen sah.

»Schatten! Pack die Trompete wieder ein! Schnell!«

Schatten wollte der Aufforderung nicht nachkommen.

»Du kannst sie ihm nicht geben! Wir finden einen anderen Weg! Ich verspreche es dir!« Endlich schob Schatten die Trompete zurück in das zerknüllte Papier und schloss den Reißverschluss des Rucksacks. In dem Moment erfasste sie die dürre Hand des Tonholers und schleuderte sie gegen die Wand.

»Gib sie mir!«

Alles ging so schnell, dass Elly nicht reagieren konnte.

»Schatten!«

Schatten krachte mit dem Rücken gegen die Wand und der Rucksack flog ihr aus den Händen. Elly rannte zu Schatten und sah, dass sie nicht verletzt war. Gleichzeitig versuchte Elly den Rucksack in der Luft zu fangen. Doch er rauschte an ihr vorbei. Der Rucksack samt Instrument fiel in eine Felsspalte.

»Nein!!!«

Elly kniete am Abgrund. Nach einigen Metern wurde der Sturz von einer Wurzel gebremst und der Rucksack blieb hängen. Viel zu tief, als dass Elly dort hinunterkommen könnte. Trotzdem versuchte sie, einen Weg zu finden, und hangelte sich nach unten. Plötzlich glitt ihr die Taschenlampe aus der Hand und fiel in die Tiefe. Sie prallte an einer Felswand ab und zersprang in ihre Einzelteile. Der Tonholer stieg Elly hinterher und seine Hand schnellte ihr entgegen. Er verfehlte nur knapp ihre Kehle. Elly wusste, dass er nun hinter ihrer Stimme her war.

»Das kannst du vergessen!«

Doch er holte erneut aus und traf die große Wurzel, an der Elly sich festhielt. Die Erschütterung ließ Elly gefährlich nach unten rutschen. Dennoch streckte sie einen Arm aus und zog Schattens Rucksack zu sich heran. Der Blick in den Abgrund ließ ihr das Blut in den Adern gefrieren. Sie blickte hektisch nach oben. Wo war Schatten? Elly wagte nicht, nach ihr zu rufen, so wackelig hing sie an der Wurzel und ihr eigener verdammter Trompetenkoffer drückte ihr hart in den Rücken. Jetzt hielt sie beide Trompeten und hatte so viel Macht in ihren Händen, doch was nützte es? Als sie sah, dass der Tonholer zu ihr herunterkletterte und erneut ausholte, schloss Elly unwillkürlich die Augen und rechnete damit, in den Abgrund zu fallen. Nie wieder Freunde besuchen, die würden nun alleine ins Eiscafé gehen. Und ihre Eltern würden vergeblich darauf warten, dass sie zur Tür hereinkam. Wäre es ein Segen für die Stadt? Ein Risiko weniger? Die Instrumentenbauer hätten Ruhe und alles würde wieder nach ihren Regeln laufen. Natürlich würden sie vortäuschen zu trauern, vielleicht kämen sie sogar zur Beerdigung, mit ein paar hässlichen Blumen von der Tankstelle. Nur, ihr Sarg wäre leer, denn ihr Körper würde für immer tief unter der Stadt liegen. Niemand würde sich hierherwagen.

Plötzlich spürte Elly zwei Hände, die sie in die Höhe rissen.

»Elly!!!«

Sie kam mit ihren Füßen auf dem feuchten Boden zum Stehen und schaute in ein vertrautes Gesicht.

»H-Herr Hellborn!!«

Unendlich müde und abgekämpft lächelte er sie an. »Schreibst du noch so schöne Gedichte?«

Schatten kam aus ihrer Deckung, sie war unversehrt und Elly konnte ihr Glück kaum fassen, genau wie Hellborn.

»Du bist auch hier, kleine Schatten? Dein Mut ist größer als dein Verstand!« Elly drückte Schatten ihren Rucksack in die Hand und Schatten setzte ihn auf den Rücken. Herr Hellborn schaute sie fragend an.

»Was … was hast du denn so Wichtiges in dem Rucksack …?«

Der Tonholer hing an der großen Wurzel und spähte böse zu ihnen hoch. Mit einer Hand griff er nach oben, um sich hochzuziehen. Schatten nahm Hellborns Hand, dann rannten sie zu dritt los, wobei »rennen« das falsche Wort war. Hellborn humpelte mehr und Elly stützte ihn. Trotz all der Angst wich die Kälte in Ellys Körper einer vertrauten Wärme. Der Wärme, die man spürte, wenn man nicht alleine in dieser Welt war. Warm waren auch die Tränen, die sich ihren Weg bahnten, als ihr Blick über Hellborns erschöpftes Gesicht und seine vertraute Kleidung glitt. Er schaute im Laufen zu ihr runter und Elly wusste, dass es richtig war, nach ihm gesucht zu haben.

Hektisch stiegen sie über die großen Brocken, die im Weg lagen, Ellys Ärmel waren weit nach oben gerutscht und Hellborn legte die Stirn in Falten.

»Oh, Elly, so weit ist es schon?«

Elly ignorierte, was er sagte, und zog ihn gemeinsam mit Schatten weiter. Der Tonholer war dicht hinter ihnen. Auch er bewegte sich geschwächt, aber er war immer noch wesentlich fitter als Hellborn.

»Was machen wir jetzt?!«

Hellborn sank auf die Knie und griff nach Ellys Arm. »Hast du deine Trompete dabei?«

Elly nickte hektisch und griff nach dem Trompetenkoffer auf ihrem Rücken. Der Tonholer stieg über die Felsbrocken, die auf dem Weg lagen, und näherte sich, seine großen Fledermausohren flatterten vor Zorn.

Hellborn fixierte Elly eindringlich, denn was er zu sagen hatte, war schwer.

»Der Tonholer hat keine Kontrolle mehr über sich, er will dein Ende und ich kann ihn nicht aufhalten. Du musst spielen! Aber nicht so, wie du es tun würdest! Sondern so, wie es all die Menschen in der Stadt tun, die du verabscheust! Zahm und lieb und langweilig und mit einer Begeisterung, die so leer ist wie die Fantasie in ihren Köpfen!« Elly biss sich auf ihre Finger. Wie sollte das gehen? Sie sollte jene Blasmusik spielen, die ihre Stadt im Griff hatte? Die Musik, die die Schattenschläfer unten hielt? Elly hielt die Trompete mit bebenden Händen.

»Aber ... aber ich würde Ihnen damit auch wehtun.«

»Und du wirst dir selbst wehtun. Aber du musst es versuchen! Wir wissen, was kommt, aber er nicht!«

»Können wir die Schattenschläfer nicht retten?«

»Elly, du stehst noch ganz am Anfang! Ihr alle steht am Anfang! Nutze die Macht, die du bisher besitzt!«

Elly setzte die Trompete an und kniff die Augen zusammen. Sie dachte an all die Feste, an all die Blasmusik-Kapellen, an all den Hass, den sie auf diese Musik hatte. Aber sie wusste, wie man es machen musste. Und sie blies in das Mundstück und begann eine heitere Melodie zu spielen, auch wenn sich alle Haare auf ihren Armen aufstellten wie Stacheln. Schatten rannte zu ihr und presste ihr beide Hände über die Ohren. Die Musik erfüllte die schummerige Höhle und obwohl Schatten ihr mit aller Kraft die Ohren zuhielt, meinte Elly, ihr Kopf würde zerplatzen. Sie sah aus den Augenwinkeln, wie Hellborn sich auf dem Boden krümmte. Aber auch der Tonholer sackte zusammen. Orientierungslos wand er sich und suchte nach Halt an der felsigen Wand.

Elly spielte und ging auf ihn zu. Ellys Gedanken waren wie ein zerbrochener Spiegel, solange diese Musik sie weiter quälte. Ihr Blick war schmerzhaft auf den Tonholer fixiert. Und auf die Gefäße, die er bei sich trug. Es war, als ob sie plötzlich etwas sehen konnte, was ihr vorher verborgen gewesen war. Schwindelig griff Elly nach Schatten und setzte für einen kurzen Moment die Trompete ab.

»Schatten, siehst du das kleine, runde Gefäß auf seinem Rücken? Es schimmert. Es ist anders als die anderen …«

Schatten schüttelte hektisch den Kopf, sie sah kein Schimmern! Doch Elly war sich sicher.

»Ich betäube ihn und dann –«

Sie spielte weiter ihre Musik, aber als sie einen weiteren Schritt nach vorne trat, bot sich ihr plötzlich ein Blick auf eine große Halle.

Eine Halle, die im Felsen lag.

Ellys Herz schlug langsamer und ihre Pupillen weiteten sich.

Diese Höhle war voller Betten. Alte Betten, manche kaputt, manche mit einem abgeknickten Bein, sodass sie ganz schief standen. An manchen Stellen lag nur eine Matratze. Über fast allen Betten befand sich ein schmutziger Betthimmel. Ohne es zu wollen, setzte Elly die Trompete ab.

Schatten starrte zu ihr und verstand nicht, was passierte. Elly musste doch weiterspielen! Der Tonholer würde sonst neue Kraft schöpfen! Gleich würde er sich aufrappeln! Schatten rüttelte an Ellys Schultern.

Doch Elly ließ ihre schwarze Trompete aus ihrer Hand gleiten und sie fiel scheppernd zu Boden.

Wie hypnotisiert ging Elly auf die aufgereihten Betten zu. Hellborn, den Ellys Musik beinahe eingeschläfert hatte, stützte sich schwach auf einem Arm auf.

»… nicht! Geh nicht!«

Doch Elly ließ sich nicht aufhalten, mit langsamen, schwankenden Schritten ging sie vorwärts. Und nach einigen Metern stand sie inmitten eines Meeres von Betten. Ganz in der Ferne waren weitere

Gänge sichtbar, wohin sie wohl führten? Zu einem anderen Betten-meer?

Ellys Kopf war leer, so leer. Und ihr Körper war kalt, so kalt.

Ihre eisigen Finger glitten über den löchrigen Stoff einer der Vor-hänge, hinter dem eine unbekannte Kreatur schlief. Leises Atmen und fernes Zischeln waren das Einzige, was sie hörte. Der feuchte Ge-ruch von modriger Bettwäsche stieg ihr in die Nase. Doch es störte sie nicht, nichts störte sie mehr, denn in ihrem Kopf und in ihrem Herzen herrschte Stille. Und dann sah sie ein Bett, das leer war. Ein schwarzes Doppelstockbett. Beinahe ein Zwilling ihres eigenen Bettes. Nur blät-terte hier die Farbe bereits ab und die Stufen, die nach oben führten, waren rostig. Mit leerem Blick ging Elly auf das Bett zu.

Schatten sah das und rüttelte an Herrn Hellborns Arm. Ihr Mund war weit aufgerissen, sie wollte rufen, aber es kam kein Ton heraus.

Hellborn sackte tiefer zusammen, unfähig, Elly aufzuhalten.

»Es … es ist zu spät.«

Schatten starrte entgeistert nach vorne und sah, wie Elly einen Fuß auf die erste Stufe der Leiter setzte. Schatten nahm einen Stein und hämmerte damit gegen den Fels. Es schepperte laut und hallte von Wand zu Wand durch die gesamte Höhle. Hellborn hielt Schattens Arm fest.

»Nicht! Du darfst sie nicht alle aufwecken! Sie sind so schwach, sie dürfen nicht noch mehr Energie verlieren.«

Das Hämmern brachte Elly auch nicht aus ihrer Trance. Schatten schlug wieder und wieder gegen die Wand, bis kleine Splitter vom Stein absprangen und ihre Hände ganz rot waren. Hellborn konnte sie nicht abhalten.

Elly nahm die letzte Stufe und zog den schmutzigen Betthimmel ein Stück zurück. Mit leeren Augen begutachtete sie das Bett. Ein schmales Kissen und eine dünne Decke lagen darin. Und auf dem Kissen – ein schwarzer Apfel. Mit den Knien voran kletterte Elly ins Bett und legte ihre Hände flach auf die weiche Matratze. Ihre Finger gruben sich in den Stoff und Elly ließ sich weiter nach unten sinken. Immer weiter. Gleich würde ihr Kopf auf dem Kissen liegen und dann würde die Stille in ihrem Kopf endlich für immer bleiben.

Schatten stürmte los und rannte zum Tonholer, der sich mit einem Arm an der Wand hochzog. Er war ernsthaft geschwächt und kämpfte gegen eine bleierne Müdigkeit. Doch sein Drang, noch mehr Stimmen zu rauben, trieb ihn weiter an. Schatten ging mit klopfendem Herzen ganz nah an ihn heran.

Währenddessen schloss Elly die Augen und ihre Stirn berührte das weiche Kissen. Sie konnte den Apfel riechen, er roch so viel intensiver als alle Äpfel auf der Welt. Ihr Bewusstsein verabschiedete sich und sie hörte auf zu denken.

Das Letzte, was ihr über die Lippen kam, war: »Gute Nacht.«

»NEEEEEEINNN!«

Plötzlich schrillte ein ohrenbetäubender Schrei durch den Saal. Jemand brüllte ihren Namen.

Schatten hielt ein kleines, rundes Gefäß in der Hand. Sie hatte das Lederband durchgerissen und den Korken aus der Flasche gezogen. Ein Leuchten umtanzte Schatten.

»ELLY!!!!!!!!!!!!!!«

Schatten brüllte mit aller Kraft.

»WACH AUF!!!! WACH AUF!!!!«

Sie rannte zu Elly.

Elly öffnete ihre Augen mit unglaublicher Anstrengung. Was war das? Wer rief sie da?

»ELLY!!!!!«

Ihre Gedanken waren schon fast erloschen. Doch aus ihren halbgeschlossenen Augen sah sie ein paar glitzernde Schuhe. Schattens Ballerinas, die selbst in dieser Dunkelheit funkelten. Vielleicht sollte sie diesem Funkeln folgen? Würde es sie aus der Dunkelheit führen? Ellys Bewusstsein glomm kurz auf, wie glühende Kohle, die vom Wind angefacht wurde.

Eine unfassbare Traurigkeit kroch Elly ins Herz und immer höher bis in ihre Stirn. Ihre schwarzen Adern flammten auf, aber sie breiteten sich nicht aus, nein, sie zogen sich sogar ein Stück zurück!

»BLEIB BEI UNS!!!!!«

Ein paar Tränen sickerten ins Kissen. Das … das … war also Schattens Stimme! Da musste Elly so weit in die Tiefe reisen, um Schatten einmal zuzuhören.

Elly stemmte eine Hand auf die weiche Matratze und stützte sich wackelig ab.

»Ja, du kannst es!«

Mit einem Ruck setzte sich Elly auf, egal wie schwindelig ihr war. Schwankend hielt sie sich am Bettrahmen fest und suchte nach der Treppe. Dann sah sie Schatten, die unten an der Leiter stand. Elly war für einen Moment fixiert auf ihre glitzernden Schuhe. Dann hob sie den Blick und schaute in Schattens blasses, ängstliches Gesicht.

»Schatten, du hast so eine schöne Stimme!«

Da bemerkten sie, wie es sich in den Betten um sie herum zu rühren begann. Unter den Betthimmeln wälzten sich schwerfällige Körper und aus einem rollte ein dunkelblauer Tentakelarm hervor. Stürmischer Wind pustete von einem Bett her und es raschelte wie tausend Plastiktüten, die aneinandergerieben wurden.

Herr Hellborn stützte sich an der Wand ab und rang nach Luft.

»Ihr müsst jetzt gehen.«

Elly schüttelte den Kopf und langsam kehrten die Gedanken in ihren leeren Kopf zurück.

»Nicht ohne Sie!«

Hellborn schaute sie ungläubig an.

»Das … das … geht nicht! Ihr müsst jetzt –«

Schatten nahm ihn an der Hand und zog ihn mit sich.

»Wir gehen zusammen!« Ihre liebe Stimme war laut und klar. Dagegen konnte sich Hellborn nicht wehren und er stolperte den beiden hinterher. Der Tonholer flatterte mit den Ohren, er hatte sich wieder aufgerappelt und funkelte die drei böse an. Sprechen konnte er nicht mehr, denn sein Mund war verschwunden. Schnell rannte Schatten mit Elly los, doch sie merkte, dass Hellborns Kraft nicht reichen würde.

»So werden wir es nicht schaffen, Elly!«

»Was machen wir denn jetzt?«

Sie blickte angstvoll zu den Schattenschläfern, die sich immer noch müde in ihren Betten wanden, jetzt waren jedoch einige Augen auf sie gerichtet. Elly starrte mit Schmerzen in der Brust auf ein Bett, um das herum Dutzende Äpfel lagen und aus dem immer noch weitere herauspolterten.

»W-wir müssen los!« Sie zog Hellborn weiter, doch er war zu groß

und zu schwer. Er musste allein laufen können, sonst waren sie gelie-
fert. Hellborn schüttelte den Kopf.

»Ich würde das Licht so gerne wiedersehen und Lucki und Nana …
aber ich kann es nicht. Sagt ihnen liebe Grüße von mir.«

Elly biss sich auf die Lippe und wusste keinen Rat. Der Tonholer
stapfte auf sie zu. Da hörte sie ein Rascheln und kleine Beine näherten
sich schnell. Oben an der Decke krabbelte etwas. Was zum Teufel war
das? Da erkannte Elly, was sich näherte.

»Mistvieh!!« Elly konnte es kaum glauben.

»Du solltest doch bei Melody bleiben! Was machst du hier?«

Hellborn schaute misstrauisch, als sich die kleine Kreatur näherte.

»Das sind die lästigen Mücken der Unterwelt. Sie sind das, was übrig bleibt, wenn ein Schattenschläfer stirbt. Manche sind wie Kletten
und verfolgen einen überallhin. Wieso sie das tun, weiß ich nicht, sie
denken nur an sich und entziehen den Lebewesen in ihrer Umgebung
die Energie …«

Das Mistvieh krabbelte näher und hob seine kleinen schwarzen
Spinnenbeine. Mit ihnen trommelte es sachte auf den Boden. Dann
war es ganz still und Elly lauschte einem weiteren Rascheln. Selbst
der Tonholer schaute sich irritiert um. Eine weitere kleine Kreatur, die
anders geformt war und ganz andere Beine hatte, kam an der Wand
entlanggekrabbelt. Das Fell war schwarz, aber die Beine waren aus
schneeweißen Knochen. Sie kam zögerlich näher und krabbelte zum
Mistvieh. Für einen Moment hielt Hellborn die Luft an.

»Bist du …? Warst du …? Weißbein …?« Die Kreatur zischte und
stellte ihr Fell auf. Sie trommelte nun auch mit ihren kleinen Beinchen
auf den Boden. Winzige Vibrationen verliefen durch den Felsen und

durch die Erde. Elly und Schatten schauten sich um, aber das Licht war so schwach, dass sie kaum etwas erkennen konnten. Doch sie hörten etwas. Ein Rascheln wie aus einem Ameisenbau. Hinter Weißbein und Mistvieh kamen weitere Kreaturen, in allen Formen und Farben. Sie alle hoben ihre Beine und erzeugten einen Lichtkreis. Es war ein merkwürdiges Schauspiel und auch der Tonholer, der langsam unbemerkt näher gekommen war, hielt für einen Moment inne.

Schatten schaute besorgt zu Hellborn.

»Was haben die Wesen vor, Herr Hellborn? Müssen wir weglaufen?«

»Schatten, ich … habe keine Ahnung …«

Dann kam das Mistvieh näher und berührte Hellborn mit der Spitze seines Beines. Wie in einem kleinen Sog ging die Energie, die die Wesen gesammelt hatten, auf Hellborn über. Er holte erschrocken Luft, als die Kraft in seine Glieder zurückkehrte. Er konnte aufstehen und einen Schritt gehen, als wäre nie etwas gewesen.

»W-wie ist das möglich? Die Dinger haben noch nie zusammengehalten …« Er streckte seine langen Finger und spürte, wie leicht sich sein Arm bewegen ließ.

»Das … das ist noch nie passiert. Noch nie haben die …«

Hellborn blickte in das kleine Gesicht der Kreatur und ihn beschlich ein Gefühl. Die egoistische Kreatur hatte plötzlich verstanden, worauf es im Leben ankam. Und Hellborn war sich absolut sicher, dass es die Liebe und Freundschaft von Ellys Band war, die diese Wandlung bewirkt hatte. Sie haben ihr gezeigt, wie man zusammenhält.

»Wir müssen los!« Elly zeigte hektisch auf den Tonholer, der ihnen nachstolperte.

Elly packte ihre schwarze Trompete, stopfte sie hastig in den Koffer und setzte sich ihn auf den Rücken. Sie sah, dass das Mistvieh platt auf dem Boden lag, wie ein Luftballon, aus dem man die Luft gelassen hatte.

»Bist du tot?« Die anderen Energiesammler lagen genauso überfahren am Boden. Elly griff nach dem Mistvieh und steckte es in ihre Tasche.

Schatten zog unruhig an Hellborns Ärmel. »Kennen Sie den Weg nach draußen?«

Hellborn versuchte, seine Gedanken zu ordnen, und rieb sich die Stirn. Elly nahm ihm die Entscheidung ab: »Wir müssen zum Portal am Bach!«

»Ich weiß nicht, ob ich den Weg noch kenne …«

»Aber ich weiß, wo es langgeht!«

Die anderen beiden folgten ihr und ließen den Tonholer endlich hinter sich zurück.

Elly schaute sich in alle Richtungen um, bis sie den ersten Aufkleber an der Wand entdeckte.

»Hier lang!«

Gemeinsam folgten sie Ellys markiertem Weg durch die Gänge. Im schwachen Licht und ohne Taschenlampe konnten sie nur wenig erkennen, aber die Aufkleber stachen immer heraus.

Als sie das Ende des Gangs erreichten, bremsten sie sofort ab. Denn weiter vorne stand bereits der Tonholer. Elly erschauderte, er hatte eine Abkürzung gekannt! Wie sollten sie ohne die Hilfe der Aufkleber einen anderen Ausgang finden? Hellborn legte den Zeigefinger auf den Mund und wies die Mädchen an, jetzt still zu sein. Der Tonholer hatte sie noch nicht entdeckt, aber er hielt seine Arme ausgebreitet und wartete auf seine Opfer. Die drei liefen rückwärts, so weit weg, wie sie konnten, damit sie außer Hörweite waren.

Schatten flüsterte panisch: »Welche Abkürzung hat er genommen? Können wir die auch nehmen?«

Elly schüttelte den Kopf. »Nein, wenn wir dieselbe Abkürzung nehmen, landen wir wieder beim Schlafsaal!«

Hellborns Stirn lag in Falten.

»… und der Weg, der mich in die Freiheit brachte, existiert nicht mehr. Ein Kundschafter hat berichtet, dass die Menschen den Zugang versperrt haben …«

Schatten griff panisch nach Ellys Trompetenkoffer. »Spiel noch mal! Dann bricht er zusammen!«

Elly schüttelte den Kopf und wischte sich den Schweiß von der Stirn. Sie bemühte sich, so leise wie möglich zu flüstern.

»Es würde Hellborn die Kraft rauben. Noch mal bekommt er keine neue Energie!« Sie fühlte das platte Mistvieh in ihrer Tasche, das kein Lebenszeichen mehr von sich gab.

»Wir müssen ein anderes Portal finden.«

Plötzlich rollte ein Stein unter Hellborns Schuh weg und fiel klackernd in eine Felsspalte.

»Oh nein!«

Hellborn zog die beiden Mädchen weiter in den Gang zurück.

»Wir müssen jetzt sehr schnell sein. Ich … ich versuche mich an einen Weg zu erinnern.«

Gemeinsam schlichen sie die nächsten Meter, es kam ihnen so vor, als hörten sie schon Schritte, die ihnen in der Ferne folgten. Weit genug entfernt, trauten sie sich zu rennen. Der Gang wurde eng und die Wurzeln immer dichter. Tapfer kämpften sich die drei weiter voran.

Plötzlich erkannte Schatten, wo sie waren. Viele verschiedene Gänge führten zu diesem Portal, einer glich einem Abwasserrohr. Jetzt übernahm sie die Führung der Gruppe, auch wenn sich alles in ihr dagegen sträubte. Der Weg war schmal, schmutzig und sie war ihn bereits einmal entlanggekrochen. Sie näherten sich dem alten Brunnen!

»Vorsicht!« Herr Hellborn hob seinen Arm und hielt die Mädchen davon ab, einen falschen Schritt zu tun. Neben ihren Füßen führte ein finsterer Gang hinab. Er war breit und ohne erkennbare Stufen. Hier hineinzufallen, wäre mit Sicherheit das Ende gewesen.

»Was ist dort unten?« Hellborn schüttelte den Kopf auf Ellys Frage, er wusste es nicht. Elly schluckte und hangelte sich an dem finsteren Abgrund vorbei. Die letzte Lampe, die etwas Licht spendete, war so weit entfernt, dass man hier kaum etwas erkennen konnte.

Schatten wurde nervös und atmete schneller.

»Der Brunnen ist voller Müll! Wie sollen wir da hochkommen?« Sie zog an einem alten Zaun, der zwischen all dem anderen Unrat klemmte und den Weg nach oben versperrte.

Hellborn zog mit ihr an den Zaunlatten, doch nichts passierte. Wann würde sie ihr Verfolger finden? Jetzt packte Elly mit an und langsam löste sich das erste Stück Müll.

»Gemeinsam schaffen wir das.« Zusammen griffen sie nach einem morschen Stuhl und zogen ihn heraus. Jetzt quoll ihnen alles Mögliche entgegen, Mülltüten, alte Schuhe, eine zerbrochene Regentonne. Stück für Stück legten sie so den Gang mit klopfenden Herzen frei.

Dann schien das erste Mondlicht in den finsteren Brunnen hinunter und Schatten konnte ihr Glück kaum fassen. Sie erklomm die ersten Meter.

»Es ist nicht mehr weit!« Vor Übermut tat sie den nächsten Schritt zu ungenau und rutschte von einem nassen Stein ab. Sie sackte mit dem Rücken voraus nach unten. Elly blieb das Herz fast stehen und sie half Schatten sofort auf.

»Die Trompete! Ist sie noch ganz?« Elly nahm Schatten ihren Rucksack ab und die öffnete vorsichtig den Reißverschluss, während Elly ein Stück zurückwich. Mit unendlicher Vorsicht griff Schatten in das zerknüllte Papier und holte tatsächlich die unversehrte gläserne Trompete hervor. Hellborn presste sich mit dem Rücken gegen die feuchte Brunnenwand, seine Augen waren groß und voller Schrecken.

»Das … das …! Seid ihr denn des Wahnsinns?! Sie war die ganze Zeit in diesem Rucksack?!« Er konnte es nicht fassen. »Ihr müsst sie zerstören! Sofort!«

Elly blickte ihn sorgenvoll an.

»Ich kann sie nicht zerstören. Ich muss sie zurückgeben.«

»Elly! Sie muss vernichtet werden!«

»Herr Hellborn, Melody hat mir meine Trompete zurückge–«

Hellborn griff Elly an den Schultern.

»Wir dürfen sie nicht in falsche Hände geben! Mach sie kaputt!«

»Ich kann das nicht!«

»Du kannst es! Es ist nicht schwer!«

»Ich darf das nicht!«

»Sie ist tödlich! Sie fügt uns Schmerzen zu, die wir nie gekannt haben! Und bald … wird sie mich in Asche verwandeln. Und alle, die darauf warten, endlich das Licht wiederzusehen!«

Elly zitterte und starrte auf die gläserne Trompete, die Schatten noch immer hilflos in ihren Händen hielt.

Hellborns Stimme war ganz brüchig. »Elly, es geht hier auch um deine Zukunft! Alles wäre umsonst gewesen!«

In dem Moment schlug ihnen eine Hand entgegen. Mit letzter Kraft hatte sich der Tonholer zu ihnen vorgearbeitet, und mit seinen schwindenden Energiereserven griff er nach Schatten und erwischte ihr Gesicht. Es war eine böse Erinnerung, die sich nun wiederholte. Im selben Moment hielt der Tonholer das schimmernde Gefäß in seinen Händen und schnürte es sich mit einem Lederband wieder um den Körper. Schatten griff voller Panik mit den Händen nach ihrem Hals und wollte schreien. Doch … es war zu spät! Der Tonholer lachte mit Schattens Stimme. Elly kroch der Horror in die Glieder.

»Gib sie zurück, du verdammter Mistkerl!!!« Mit der Macht der Verzweiflung und dem größten Zorn, den sie je gespürt hatte, sprang sie dem Tonholer ins Gesicht.

Der streckte eine seiner Wurzelhände nach vorne und schmetterte sie ab. Und in diesem schicksalhaften Moment war das Ende der gläsernen Trompete besiegelt. Elly krachte gegen Schatten und beide wurden gegen die Felswand gedrückt. Benommen sank Elly zu Boden, doch sie sah, wie das gläserne Instrument aus Schattens Hand fiel. Es rauschte zu Boden. Elly sah hilflos zu, wie die Trompete auf einem dunkelgrauen Felsen aufkam. Sie zersprang in tausend Stücke. Die Glasscherben flogen in alle Richtungen.

»NEIIIN!!!« Ellys ausgestreckte Hände konnten die Scherben nicht einfangen. Das Klirren dröhnte durch die unterirdischen Gänge.

Auf der geheimen Krankenstation ließ Franziska vor Schreck die Spritze fallen, die sie gerade aufgezogen hatte. Als die Spritze auf dem Boden aufkam, klirrte sie laut. Dann schaute Franziska in das Gesicht von Karl März, der sich ganz plötzlich in seinem Bett aufgesetzt hatte. Er blinzelte orientierungslos und schaute sich nach allen Seiten um.

»Wo bin ich?«

Franziska stabilisierte ihn mit beiden Händen, obwohl sie gerade selber jemanden gebraucht hätte, der sie festhalten könnte.

»Herr März, sie hatten einen Unfall! Sie sind im Krankenhaus!«

Die Information sickerte langsam bei ihm ein.

»Geht es meiner Tochter … geht es Melody gut?«

Franziska nickte hektisch, sie wusste, dass es wichtig war, dass er das verstand.

»Es geht ihr gut! Es geht ihr bestens! Sie wohnt bei mir! Sie ist so tapfer gewesen! Soll ich sie anrufen?«

Einen Moment war es still auf Station 6 und Karl März blinzelte ungläubig in das kalte Krankenhauslicht. Dann nickte er.

Spät in der Nacht klingelte das Telefon im Hause Wollmüller. Holger nahm ab, er musste sich sofort an irgendetwas festhalten und fand zum Glück die Wand.

»Melody! Dein Papa!«

Melody rannte die Treppen hinunter.

»Dein Papa ist aufgewacht!«

Sie fiel fast die übrigen Stufen hinab und klammerte sich in letzter Sekunde am schmalen Geländer fest. Sie konnte ihr Glück kaum fassen.

Holger schaute nach oben. »Elly! Elly, komm! Es ist etwas Großartiges passiert!«

Doch es kam keine Antwort.

»Elly ist nicht da.«

»Nicht da? Aber hast du nicht gesagt, sie wäre schon schlafen gegangen?«

Melody hatte keine Zeit, irgendwelche kleinteiligen Wahrheiten und Unwahrheiten auszuwalzen, sie schnappte sich den Hörer und endlich, endlich …!

»Papa???«

»Melody!!!«

Derweil eskalierte unten im Brunnen die Lage. Schatten liefen Tränen über das Gesicht. Die Trompete war kaputt und jetzt war ihr Weg in die Freiheit versperrt. Hellborn hatte der Kreatur einen großen Stein über den Schädel gezogen, eine Schramme prangte auf seiner Stirn. Der Tonholer zwang Herrn Hellborn auf die Knie und sprach mit Schattens wütender Stimme: »Waren wir nicht Freunde einst? Bist du noch auf der richtigen Seite? Offenbar nicht!«

Er drehte sich mit flatternden Fledermausohren zu Elly um und wollte sich die nächste Stimme holen. Elly musste spielen, daran führte kein Weg vorbei. Sie griff nach ihrer schwarzen Trompete. Der Tonholer streckte seine Hand gefährlich nach Elly aus und brachte sie ins Wanken. Sie balancierte am Abgrund entlang und versuchte, festen Halt zu finden und gleichzeitig Schatten, so gut es ging, hinter ihrem Rücken vor möglichen Attacken zu schützen. Wie sollte sie so spielen?

Hellborn griff wieder nach dem Stein und ging von hinten auf den Tonholer los. Doch der schnappte mit seinen langen Fingern nach Hellborns Fuß und riss ihn zu Boden. Elly dachte daran, dass verletzte Tiere oft am gefährlichsten waren. Und so war es mit jener Kreatur, die kurz davorstand, zu bekommen, was sie wollte. Elly spürte die Wurzelfinger auf ihrem Hals, sie konnte sich nicht rühren, sonst würde sie abstürzen. Mit geschlossenen Augen verabschiedete sich Elly von ihrer Stimme.

Da sprang Schatten hinter Ellys Rücken hervor und presste die Hände nach vorne. Mit aller Kraft schubste sie den Tonholer nach hinten. Nur wenige Zentimeter neben seinen Füßen lag der finstere Abgrund in die unbekannten Bereiche der Unterwelt.

Er stolperte und fiel. Elly schrie: »Nein!!«

Denn mit ihm fiel auch Schattens Stimme in die Finsternis.

Sie hörte ihn noch, wie er hinabrauschte und mit der gestohlenen Mädchenstimme schrie. Dann entfernte sich die Stimme immer weiter. Bis alles still war.

Wortlos griff Elly nach Schatten und presste sie an sich.

»Was hast du getan?! Was hast du getan?!«

Schatten vergrub ihr Gesicht in Ellys Shirt. Hellborn kämpfte mit den Tränen.

»Kleine Schatten … dein Mut ist größer als dein Verstand …«

Ein Regenguss ließ die Blätter des nächtlichen Waldes unter der schweren Last tanzen. Die meisten Tiere waren längst in ihren Bau verschwunden, die Vögel kauerten in ihren Nestern und warteten, dass der Schauer vorüberging. Nur ein paar Ameisen versuchten der Flut hektisch zu entkommen.

Ellys Hand griff aus dem Brunnen heraus. Sie hielt sich am Rand fest und kletterte endlich aus der verdammten Dunkelheit. Der Regen pladderte auf ihren Kopf und durchnässte ihre Klamotten. Dann zog sie Schatten an ihrer Hand hoch. Beide halfen Hellborn nach oben. Nun standen die drei schwer atmend und völlig außer Puste mitten im Wald. Das Wasser tropfte ihnen aus den Haaren und die Luft roch so unendlich frisch und beinahe süß, dass sie gar nicht aufhören konnten, sie immer tiefer einzuatmen. Elly hielt Schattens zitternde, kleine Hand in ihrer. Da bemerkten sie das Licht von Taschenlampen, das durch den Wald flackerte. Es strahlte in alle Richtungen und eine erwachsene Stimme rief Ellys Namen. Dann rief eine Jungenstimme nach Schatten, es war ganz leise, denn das Rauschen des Regens verschluckte fast alle Geräusche.

Elly folgte den Stimmen und gemeinsam stolperten sie über umgestürzte Bäume und durch Brombeerbüsche. Plötzlich standen sie dem Bürgermeister, Lucki und Holger gegenüber. Ohne auch nur eine Sekunde zu warten, stürmte Holger auf Elly zu und ging vor ihr in die Hocke.

»Elly, was mach ich nur mit dir? Ich weiß doch auch nicht mehr weiter! Wo treibst du dich immer rum und wieso – «

In diesem Moment sah er, wie Hellborn aus der Dunkelheit trat. Er war müde und abgekämpft und seine Hose war an den Knien voller Matsch. Aber er hatte ein Lächeln im Gesicht und Holger ging auf ihn zu.

»Herr Hellborn … Sie … Sie leben …«

Hellborn hustete kurz und klopfte sich gegen die Brust.

»Ich glaube, wir können uns duzen, deine Tochter ist gerade …«, er suchte nach Worten. »… für mich durch die Hölle gegangen«

Holger schwieg einen Moment, dann nickte er.

»Ja, das klingt ganz nach ihr.« Er trug eine eingerollte Decke unter dem Arm, weil es eine kalte Nacht war und er nicht wusste, in welchem Zustand er seine Tochter finden würde. Die nickte ihrem Vater jetzt zu und Holger legte Herrn Hellborn die weiche Decke um die bibbernden Schultern.

Lucki umarmte Elly und Schatten.

»… ich dachte, ich sehe euch nie wieder!«

»Den Gefallen tun wir dir nicht.«

Lucki lächelte die zerzauste Elly an, dann schaute er Schatten in die Augen.

»Warst du … erfolgreich?«

Traurig legte Schatten zwei Finger auf ihre Lippen. Oh nein, sie war nicht erfolgreich gewesen. Lucki fuhr ihr mit einer Hand beschwichtigend durch die triefnassen Haare. Der Bürgermeister kam zu ihnen und bot ihnen Schutz unter seinem großen Schirm. Er selber hatte kein Problem damit, jetzt nass zu werden. Er schaute Herrn

Hellborn an, der fröstelnd mit seiner Decke um die Schultern sehr hilflos aussah.

»All die Jahre haben wir alles versucht, dass euresgleichen dort unten bleibt und nie mehr das Tageslicht sieht, wir wollten die Stadt für uns. Und jetzt, da der Eingang verschlossen ist ...« Er konnte den Satz nicht vervollständigen. Stattdessen legte er sachte eine seiner großen Hände auf die Schulter von Lucki und gemeinsam ließen sie den Regen schweigend auf sich niederprasseln.

Als alle weitergingen, blieb Schatten einen Moment stehen und schaute zum Brunnen. Elly drehte sich zu ihr um. Niemand verstand besser als sie, wie schwer die Trauer in ihrem Herzen war. Schatten reckte den Kopf nach oben und schloss die Augen. Sie ließ den Regen in ihr Gesicht prasseln.

Elly saß auf dem Balkon und sah Melody dabei zu, wie sie zwei große Koffer aus dem Haus trug. Auf eine Krücke gestützt stand Karl März vor Ellys Haus. Er hatte eine gesunde Gesichtsfarbe und unterhielt sich mit Holger und Franziska. Er würde für immer gezeichnet bleiben vom Angriff und ähnlich wie Herbert Zahl würde er selbst keine Instrumente mehr bauen können. Doch sein Kopf war immer noch fähig genug, neue Dinge zu denken.

»Ich kann euch nicht genug dafür danken, dass ihr mein Kind aufgenommen habt. Ihr seid wahre Freunde in schweren Zeiten.«

Franziska wedelte abwehrend mit den Händen.

»Nicht doch! Unser Haus war so viel bunter durch Melody! Wir werden sie vermissen! Aber gut, dich wieder munter zu sehen!«

Melody streckte Franziska die Wange hin, um einen letzten Kuss von ihrer Übergangsmutter zu erhalten. Karl März lächelte nach oben zum Balkon und schaute Elly an.

»Danke für deine Freundschaft, Elly. Ich war mir nicht immer sicher, ob du ein guter Umgang für meine Tochter bist, aber ich habe mich getäuscht. Du warst eine große Stütze!«

Elly biss die Zähne zusammen und wäre am liebsten gestorben.

Dann stieg Melody ein letztes Mal die Treppe hoch und holte ihre Jacke aus dem nun leeren Zimmer. Vor der offenen Tür zum Balkon blieb sie stehen und betrachtete Elly, die in komplett schwarzen Klamotten auf einem der Balkonstühle kauerte wie eine Eule in einer Regennacht.

»Bei deiner Sitzhaltung wirst du mit Ende dreißig chronische Rückenschmerzen haben.«

»Ich arbeite auf einen Hexenbuckel hin, okay?«

Elly und Melody schauten sich an.

»Hexen fliegen. Sie kriechen nicht durch den Dreck.«

In Melodys Gesicht war kein Lächeln zu erkennen.

Dann griff Elly in ihre Rocktasche und zog ein Stück Glas hervor. Es hatte scharfe Kanten, war etwa so groß wie eine Walnuss, und es funkelte noch immer so brillant, wie die gläserne Trompete einst gefunkelt hatte.

Elly streckte ihre Hand mit dem Glasstück aus und ließ es in Melodys offene Hand fallen. Mit einem bitteren Gesichtsausdruck schloss Melody ihre Faust um das scharfe Glas.

Schatten saß im Garten des Waisenhauses und blätterte durch einen Stapel neuer Glitzerpony-Hefte. Alfredo kam zu ihr und legte zwei neue Hefte obendrauf.

»Die verlierst du aber nicht mehr, okay? Der Quatsch ist ganz schön teuer!«

Sie schaute ihn entrüstet an und drückte ihm eines der Hefte vom Stapel in die Hand. Alfredo blinzelte fragend.

»Ich soll das lesen?«

Schatten tippte auf eine bestimmte Geschichte im Heft.

»Okay, okay, aber wenn ich es hinterher immer noch blöd finde, darf ich das auch so sagen?«

Schatten schüttelte den Kopf und Alfredo ließ sich seufzend neben ihr nieder, dann tippte er Schatten vorsichtig auf die Schulter.

»Hör mal, Chantal. Irgendwann erzählst du mir, warum du nicht mehr sprichst, ja?« Schatten schrieb etwas auf einen Zettel.

Nana lag auf einer Bank vor dem Krankenhaus und streckte die Füße lang. Sie hatte erreicht, dass ihre Eltern Onkel Amos auf der geheimen Station besuchen durften. Doktor Bärenthal leitete am Vormittag eine Operation und so hatten Nanas Eltern mindestens eine Stunde Zeit, ihn zu sehen und seine Hand zu halten. Sie hatten Franziska geschworen, dichtzuhalten, das war die Bedingung gewesen. Niemand wollte eine Massenpanik in der Stadt. Selbst Nana sah langsam ein, dass es besser so war.

Bürgermeister Hildebrand verschloss an diesem Vormittag zuerst die Tür am Bach mit einem massiven Schloss. Es war nicht das erste Mal, dass er das getan hatte, schon damals wollte er die Tür verschließen. Doch irgendjemand entfernte das Schloss jedes Mal, egal wie massiv es war. Danach besuchte er den Brunnen im Wald. Noch immer lag Müll um ihn herum verstreut. Arnold wuchtete ein großes Holzbrett auf den Rand und legte einen schweren Stein darauf. Eine Lösung für immer war das nicht, aber es ersparte ihm, weiter in das dunkle Loch hinabzuschauen.

Elly klopfte an Hellborns Wohnungstür. Er öffnete ihr und sie trat ein.

»Es ist furchtbar kahl hier drinnen. Kein Mensch sollte so leben!«

»Ich bin kein Mensch. Falls du das vergessen hast.«

Elly schaute zu Boden und rieb sich mit den Händen an den Armen entlang.

»Wie könnte ich es vergessen …« Sie nahm die Kette mit dem Schlüssel vom Hals und wollte sie ihm zurückgeben.

»Behalte ihn, Elly.« Elly nickte. Dann griff sie in ihre Tasche und holte vorsichtig die kleine Kreatur heraus. Sie war immer noch platt und leblos.

»Lederhosen-Boy hat ihr ein Kissen genäht.«

Sie zog das kleine Kissen hervor und legte es auf ein kahles Regalbrett. Dann platzierte sie die Kreatur sachte auf dem mit Blumen bestickten Kissen.

»Ich glaube, er vermisst sie.« Elly strich über das weiße Fell von Mistvieh.

Dann schaute sie an die Wand mit den tiefen Kratzern darin, die ihr schon beim ersten Besuch von Hellborns Wohnung Sorge bereitet hatten. Seit er zurück in der Stadt war, musste er sich verstecken. Aber mit ihm waren die Kratzer in den Autos zurückgekehrt. Und es war nur eine Frage der Zeit, bis die Instrumentenbauer einen Schluss daraus ziehen würden.

»Warum?«, fragte Elly.

»Warum was?«

Sie zeigte auf die Kratzer.

»Oh … nun …«

Er stand auf und legte seine Finger auf die Kratzer und wollte etwas sagen, doch Elly kam ihm zuvor: »Weil Schattenschläfer nur in unserer Welt leben können, wenn sie etwas zerstören?«

»Nun, tausend Jahre Dunkelheit ... das macht etwas mit dir.« Er fuhr sich mit den Händen über die Schultern, als sei ihm kalt. »Elly ... die Dunkelheit verändert alle ... manche schneller, manche langsamer.«

»Damals, als Menschen und Schattenschläfer zusammenlebten, herrschte da ... Frieden?«

Er lächelte schwach. »Frieden heißt nicht, dass alle glücklich sind. Ob Mensch, ob Monster, wir haben unsere Fehler. Aber waren wir schlimmer als die Menschen? Oder waren wir ihnen einfach nur unheimlich? Sie sahen in uns gleichermaßen Märchen- wie Albtraumgestalten. Aber ja, der Fingerknacker und du ... vor tausend Jahren hättet ihr vielleicht Freunde werden können. Doch jetzt ... ist er ...« Hellborn hielt kurz inne. »Sie haben uns zum Sündenbock für all ihre Probleme gemacht. Wie einfach ist es doch, das Unbekannte zu verurteilen. Und jetzt? Gibt es unter den Menschen keinen Streit? Keinen Hass? Keinen Zorn?«

Elly nickte gedankenverloren. Sie stellte sich eine Welt vor, in der alle Märchenfiguren, von denen sie je gehört hatte, mit den Menschen zusammenlebten. All den Ärger, all die Kämpfe, die das gemeinsame Leben mit Sicherheit mit sich brachte. Aber auch, was für eine wundersame Welt das wäre, eine Welt voller Möglichkeiten, in der nicht nur eine Musik spielte.

Eine Weile schwiegen sie gemeinsam. Elly wollte Hellborn aufmuntern. Er verdiente es.

»Aber das mit dem Todesriff auf der Gitarre war kein Scherz, oder?

Den bringen Sie mir bei?« Für einen Moment war Hellborn ganz woanders und wirkte nicht mehr wie er selbst. Elly machte sich Sorgen. Machte ihm die Oberwelt zu schaffen? Doch dann drehte er sich zu ihr und nickte freundlich.

»Natürlich bringe ich es dir bei!«

»Du hast einen guten Umgang mit den Kunden. Du schaffst es, dass sie sich wirklich willkommen fühlen.«

Lederhosen-Boy half in Holgers Laden aus und er lernte schnell. Holger sah ihn anerkennend an.

Lederhosen-Boy lächelte und faltete einige der aussortierten Trachten in eine Kiste. Sie alle hatten kleinere Fehler, die repariert werden mussten, ehe man sie verkaufen konnte.

Elly spähte durch das Schaufenster und drückte ihr Gesicht an der Scheibe platt, bis sie aussah wie ein Tiefseemonster. Lederhosen-Boy schreckte zusammen, als er sich zu ihr umdrehte. Elly grinste. Dann trat sie in den Laden, aber Lederhosen-Boy schüttelte den Kopf.

»So wie du aussiehst, verschreckst du die Kundschaft!«

»Gut so.«

Elly beobachtete Lederhosen-Boy, wie er die Trachten faltete, und ihr kam ein Gedanke. Sie zählte die Klamotten in der Kiste, es waren genau fünf. Zwei Dirndl und drei Trachtenhemden mit Hosen.

»Paul … vertraust du mir?«

Er kniff die Augen zusammen und musterte Elly. Die nahm ihm die Kiste ab.

»Ich borg die mir mal, okay?«

Holger drehte sich erschrocken zu ihr um.

»Du und Dirndl?«

Doch Elly hatte Lederhosen-Boy schon längst am Handgelenk mit sich gezogen.

»W-was soll das werden, ich muss noch arbeiten, Elly!«

Nana, Lucki, Schatten, Lederhosen-Boy und Elly standen vor dem Mathildenbrunnen, aus den Fontänen regnete das Wasser gemächlich herunter und landete wieder im Becken. Das Wasser war immer noch rabenschwarz, doch langsam begannen die Bürger der Stadt es zu akzeptieren. Elly hielt die Kiste mit den aussortierten Trachten in der Hand und trat einen Schritt vor. Dann kippte sie den Inhalt unfeierlich ins Wasser.

»Elly?!« Lederhosen-Boy konnte es nicht glauben. »Bist du noch bei Trost?!«

Elly zog die Kleidung durchs Wasser und dann wieder heraus. Was vorher weiße Blumenschürzen waren, war jetzt tiefschwarz. Auch die hellblau karierten Hemden waren finster geworden.

Lucki und Nana verstanden es als Erste. Lucki griff sich eine der schwarzen Trachten und nahm sie an sich. Dann griff Nana nach einem Hemd mit einer Hose. Schatten nahm sich das kleine schwarze Dirndl. Mit Sorgenfalten auf der Stirn griff Lederhosen-Boy widerwillig nach einem schwarzen Hemd mit schwarzer Weste. Als Letzte nahm Elly das verbliebene Dirndl.

Als die Sonne hoch über Quedlinburg stand, formte sich eine lange Schlange mit Musikern vor dem Rathaus. Alle standen in den schicken Uniformen ihrer jeweiligen Kapelle an, um einen Termin fürs Fotoshooting zu ergattern. Mit diesem Foto registrierte man sich als offizielle Teilnehmer für den großen Wettbewerb und so ging freudiges

Murmeln durch die wartenden Musiker. Viele wischten sich ihre goldenen Abzeichen blank, andere strichen die weißen Röcke gerade und wieder andere stellten ihre türkisfarbenen Kragen auf. Melody stand mit ihrer Band weit vorne, alle trugen strahlende Kostüme und hatten die Haare frisch frisiert. Plötzlich ging ein Raunen durch die Menge, es wanderte durch die Reihen der Wartenden.

Ganz hinten näherte sich etwas. In pechschwarzen Dirndln, tiefschwarzen Lederhosen und finsteren Hemden marschierten fünf Musikerinnen und Musiker heran. Ihre Haare waren zottelig und als Wappen trugen sie einen gemalten Totenschädel, aus dem eine Musiknote aufstieg.

Alle Augen waren auf sie gerichtet.

Lederhosen-Boys Gesicht war tiefrot, denn er schämte sich, so vor all den begabten, wunderschönen Musikern zu stehen. Nana klopfte ihm aufmunternd auf die Schulter. Er holte Luft und wandte sich an seine Band-Mitglieder: »Bei Gott, wehe, jemand von euch schwänzt die Proben!«

Elly grinste. Sie zog ihre Freunde in einen Kreis und sie steckten die Köpfe zusammen.

»Ich weiß nicht, wie viel Zeit uns bleibt. Aber wir wären Idioten, es nicht zu genießen.«

Elly drehte sich zu den wartenden Musikern, die sie mit ihren Blicken durchbohrten. Sie hatte eine Hand in die Hüfte gestützt und schaute die schick gekleideten Menschen mit ihren goldenen Instrumenten an.

»Wir sind *Blasmusik des Todes!* Und wir gehören jetzt zu eurem Freak-Verein dazu!«

Olivia Vieweg

Olivia wurde 1987 in Jena geboren und hatte eine coole Kindheit zwischen Plattenbauten und abenteuerlustigen Kindern. Das Zeichnen und Schreiben war schon immer fester Bestandteil ihres Lebens, deshalb studierte sie Visuelle Kommunikation an der Bauhaus Uni in Weimar und Drehbuchschreiben in München an der HFF.

Heute arbeitet sie als Autorin und Zeichnerin für Bücher, Filme, Comics und Hörspiele.

Ihr Comic »ENDZEIT« wurde verfilmt und lief auf Filmfestivals in der ganzen Welt.

Olivia lebt und arbeitet mit ihrer Familie und zwei Katzen in Weimar.
www.olivia-vieweg.de

Jana Heidersdorf

Jana Heidersdorf ist seit 2015 als freiberufliche Illustratorin im Fantasy-, Horror- und Jugendbuchbereich tätig. Sie lebt und arbeitet derzeit bei Berlin, wo sie der lokalen Vogelpopulation nachstellt.

Danke und Trommelwirbel!

Mille! Millionen mal danke fürs Anfeuern, Brainstormen und die großartigen Quedlinburg-Trips!

Alison! You rock! Thanks for all your energy! I had such a great time!

Anna! Thank you for the music! Lisa für die Zoom-Sessions!

Beste Autorinnen-gang! Sophie! Tina! Marie! Karin! Eva!

Jana! Danke für deine Fantasie! Matthias! Danke für Halle und Rom und überhaupt! Torino SeriesLab!

Mitteldeutsche Medienförderung (MDM) für eure Unterstützung!!! Kulturstiftung des Freistaats Thüringen Magellan Verlag für den coolen Buchpreis!

AKM Akademie für Kindermedien Hier wurden die ersten Schritte getan! Danke, Margret und Thomas!

Danke an Ueberreuter für euer Vertrauen!

Franziska für deinen Support, deine Begeisterung, deine Hartnäckigkeit! You did it!

Ines! Danke für den Trip ins Elsass, da nahm alles seinen Anfang! Und danke an alle, die mit Elly und Co. mitfiebern!

Oliver Schlick
Rory Shy, der schüchterne Detektiv

320 Seiten
Hardcover
ISBN 978-3-7641-5188-1

Ab 10 Jahren

Es ist völlig in Ordnung, schüchtern zu sein!

Rory Shy ist ein ungewöhnlicher Detektiv: Es ist ihm unangenehm, Zeugen zu befragen, er ist zu schüchtern, um mit Informanten zu sprechen, und viel zu höflich, um Verdächtige mit Fragen nach einem Alibi zu belästigen. Dafür besitzt er eine hochgeheime eigene Methode, mit der er bislang auch die kniffligsten Rätsel lösen konnte. Bis jetzt: In der Villa einer Millionenerbin ist eine Perle spurlos verschwunden. Und von der Sekretärin bis zum Butler scheint jeder ein Geheimnis zu hüten. An Befragungen führt kein Weg vorbei! Mithilfe der zwölfjährigen Matilda stellt sich Rory dem schwersten Fall seiner Karriere ...